LA RIVA DESTRA DELLA DORA

Edizioni del Capricorno
Corso Monte Cucco, 73
10141 Torino
Tel. 011 385.36.56
Fax 011 382.05.49
info@edizionidelcapricorno.com
www.edizionidelcapricorno.com

ISBN 978-88-7707-276-4

Coordinamento editoriale: Roberto Marro
Grafica di copertina: arachidepiu.it
Impaginazione: Francesca Cattina
Stampa: Grafica Veneta S.p.a., Trebaseleghe (PD)

Massimo Tallone
Biagio Fabrizio Carillo

LA RIVA DESTRA DELLA DORA

Edizioni del Capricorno

NOTA DELL'EDITORE

Questa è un'opera di fantasia. Nomi, personaggi ed episodi sono frutto dell'immaginazione degli autori e non possono in nessun modo essere considerati reali. Qualsiasi somiglianza con fatti, scenari, organizzazioni o persone, veri o immaginari, è del tutto casuale.

L'ANTEFATTO

1
Il mercato

«Questa è una mela. Una banalissima mela.»

Gli uomini che si erano avvicinati titubanti al gazebo bianco annuirono senza troppa convinzione.

«Noi, il popolo, ripartiremo da questa mela», riprese ispirata e seria, dopo una pausa studiata, la candidata al ruolo di governatore della Regione.

Incurante dello sferragliare del tram e degli strepiti del mercato, Aldina Chiappero parlava senza microfono. E si faceva sentire, eccome. Guardava in faccia le persone, a turno, come un'attrice di operetta, con movimenti calmi degli occhi. Al suo fianco, un giovane ricciuto e con la fronte alta muoveva rapido le dita vicino alle labbra o davanti allo sterno, ripetendo nel linguaggio dei sordomuti le parole della donna. Del resto, quella che Aldina Chiappero brandiva e teneva in alto con il braccio proteso, nella postura della Statua della Libertà, era davvero una mela. Gialla, comprata poco prima dal suo segretario, Tonino Terlizzi, al banco del mercato, due metri più in là.

La candidata aveva per natura le sopracciglia che convergevano in basso, verso la radice del naso, e perciò la sua espressione restava fiera e determinata anche quando le capitava di sorridere. Ma sorrideva poco, soprattutto per celare la piccola cicatrice che le attraversava in verticale il labbro superiore. Quel taglio da pirata era il residuo di un litigio infantile finito a colpi di pietra e appariva nitido e bianco quando lei distendeva le labbra in un sorriso, mentre era quasi invisibile se restava seria, e la lieve piega all'ingiù che il labbro superiore aveva assunto a causa del taglio veniva scambiata per un accenno di alterigia.

I consiglieri politici avevano lavorato bene alla sua immagine, e avevano puntato proprio sui dettagli che le davano una grinta da guerriera. E per rendere più marcata questa particolarità, grazie alla quale i commentatori le attribuivano determinazione e fermezza, portava i capelli corti e un poco spettinati. Così, sebbene non fosse troppo slanciata e avesse stretto un patto di ferro con la pastasciutta, nei suoi comizi riusciva sempre a trasmettere un senso di ardore, di una passione piena, di uno slancio contagioso. E a queste doti andava aggiunto un sovrappiù di salute e di floridezza annunciato dalla sua pelle levigata, luminosa, tipica delle persone pingui e ben nutrite.

Certo, la sua *verve* era screziata di altezzosità, forse, e addirittura anche di sdegno, qua e là, ma grazie al furore annidato in quei lineamenti, alla fine, Aldina Chiappero infondeva a tutti un sentimento di coraggio e di forza.

Tonino Terlizzi riabbassò sul naso gli occhiali a lenti fotocromatiche e diede di gomito a Sandra. La rossa girò il collo di scatto e, dall'alto del suo bel metro e ottanta, calò sul faccione quadrato di lui uno sguardo di cera. Nel movimento repentino, i capelli color rame, agitati come un mare in burrasca, le dondolarono sul viso pallidissimo. Terlizzi avvicinò la bocca all'orecchio di lei.

«Hai visto come rende bene quell'attacco?» sussurrò, gongolante.

Con un guizzo, Sandra riportò gli occhi sul testo del discorso che Aldina Chiappero stava tenendo e confermò: «Sta andando benissimo».

«'Noi, il popolo'», ripeté Terlizzi, tronfio. «Hai visto il film *The Queen*? L'ho presa da lì, quella frase, più o meno. Funziona, vero?»

Sandra non rispose, ma tornò a osservare gli effetti che l'oratoria della candidata produceva sui presenti. Valutò le espressioni partecipate, gli occhi spalancati, le bocche socchiuse, il fervore di assensi dati con la testa oppure le facce annoiate, le bocche piegate, le teste sussiegose tenute di lato, gli sguardi di disprezzo, e in quale percentuale. Esperta di linguaggio del corpo, coglieva al volo ogni segnale emesso da mani, piedi e postura dei presenti, e sapeva bene come il silenzio fosse spesso la migliore forma di comunicazione. Almeno quella meno impegnativa.

«Allora, sei d'accordo che ho avuto un'idea geniale?» incalzò Terlizzi.

Sandra, che non sopportava quella mania da affabulatore di professione, quel vizio di estorcere complimenti e approvazione, non rispose, ma pizzicò con forza una natica del collega.

«Troia», disse lui, e sorrise, sornione. Si allontanò da lei, spianandosi la cravatta sulla pancia. Si mosse in cerchi irregolari e a zigzag, con il pacco dei volantini colorati tenuto fra le mani curate per cercare di attirare al gazebo anche le donne che transitavano nello slargo fra il mercato e via Galliari. Ma, a differenza degli uomini, quelle erano più distaccate. Sgusciavano di taglio dai passaggi fra i banchi della frutta, arrancavano pesanti o stanche, tirandosi dietro carrelli a due ruote che cigolavano, o reggendo sporte di plastica piene e dondolanti, senza badare troppo al gazebo e al corpulento portaborse che beccheggiava verso di loro porgendo i santini elettorali e ansimava, sudato e gonfio, con il suo passo incongruo, a piedi convergenti, di punta, come faticasse a trattenere il bisogno di orinare. Ma, nonostante tutto, il martellante lavoro di Terlizzi, unito alla sua stupefacente capacità di prendere gli sconosciuti per il gomito senza farsi gonfiare la faccia di pugni, aveva portato buoni risultati, e la folla cresceva, mentre i tram e le macchine tagliavano piazza Madama Cristina e dividevano a mezzo il mercato, affollato e fremente come ogni sabato mattina, odoroso di pesce appena giunto e d'insalata calpestata.

«Questa non è la mela del peccato, non è la mela che ha rovinato Adamo ed Eva», riprese Aldina Chiappero, veemente, «e nemmeno quella della favola, che fa addormentare.»

Il giovane vicino a lei mosse le dita, compassato, compreso nella parte, sebbene non sembrasse vi fossero sordomuti, lì intorno. Era stata un'idea di Terlizzi, quella, per allargare il consenso con poca spesa e grande effetto, giocando sui più elementari meccanismi della psicologia delle folle.

Aldina Chiappero portò la voce più in alto: «E non è nemmeno la mela della Discordia».

Sandra approvò con gesti rapidi della testa. I suoi capelli fastosi e infiammati dondolarono. I presenti diedero cenni di assenso.

«Questa è la mela del riscatto», riprese la candidata, dopo una pausa sapiente e un'ulteriore impennata vocale, «ed è da una mela come questa che noi, il popolo, ripartiremo. Perché questa è la mela di Guglielmo Tell, la mela che rappresenta la svolta, il cambiamento; questa è la mela della libertà dal malaffare, dalla corruzione e dalla concussione.»

Sull'ultima sillaba, Terlizzi e Sandra fecero scattare l'applauso, secondo il copione collaudato, e i presenti li seguirono con impressionante spirito imitativo. Commossa, Aldina Chiappero salì su una panchetta predisposta da Terlizzi e si erse, avvolta nel suo goffo vestito bordeaux, che non celava del tutto le forme, per rispondere all'applauso con cenni veloci della testa. Per un attimo sembrò che una mongolfiera si fosse staccata dal suolo.

«Anche Guglielmo Tell è una mia idea», disse Terlizzi, in punta di piedi e a bocca semichiusa.

«Me l'hai detto cento volte», sbuffò Sandra, con una voce stanca, sabbiosa, «e smettila di pisciarmi bava nell'orecchio.»

Lui non replicò, ma sgusciò alle sue spalle avendo cura, con la scusa della ressa, di strusciare la patta sull'anca della donna.

«Porco», sibilò lei.

«Grazie», replicò Terlizzi, e riprese a distribuire manciate di santini. L'applauso non era ancora scemato e le voci dei presenti erano ancora piene, nel variegato flusso di opinioni che s'incrociavano, perciò nessuno colse il fastidioso ronzio di uno scooter che, giungendo da corso Massimo, si unì alle sonorità contraddittorie della piazza.

Serpeggiando a bassa velocità per evitare le ante aperte dei furgoni degli ambulanti e le persone che balzavano su via Galliari per attraversare, lo scooter grigio un po' ammaccato e montato da due giovani muniti di casco nero apparve alle spalle del gazebo. Il conducente accostò all'angolo del mercato, drizzò la schiena poggiando il piede a terra e, senza spegnere il motore, lasciò che il suo passeggero, un ragazzo ossuto in calzoni mimetici e maglietta grigia che reggeva a tracolla un tascapane verde di stoffa grezza, scendesse con tutta calma e si dirigesse verso l'area del comizio.

In meno di cinque secondi il giovane arrivò alle spalle di Aldina Chiappero. Senza togliersi il casco e senza esitare estrasse dal tascapane una balestra e fece partire la freccia. Terlizzi fu il primo ad accorgersi del movimento equivoco del giovane. Con un gridò spintonò un paio di uomini, scavalcò un carrello della spesa, inciampò in un montante del gazebo facendo traballare tutta la struttura e si lanciò verso l'attentatore, imitato da un signore in giacca e cravatta, alto e muscoloso, che tuttavia aveva reagito soltanto dopo aver notato lo scatto del portaborse. Ma fu inutile. Il giovane aveva già buttato a terra la strana arma medioevale ed era salito come un gatto sullo scooter che, simile a un insetto notturno colpito da un fascio di luce, era scattato di lato e poi a destra, zigzagando, per dileguarsi infine alla curva successiva, nel caos di corso Vittorio.

Intanto, l'urlo di Aldina Chiappero aveva modificato lo scenario sonoro, tutto intorno, e le voci si erano moltiplicate, si erano acuite e alzate, in un susseguirsi di urla, richiami concitati alternati a insulti e condanne, e a grida di spavento. La folla, che in un primo momento si era aperta d'istinto, ritraendosi dietro i banchi e i pilastri della copertura del mercato, ripiombò come uno sciame di api verso il gazebo.

Aldina Chiappero era distesa a terra, a pancia in giù, con la testa di lato e i capelli sul volto.

Terlizzi, vista fallire la sua prima missione, tornò indietro a bocca aperta, spinse via il ragazzo che parlava ai sordomuti e si chinò sulla candidata. Con la rapidità di un medico di guerra estrasse a forza la freccia dalla coscia della donna, guardò con orrore la punta rossa di sangue e poi posò a terra, tremando, quel ferro maledetto.

Il signore in giacca e cravatta, che a sua volta si era lanciato senza successo all'inseguimento dello scooter, ritornò al gazebo, sudato e scomposto, a bocca contratta, a testa bassa e braccia larghe. Si avvicinò al crocchio, che intanto cresceva, sempre più numeroso. Girò gli occhi tutto intorno come per decidere da che parte cominciare a spingere via i curiosi, ma si bloccò, fissò un punto tra il marciapiede e le macchine parcheggiate e si mosse svelto in quella direzione. Afferrò dalla tasca un fazzoletto, si piegò in avanti e con due dita protette dalla stoffa raccolse la balestra, che nessuno aveva ancora notato. Il gesto del fazzoletto segnalò a una passante che l'uomo distinto era un poliziotto o giù di lì. Rassicurata e orgogliosa, la signora gli indicò, vicino alla ruota di una macchina, due fogli, scritti a mano e pinzati all'angolo, che svolazzavano al passaggio dei mezzi, come ali di una farfalla morente. L'uomo ringraziò e raccolse anche quelli, al solito modo.

«L'ambulanza, avete chiamato l'ambulanza?» continuavano a ripetere uomini e donne che migravano a scatti verso via Galliari, per scorgere il corso, laggiù, o che volavano trepidanti verso via Madama, per vedere se da piazza Carducci apparissero i lampeggianti blu del pronto soccorso.

«L'ho chiamata, ho chiamato io il 118», continuava a ripetere Sandra ad alta voce, agitando il cellulare, mentre cercava di allontanare, a braccio teso, i ficcanaso che si assiepavano, famelici, intorno al gazebo ormai sbilenco, nel tentativo di fotografare la scena.

In quel momento il suono di una sirena avvolse ogni voce, si dilatò sulla piazza come una sfera invisibile e culminò, diventando quasi insopportabile, quando il mezzo bianco e rosso, con il lampeggiante blu che vorticava sul tettuccio, sbucò da via Berthollet, svoltò sulla piazza e con uno scatto di rabbia meccanica riprese velocità e volò all'angolo opposto, inchiodando in posizione obliqua.

I due barellieri balzarono fuori ancor prima che il mezzo fosse del tutto fermo e si lanciarono verso la donna, mentre l'autista, sceso a sua volta, cercava di tenere a distanza le persone muovendo le braccia come uno sbandieratore. Chiedeva spazio di movimento con una vocina pigolante che non avrebbe indotto all'obbedienza nemmeno un bambino. Ma nonostante la ressa, i suoi due colleghi riuscirono a raggiungere la vittima dell'agguato.

«L'ha presa tra la coscia e la natica», commentò il primo, piegato in avanti su Aldina Chiappero. Il suo codino di capelli dondolò nel vuoto.

«Tampona e stringi, muoviti», disse l'altro, perentorio, poi scattò in piedi e corse con passo asimmetrico, come se avesse preso una storta, verso il retro dell'ambulanza. L'autista, che conosceva senza dubbio la procedura, lo anticipò e aprì il portellone. I due estrassero la barella autocaricante, riaccostarono le ante e corsero verso la donna, sotto il corpo della quale si stava allargando, lenta, una pozza di sangue color rubino, decorata qua e là in modo macabro dalle pedate di chi sente sempre il dovere di farsi avanti in qualità di esperto e di berciare consigli inutili.

Sotto lo sguardo di mille cittadini vocianti e increduli, nel rimbombo di strilli acuti e invocazioni pagane, l'azione dei due operatori fu dapprima scomposta. Ma, dopo i primi istanti di esitazione, i loro movimenti divennero rapidi e tutto si svolse con la più alta professionalità. Nel giro di un minuto, Aldina Chiappero fu sistemata a bordo. L'autista lasciò all'interno i due infermieri, affinché si occupassero della paziente, poi richiuse il portellone, saltò al posto di guida e fece saettare nel traffico la spada sonora e bitonale dell'ambulanza.

Terlizzi non aveva ancora smesso di girare in tondo, senza posa e senza criterio, muovendosi a scatti, con i piedi lanciati all'esterno e le ginocchia convergenti. Sembrava un sonnambulo e di tanto in tanto abbracciava qualcuno a caso, senza nemmeno tentare di asciugare le lacrime che colavano sulle sue guance larghe, da capodoglio in miniatura.

«Stanno arrivando i colleghi con due pantere», gli disse il signore in giacca e cravatta, cercando di consolarlo. E gli mostrò i due fogli pinzati che teneva a distanza, tra pollice e indice, come fossero infetti, mentre con l'altra mano, distante dal corpo, reggeva la balestra, il prezioso corpo del reato e fonte di prova.

Terlizzi sollevò gli occhiali sulla fronte, si piegò sul primo foglio e lesse a occhi stretti la scritta in stampatello che apriva il comunicato: QUESTA È LA GIUSTIZIA DI DIO.

«Che vuol dire?» chiese, alzando il volto accaldato e molle su di lui.

«Legga qui», disse l'altro, e ruotò il plico lungo l'asse verticale, come fosse un kebab. Poi sollevò con l'unghia il primo foglio e indicò la firma posta al fondo dell'ultima pagina: FIRMATO: DIO – DISOCCUPATI INCAZZATI ORGANIZZATI.

Terlizzi lesse.

«Chi sono?»

«Non so. Credo che sia la prima volta che questa sigla appare. Porto tutto alla Digos», concluse l'addetto alla sicurezza.

Terlizzi si guardò intorno confuso, a mento in su, come se avesse la vista offuscata. Sandra, dal canto suo, non aveva mai smesso di parlare al telefono, impegnata a concordare con i dirigenti del partito le parole da usare con i giornalisti per interpretare l'attentato, e l'orario della conferenza stampa.

Anche le auto, in quei brevi e frenetici minuti, avevano contribuito ad aumentare il caos, dopo che i primi arrivati, alla vista dell'ambulanza e delle persone con le mani sulla faccia e le bocche schiuse, avevano lasciato i loro mezzi con le luci di posizione lampeggianti accese sulle rotaie del tram ed erano scesi. L'ingorgo che n'era nato era ormai inestricabile, sebbene dai balconi decine e decine di persone urlassero inascoltate indicazioni per sbrogliare quell'aggrovigliata matassa ferrosa a chi stava sotto e cercava scampo dalla morsa.

«Ma che ci fai ancora qui?» gridò all'improvviso Sandra, sbattendo contro le masse mollicce di Terlizzi. I curiosi ancora presenti si voltarono verso di lei e annuirono, approvarono.

«Io... Io non so...» rispose il portaborse. Sembrava incapace di prendere anche la più piccola decisione.

Sandra, sempre più pallida, se possibile, e scavata in volto, alzò ancor più la voce.

«Dovevi salire in ambulanza, andare con lei, cazzo. Non possiamo lasciarla sola. Vai, corri. Hanno detto che andavano alle Molinette, mi sembra. Ma che fai? Non da quella parte, di qui non passa più nessuno. Vai su corso Massimo, prendi il nostro Daily e vai in ospedale.»

«Ma poi dove lo lascio?»

Sandra si morse un labbro.

«Hai ragione. Chiama un taxi, mentre vai sul corso», ordinò, tenendo il telefono lontano dall'orecchio.

«Vado, corro», balbettò Terlizzi.

2
La scena del crimine

La polizia arrivò sul posto un minuto dopo.

Cominciarono a pullulare camici bianchi e tutto venne transennato come da manuale. In modo ritmato, in silenzio, gli addetti iniziarono a ricomporre la scena con calma. Si trattava di tentare la costruzione di un *mosaico* dal quale, se si è bravi, si ricavano notizie importanti, quelle che possono orientare uno sbirro con l'occhio attento verso la comprensione dell'atto criminoso e forse addirittura fornirgli la *visione* della mente del delinquente.

«Tra tutti, abbiamo fatto un gran casino, Guiscardo», disse il signore in giacca e cravatta, mesto, al suo capo, appena arrivato.

Guiscardo lo radiografò senza cattiveria.

«Le prime volte sono spesso le peggiori», ribatté per consolarlo.

Per l'uomo in giacca e cravatta, quella era stata la prima uscita solitaria nel ruolo di agente addetto al controllo politico. E il destino aveva deciso di accompagnare la sua prima volta con uno spettacolo d'eccezione. Era successo di tutto: un attentato in piena regola; la fuga dei criminali riuscita alla perfezione; la piena compromissione della scena del crimine. Tutto sotto i suoi occhi.

Guiscardo allargò la sacca di plastica e l'altro vi lasciò cadere all'interno la balestra e la freccia insanguinata. Nel secondo contenitore ermetico fece scivolare il comunicato di rivendicazione. Poi sigillò i due involucri e alzò le sopracciglia, continuando a masticare il chewing-gum a bocca chiusa.

«Non crucciarti, è normale che le cose vadano così quando un attentato viene perpetrato in mezzo alla gente. Intanto abbiamo uno schema di partenza, dato che la sequenza è stata vista da molti testimoni. Sarà uno schema da perfezionare, ovviamente, come insegnava Popper circa il rischio della falsificazione ininterrotta delle tesi investigative. Ma ricorda che un buon agente ha sempre molti dubbi e poche certezze, e per ogni quesito investigativo ha domande e non risposte», spiegò calmo al novellino.

«Sì, ma qui è tutto calpestato...»

Guiscardo spinse avanti due dita e giochicchiò con il nastro oltre il quale gli operatori della scientifica lavoravano accovacciati o chini.

«Non crucciarti», ripeté.

Guiscardo era famoso, fra gli addetti ai lavori, per il suo lessico, che ai più sembrava ricercato, e per una certa tendenza a sfoggiare erudizione. Si accarezzò la barba corta e ordinata. L'altro respirò profondo, fissò il volto serio e oblungo del suo capo, ne squadrò la figura longilinea e cercò di somigliargli, drizzando le spalle.

«Vedi, Beppe», riprese Guiscardo, didattico, «il lavoro più importante, sulla scena del crimine, non è reperire tracce, impronte o indizi, ma studiare la forma di *comunicazione* che l'autore del reato, volente o nolente, ha generato con il suo atto. L'investigatore deve avere la capacità di interpretare il linguaggio del delinquente. Ed è soltanto questa capacità che determina l'efficacia e la qualità dell'intervento. Ogni modo di agire, infatti, rispecchia la natura profonda di chi ha commesso l'atto. Inoltre, se le cose sono andate bene, dal suo punto di vista, il criminale avrà la tendenza a conservare lo stesso *modus operandi* nel commettere un nuovo reato.»

Beppe si grattò la testa e spinse le labbra in fuori.

«Ha usato la balestra», affermò, fiero. E raccontò, più per sé che per il suo superiore, come si era svolto l'attentato.

Guiscardo non lo interruppe. Ascoltò il pivello scrutando a occhi piccoli il lavoro dei tecnici, poi mormorò: «L'amico armato di balestra era senza alcun dubbio preparato e pericoloso, e l'ha dimostrato. Addirittura fantasioso, con quel colpo che sembra tratto dal copione di un film: Aldina Chiappero, candidata alle elezioni, cita Guglielmo Tell durante un comizio di strada, nel viavai del mercato, e un attimo dopo viene colpita dalla freccia scagliata da una balestra, proprio come quella del leggendario eroe svizzero. C'è fantasia, c'è ironia, in questo attentato. Certo, tutti sappiamo da mesi che la Chiappero ha scelto Guglielmo Tell e la famosa mela come simboli della sua campagna elettorale, ma un attentato è rischioso, va studiato al millimetro per ridurre i rischi. E quelli, invece, ci hanno scherzato sopra. C'è intelligenza programmatica, una lucida e spietata pianificazione, oltre a capacità esecutiva. Per la gioia dei mass media, senza dubbio. Sei d'accordo?»

Beppe arretrò di mezzo passo, come se i ragionamenti del suo capo esercitassero su di lui una pressione, uno spostamento d'aria.

«Sì, mi pare di sì», disse, e deglutì.

«Una balestra...» sillabò Guiscardo. Poi tacque, girò lo sguardo tutto intorno, a periscopio, e infine strinse le palpebre. Gli occhi, già infossati, sparirono in una fessura scura.

Per cogliere ogni elemento di quel dialogo fra lui e l'attentatore, per scovare anche i segni impercettibili, doveva chiudere gli occhi. Sapeva che doveva analizzare ogni aspetto della scena. E per tramutare in sostanza indizi magari irrilevanti doveva usare la leggendaria doppia chiave interpretativa, quella *criminalistica*, per ricostruire con metodo oggettivo la successione dei fatti, e quella *criminologica*, per ricomporre con metodo scientifico il comportamento del criminale.

«La vera regola», disse poi di colpo, con uno scatto delle spalle che fece sobbalzare Beppe, «è fondere l'indagine scientifica con quella classica, che include l'intuito.»

Intanto, con un cenno del mento diede l'assenso all'attivazione dei controlli di rito, dalla ricerca delle eventuali cabine telefoniche sopravvissute in quella zona alla localizzazione e al tracciamento delle celle telefoniche, per individuare tutti i cellulari presenti in quell'area; fino all'acquisizione di immagini, da quelle satellitari a quelle fornite da telecamere di videosorveglianza collocate nei pressi.

Beppe si asciugò il sudore e trascrisse le ultime parole del capo su un notes.

Guiscardo si allontanò, stringendo forte la sacca con i reperti.

«Poi c'è quel foglio, quella rivendicazione: 'La giustizia di DIO...' Sono criminali fantasiosi. Delitto e umorismo, un'accoppiata rara...» disse. Ma stava parlando a sé.

3
L'ospedale

Terlizzi gettò con un gesto nervoso la banconota da cinquanta euro sul cruscotto e volò fuori, verso l'atrio del pronto soccorso, sotto lo sguardo sbalordito del tassista, che non provò nemmeno a dargli il resto.

A passi scoordinati e con l'andatura a rimbalzi che ricordava un pallone da spiaggia poco gonfio, varcò goffo la saracinesca a scorrimento verticale dell'ingresso, raggiunse la porta smerigliata, l'aprì, ma fu subito bloccato dall'infermiera: «Aspetti fuori. Non ha visto il cartello?»

Terlizzi non si lasciò impressionare dal tono militare della donna in divisa verde ed esibì un cartoncino spiegazzato e plastificato, munito di foto: «Sono il segretario particolare di Aldina Chiappero», disse, con la testa piegata, dato che era consapevole di parlare spruzzando saliva quando era sotto sforzo. Alla fine della frase attinse aria a bocca aperta, come un sub appena riemerso.

L'infermiera arretrò e modificò la sua espressione. Da duro e ostile, il suo volto si trasformò e si atteggiò a una signorile disponibilità senza sorrisi, come a voler segnalare la piena comprensione del caso, ma nessun servilismo di maniera verso i funzionari di partito.

«Dovete parlare soltanto con me», aggiunse Terlizzi. Le gocce di sudore che gli correvano sulle guance chiazzate, scarlatte, erano ormai simili a rivoli e la sua pelle mandava riflessi brillanti e lucidi, come fosse ricoperta di paillette, sotto le rasoiate dei tubi al neon.

«Venga», disse rapida l'infermiera, e lo tirò dentro, avendo cura di distendere un braccio per premere il tasto laterale che azionava la chiusura automatica della porta.

Terlizzi osservò i pensili metallici che traboccavano di farmaci schierati come soldati in miniatura e di buste contenenti siringhe, tubi trasparenti, guanti monouso. Temette di perdere i sensi al solo pensiero di poter vedere una goccia di sangue o di sentire qualcuno urlare di dolore, e il suo colorito divenne verdognolo.

L'infermiera sedette alla scrivania, aprì la cartella clinica che aveva davanti e posò sul suo interlocutore lo sguardo bonario e superiore che usava, tempo prima, quando osservava i mariti in sala parto, prossimi a svenire: «Si sieda», disse, «e respiri a fondo. Ho già il mio bel da fare con i feriti».

Terlizzi si sedette di tre quarti, sollevò la testa fino ad assumere una posa volitiva e ordinò: «La candidata deve avere una stanza singola».

Il tono dell'uomo non produsse effetti significativi. L'infermiera abbassò il mento fin quasi sullo sterno, distese l'indice sul grande foglio ripartito in riquadri azzurri e lo fece scivolare su alcune righe. Trasse un respiro profondo, alzò la testa e infine disse, calma, a voce bassa: «La paziente Chiappero Aldina è arrivata morta in ospedale. Aveva l'arteria femorale recisa».

Terlizzi portò le mani alla bocca e sgranò gli occhi. Fece il gesto di alzarsi, ma si risedette subito. Girò il collo in tutte le direzioni.

«Non è possibile...» gemette, e deglutì aria più volte.

«Non c'era nulla da fare. A noi è giunta cadavere. La femorale è grossa così», spiegò l'infermiera, unendo a cerchio pollice e indice, «e se viene recisa si muore in un minuto.»

Terlizzi si asciugò il sudore con un fazzoletto stropicciato che ricacciò subito in tasca. Spinse gli occhiali sulla testa e portò le mani sulle guance madide, poi respirò a bocca aperta, soffiò l'aria di lato e disse, slacciandosi la cravatta: «Devo chiedervi la massima discrezione».

La voce gli era uscita graffiata, come quella di una radio mal sintonizzata. Ma il concetto era giunto a destinazione. E per segnalare la natura non trattabile dell'affermazione unì i palmi delle mani davanti alla bocca e strinse gli occhi, proprio com'era solito fare il leader del suo partito quando dava ordini precisi senza però chiedere in modo diretto.

L'infermiera distese le mani aperte sulla cartella clinica, come se la misurasse a spanne, e rispose, placida: «C'è una procedura. Abbiamo già informato il posto di polizia».

Un ronzio improvviso rimbalzò nell'aria, come se un calabrone fosse entrato nella stanza. Terlizzi ficcò una mano in tasca, rabbioso, e agguantò il cellulare che continuava a ronzare. Posò gli occhi sullo schermo. Non rispose e zittì il telefono.

«Dov'è il corpo?» chiese poi all'infermiera. La sua voce, da sabbiosa e rauca, era diventata pastosa.

«È sotto. Il magistrato ha disposto che dovrà essere preso in consegna dal medico legale e portato all'Istituto di Medicina Legale.»

«Vorrei vederlo... Un ultimo saluto...» biascicò Terlizzi. Piegò la testa di lato. Una goccia lucente gli sfuggì dall'angolo dell'occhio e colò oltre la palpebra inferiore. L'infermiera spense il suo desiderio opponendogli il palmo della mano aperta.

«Noi ci occupiamo soltanto dei vivi. Mi spiace. Quando un corpo passa a loro, noi non abbiamo più voce in capitolo. Dovrà parlare con il medico legale. Ma temo che anche lì... In casi come questi ci vuole il permesso del magistrato. Nemmeno i parenti, in questa fase, possono vederlo.»

Terlizzi abbassò la testa ed emise un sospiro. Dalle sale adiacenti giunsero di colpo le voci concitate degli operatori sanitari che chiedevano una barella, mentre altri suoni si univano in una sinfonia sgangherata e dissonante, organizzata intorno ai lamenti emessi da una voce maschile, ai colpi improvvisi di porte sbattute, ai clangori prodotti dagli strumenti gettati sui carrelli metallici. Doveva essere arrivato un caso urgente. L'odore di etere, o di ciò che lui chiamava etere, cominciò a stordirlo.

«Adesso ho da fare», concluse l'infermiera, e si alzò. S'infilò i guanti sterili, azzurri, e girò intorno alla scrivania. Poi azionò il pulsante di apertura e lo invitò a uscire, richiudendo rapidamente, alla vista del gruppo vociante che si era mosso verso di lei, come obbedendo a un telecomando, nel momento in cui la porta si era aperta.

Nella sala d'aspetto, le altre persone si muovevano a scatti, come sagome dei videogiochi, chi cercando di varcare soglie vietate chi scattando in piedi alla vista di un camice bianco o di una divisa verde. Terlizzi zigzagò in quell'anticamera di dolore scomposto ed esibito, percorse un corridoio a caso, afferrò il cellulare e compose il numero di Sandra, ma trovò occupato. A testa bassa, come un toro nell'arena, continuò frenetico a ripetere la chiamata, fino a quando ottenne la linea libera.

«Dimmi, Tonino», disse Sandra.

«Ecco, adesso posso parlare...» rispose lui, affannato, soffiando l'aria di lato per non far grattare il microfono.

«Dimmi tutto, in fretta», riprese Sandra, «perché qui sto impazzendo, con la stampa.»

Terlizzi non la lasciò finire: «Aldina è morta... La freccia ha reciso l'arteria femorale... No, non l'ho vista... Il medico legale... Sì, c'è l'indagine, ovviamente... Sì, ti raggiungo dopo... Sì, lo so, dobbiamo fare il comunicato stampa prima che i giornalisti si scatenino nelle versioni più stravaganti, capisco... Ma prima devo parlare con il medico legale, e poi con il magistrato che si occuperà del caso. Le elezioni sono vicine. Dobbiamo accelerare tutte le pratiche, autopsia e cose varie, se no restiamo impantanati...»

Chiuse il telefono e alzò la testa. Era al fondo di un corridoio intasato di sedie a rotelle e di barelle. Non sapeva come ci era finito, in quel posto. Guardò i due lati del budello dalle pareti scrostate e a bocca spalancata riprese la direzione opposta da cui era giunto. A ogni intersezione dei corridoi seguì a caso i flussi più numerosi. Senza nemmeno sapere come, raggiunse l'uscita e, ormai privo di fiato, agguantò un taxi su corso Bramante, mentre l'ennesimo urlo di una sirena piegava l'aria davanti all'ospedale.

4
Il coccodrillo

«Come sarebbe a dire che non c'è? Tirate fuori questo coccodrillo, subito!» tuonarono, più o meno nello stesso momento, e all'insaputa l'uno dell'altro, i due caporedattori delle sezioni locali di *Stampa* e *Repubblica*.

«La Chiappero aveva cinquantadue anni ed era in piena salute. Non c'è un coccodrillo pronto, in questi casi», fu la risposta più o meno simile dei redattori presenti.

«E allora tirate giù una scheda, una biografia, un box con la sua carriera. La mettiamo subito sulla pagina web, veloci.»

La morte di Aldina Chiappero aveva raggiunto le agenzie giornalistiche e le redazioni dei giornali come un'onda anomala. La rete, come sempre, vinse con l'equivalente di anni luce di anticipo la gara mai dichiarata per il primato della tempestività. A dodici ore dall'attentato e a undici dalla morte, un solo argomento scorreva sui mezzi di comunicazione e impegnava i commentatori in palpitanti quanto caotiche e variegate congetture.

Dalla sede del partito di Aldina Chiappero, Terlizzi e Sandra, soli portavoce incaricati dalla direzione centrale a fornire comunicati ufficiali alla stampa, continuavano a ripetere che ogni conclusione era prematura, che la candidata non aveva mai subito minacce dirette, che la sigla DIO, con la quale si erano firmati gli attentatori, non risultava nei repertori della Digos.

Anche la vita privata della volitiva ed energica Aldina Chiappero fu indagata, per quanto possibile, dai giornalisti. Ma lo scavo diede pochi frutti. La candidata al ruolo di governatore del Piemonte viveva sola, in una casa della collina, tra

Pecetto e Revigliasco. E a parte le uscite pubbliche legate al suo incarico politico e alla campagna elettorale, non conduceva pressoché vita mondana. La sua dedizione totale al lavoro e la sua attitudine al comando le erano costate la separazione dal marito, molti anni prima, e negli ultimi due anni aveva troncato anche i contatti con la famiglia d'origine, che non gradiva la veemenza e l'atteggiamento di sfida costante che la caratterizzavano.

«Aldina Chiappero», ripeté Terlizzi per la decima volta, davanti all'ennesimo microfono, con la voce che ricordava il ghiaccio che si crepa sulla superficie di un laghetto, «è morta per la sua dedizione a un'idea, è morta per il suo sogno. Ha vissuto senza mai pensare a se stessa, senza un giorno di vacanza, senza una vita privata, con la sola speranza di portare il cambiamento nella nostra società malata.»

Tacque per dare tempo a chi usava ancora matita e taccuino di prendere nota. Poi riprese: «Un vigliacco, mandato da altri vigliacchi, l'ha uccisa fra i banchi del mercato, mentre parlava alle donne e agli uomini del popolo, alle persone comuni, ai cittadini, i soli ai quali si rivolgeva e dai quali sapeva di ricevere affetto e stima».

Le televisioni rimbalzarono il comunicato stampa di Terlizzi per tutto il giorno successivo all'omicidio. L'audience fu aumentata ad arte insistendo nella descrizione scrupolosa dell'attentato, reso pruriginoso grazie alla continua citazione del gluteo della vittima. E da lì a poco, se soltanto fosse saltato fuori un sospettato, un anarchico o un fidanzato geloso, poco importa, sarebbe iniziato il processo mediatico, quello più potente e a volte vincolante, dove, ai fini della condanna mediatica o dell'assoluzione, non interessa sapere se un soggetto è colpevole o innocente, ma se a quel sospettato la trama sia cucita bene addosso, come un vestito, e soprattutto se quel meccanismo narrativo sia stuzzicante per la curiosità delle masse, per la loro immaginazione. E nessuno baderà più se alla fine, nelle aule processuali, il sospettato sarà dichiarato innocente e, quindi, prosciolto dalle accuse.

I giornali, a loro volta, cavalcarono la notizia, ma con pochi picchi di fantasia nei titoli, incapaci di eludere la facile conclusione a effetto, piegata con poche varianti alla prevedibile formula: «La candidata uccisa da DIO».

LOLA

5
La rapina

Gli odori forniscono un sacco di indicazioni.

Ho imparato in galera a usare le narici per riconoscere i tipi umani, o almeno lo stato emotivo in cui si trovano. Pochi sanno che il coraggio ha odore di pane abbrustolito; che la vigliaccheria sa di grasso rancido; che il fifone emette una nota acida e persistente; che il killer professionista puzza di straccio bagnato.

Roba chimica, lo so, adrenalina, estrogeni e simili, ma alla prova dei fatti, sei hai un po' di naso, sai subito se davanti a te c'è un codardo o un prode. Anche i ladri, gli scippatori e i rapinatori hanno spesso un odore speciale. Sanno di aceto vecchio, che è l'odore dell'insicurezza, dell'ansia.

Solo chi ha battuto la strada del crimine sa queste cose, e l'odore dell'asfalto è la migliore palestra.

Ho sentito la sua puzza prima ancora di vederlo.

Ero andata al Valentino, come ogni mattina, per la mia ora di corsa e di ginnastica sulle rive del Po, in mezzo al verde. Le giornate calde forse non sono le più adatte allo sforzo, ma nel parco l'afa non si fa sentire prima del pomeriggio. Ho corso con energia, ho tirato i muscoli e contato cento flessioni, ho fatto stretching su una panchina e poi, sudata come una che ha appena sgravato, sono tornata indietro al ritmo della corsetta leggera, defatigante. Ho attraversato corso Massimo, risalito mezzo isolato di corso Marconi e infine, sbuffando, ho spinto la porta del negozio, al 33c, ma non sono entrata. Ho soltanto intrufolato la testa all'interno per avvisare Rinaldo che passavo da casa un attimo e che subito dopo la doccia gli avrei dato il cambio. In quel momento le mie narici sono state assalite da una zaffata di aceto stantio.

Il rapinatore era lì, era dentro, e mi dava le spalle, incongruo e sgraziato in quell'ambiente dalle pareti granata, dove i paralumi diffondevano una luce ovattata in contrasto con i piccoli neon che rischiaravano l'interno del bancone e lo scaffale vetrato degli champagne. Se ne stava a gambe larghe e con la schiena gobba come il duellante di un film western; la testa era nascosta sotto un cappuccio di felpa, alla maniera dei rapper, e teneva le braccia distese in avanti, convergenti, con una mano stretta intorno alla pistola e l'altra a reggere il polso. Il mio arrivo lo ha costretto a voltarsi. Mi ha puntato l'arma.

«Entra o ti ammazzo, puttana», ha gridato. Poi ha cominciato a muovere su e giù la pistola in semicerchi ripetuti, convinto di poter tenere sotto tiro, da un unico punto, me e Rinaldo.

Lui, Rinaldo, immobile dietro il bancone con le mani per aria, ha lanciato un grido da donna, acuto.

Con calma, con gesti lenti e senza dire una parola, ho ubbidito a quel bastardo. Sono entrata. Con un piede ho chiuso la porta alle mie spalle tenendo le braccia bene in vista e distanti dal corpo. Lui ha annuito e ha mosso la bocca in un ghigno tremulo di soddisfazione. Sotto l'ombra del cappuccio aveva una faccia scavata, le pustole sulla fronte e una barba da cretino, né corta né lunga. L'ho fissato a lungo e poi ho analizzato la sua muscolatura, la linea dritta dei quadricipiti, che in quella posizione avrebbe dovuto essere convessa. Un insetto stecco sarebbe risultato più atletico. Infine ho studiato la pistola che mi puntava contro. E a quel punto ho alzato il mento e ho inspirato ancora una volta, con forza. La puzza di aceto era tremenda. Era chiaro che crepava di paura. Al culmine di quell'emissione acida ho agito. Gli ho afferrato il polso con una mano e ho ruotato con brutalità il mio, in velocità, senza mai interrompere lo sforzo. La torsione del mio polso si è trasferita a tutto il suo braccio e poi alla spalla, e così il babbeo è stato costretto ad aprire la mano e a girarsi di tre quarti emettendo un sibilo a gola rauca, da serpente, mentre il giocattolo a forma di pistola cadeva a terra. Quando mi ha dato la schiena avrei potuto smettere, ma invece ho insistito, ho stretto ancor più la presa e ho spinto forte, in alto, fino a sentire il rumore secco dell'osso che usciva dalla sua sede. A quel punto il suo sibilo è diventato un urlo. È scivolato ai miei piedi ed è rimasto a pancia in giù, sbavando e piagnucolando sulle piastrelle color smeraldo del mio amato negozio di vini e specialità francesi, la mia tana, che avevo chiamato Caveau.

Per un attimo ho pensato che i liquidi schifosi che quel fesso lasciava gocciolare sul pavimento mi offendevano più ancora che la tentata rapina.

Mi sono accovacciata su di lui, gli ho posato un ginocchio sulla schiena e con la mano libera gli ho schiacciato la testa a terra. Poi gli ho parlato piano, all'orecchio, mentre lavoravo a singhiozzo sul braccio slogato.

«Stronzo, ma chi credi di spaventare? Non basta togliere il tappo rosso dalla canna di una pistola di plastica per far paura alla gente.»

Ha cominciato a gemere allo stesso ritmo dei miei strattoni.

«Vuoi sapere una cosa? Sono stata in galera. Ne so più di te, su tutto. Per esempio, so che non si rapina un negozio di mattina, quando gli incassi sono minimi. Ma soprattutto so come si rompono le braccia. E tu l'hai appena scoperto.»

Gli ho spostato un po' il gomito. Ha strillato.

«Un altro urlo così e ti rompo anche l'altro», ho bisbigliato.

Ha smesso, continuando a mugolare e sbavando.

«Bisogna imparare a soffrire in silenzio, coglione. Adesso te ne vai, piano e senza far casino. E corri a farti curare il braccio da un veterinario, perché se vai in ospedale i medici chiamano la polizia, dato che capiscono subito che chi ti ha ridotto così è una persona esperta. E la polizia ti fa cantare come un uccellino. Tu racconti tutto e loro vengono qua. E io non li voglio qua, gli sbirri. Perciò ricordati, se qualcuno viene da me a causa tua, io poi ti cerco e ti uccido. Chiaro?»

Ho allentato un poco la presa.

«Mi hai rotto un braccio», ha vagito, con la bocca storta, premuta contro il pavimento.

Mi sono tirata in piedi e per darmi forza mi sono specchiata nel vetro che chiude la rastrelliera delle bottiglie di champagne, illuminata dal neon interno. Dovevo impedirmi di provare un minimo di pietà per quello stupido e mi sono aiutata cercando di apprezzarmi nella postura titanica della vincitrice che sconfigge il nemico.

Lui si è raggomitolato su un fianco, come un bambino, e ha cercato, strisciando, di raggiungere lo scaffale delle mostarde, nemmeno volesse infilarcisi sotto, come uno scarafaggio. Con la punta delle sneaker gli ho dato alcuni finti calci di assaggio, senza energia, sullo zigomo, giusto per stuzzicarlo e per valutare la sua capacità reattiva. Per tutta risposta ha ripreso a piagnucolare forte, tenendosi una spalla.

Mi sono di nuovo specchiata. Per quanto indossassi calzoncini e maglietta nera, e sebbene una fascia grigia mi cingesse la fronte e lasciasse sfuggire ciocche sudate di capelli neri, lo specchio improvvisato mi ha restituito una figura dignitosa e teatrale.

«Va', sparisci», ho intimato.

Vedendo che non si decideva ad alzarsi, mi sono chinata, gli ho afferrato l'omero e ho dato ancora un paio di colpetti. Il fesso ha guaito di nuovo, sotto le mie torsioni.

«Basta, Lola», ha detto Rinaldo, ancora fermo al suo posto di vendita. Non voleva che esagerassi, che infierissi, visto che in fondo l'arma era finta. Non gli ho dato retta.

«Guarda che adesso puoi abbassare le mani», ho suggerito al mio socio. E il mio tono, a differenza del suo, gli ha ricordato che non poteva darmi consigli, mai.

Ma forse aveva ragione lui. Perciò ho smesso di tormentare quell'idiota. L'ho invitato a strisciare verso l'uscita con una serie di calci più energici. Poi ho spalancato la porta del negozio, sono scesa sul marciapiede e ho ruotato il collo a destra, verso via Madama Cristina, e a sinistra, verso la massa bianca, elegante e nitida del castello del Valentino. Ho atteso che un signore con il giornale sotto il braccio passasse oltre e sono tornata dentro.

«Adesso sparisci», ho detto a quel verme, nel breve momento di tranquillità di quel lato del corso, sempre affollato.

Lui si è sollevato a fatica, più lento di un ponte levatoio, poggiandosi sull'unico braccio sano. Ha assunto una posizione da cane bastonato ed è caracollato fuori, gobbo e storto come un chiodo estratto male da una cassetta di legno.

Rinaldo è sgusciato dalla postazione di vendita con il suo passo elastico, dopo aver sistemato i capelli con una mano e spostato un portauovo con l'altra.

«Ma come hai fatto a capire che la pistola...» ha farfugliato.

«I dettagli, Rinaldo», gli ho risposto. Lui ha abbassato gli occhi.

«Ma in quei momenti...» ha balbettato.

Gli ho posato una mano sulla spalla.

«È soltanto in quei momenti che occorre essere attenti. È proprio quando si alza la posta in gioco, bambolotto, che bisogna restare lucidi e portare la massima attenzione ai dettagli. Non ho mai saputo che cosa sia di preciso l'intelligenza, Rinaldo, ma so con certezza che cosa vuol dire osservare e cogliere i dettagli. Se ti puntano una pistola, devi guardare subito il foro della canna. Quello era slabbrato, perciò la pistola era finta.»

«I dettagli...» ha ripetuto due o tre volte, più per sé che per me. Poi se n'è andato nel retro a testa bassa. Mi è sembrato che portasse una mano verso gli occhi.

Dopo quella terribile notte di battaglia, due anni fa, ch'era costata la vita a Raffaele e a Bakko, e che aveva allontanato per sempre da noi Sandiego e Tanya, Rinaldo non si è più ripreso del tutto. Non era adatto alla guerra, e quell'esperienza di violenza, anziché irrobustirlo, gli ha lasciato il sistema nervoso scosso al punto che tende a paralizzarsi di fronte all'irruzione del pericolo. Certo, è rimasto bello come allora, bello come Nureyev, con quegli zigomi che indicano il cielo e i capelli che quando sposta la testa gli volano indietro come un mantello di luce ambrata. Ma vive nel terrore dello scontro, del conflitto.

Ci eravamo ritrovati qui a Torino, dopo la fuga in Toscana, e gli avevo subito proposto di affiancarmi nella gestione del negozio di prodotti francesi che avevo deciso di aprire, dopo aver visto il cartello sul vetro del negozio sfitto, in quel bel palazzo di corso Marconi dalla facciata color rosa antico che tanto mi piaceva. Lui aveva spalancato la bocca per la felicità, incredulo. Da quel momento si è per così dire nascosto dietro di me, ha trasformato il Caveau nella sua tana e usa il bancone come scudo. Si è specializzato nel lavoro manuale, oltre che nella vendita dei vini. Ha fatto quasi tutto lui, in negozio, quando è venuto il momento di montare i mobili. Trapani, avvitatori, chiodi e martello, seghetti, flessibili e scalpelli non hanno segreti per lui.

La guerra non agisce sulle persone allo stesso modo. Per me, per esempio, la guerra è la migliore scuola. Ci vai malvolentieri, proprio come a scuola, spesso ti obbligano a frequentarla, contro la tua volontà, ma alla fine impari qualcosa, un gesto, un modo di reagire, una tecnica per affrontare il nemico, o anche soltanto la capacità di resistere al dolore o alla noia. A Rinaldo la guerra non ha insegnato nulla. Il conflitto l'ha ricacciato indietro, in uno stadio infantile, impaurito. La vista di una pistola giocattolo l'ha sconvolto al punto da impedirgli di osservare la realtà, riportandolo di colpo a quella notte, allo scontro a fuoco, ai proiettili che volavano e alla paralisi totale.

Ma al riparo dai proiettili, e a patto di poter contare su uno schermo fra sé e gli altri, Rinaldo è di rara efficienza.

Da quando siamo soci in affari, si è messo ai miei ordini. L'ho iscritto a un corso per sommelier per renderlo competente e soprattutto convincente nel piazzare bottiglie costose ai torinesi, più inclini nell'apprezzare i prodotti dei cugini con la erre arrotata di quanto siano disposti loro, i francesi, a gradire quelli italiani. Poi l'ho piazzato dietro il bancone e lui ne è stato subito entusiasta. Ha preso in affitto un appartamento in via Giacosa, a pochi passi dal Caveau, e ha scoperto la gioia del lavoro.

«Vado a levarmi la puzza di dosso», ho detto. E sono uscita senza nemmeno guardarlo.

Mentre mi ricoprivo di crema idratante alla carota, ho ripensato a quel deficiente di un rapinatore e mi sono pentita di non avergli fatto più male.

Può sembrare una bestemmia, ma nella mia personale scala di valori mi sento più disposta a capire le ragioni di un assassino che non quelle di un ladro.

Certo, detta da me questa frase risulta di parte, dato che mi sono succhiata sei dannati anni di galera, dai sedici ai ventidue anni, per aver ucciso mio padre.

Ma quando dico che un assassino, ai miei occhi, ha più dignità di un ladro, non sto cercando di giustificare me stessa. E in ogni caso è vero, ho ucciso mio padre, ma oltre la mia stessa volontà, come dice la legge a proposito della preterintenzione. L'ho imparata bene, la legge, le sue astuzie, le trappole processuali... Certo, mi sono beccata l'accusa di omicidio, ma la verità è che volevo soltanto difendermi da mio padre, volevo difendere Edo, il mio fidanzato, volevo proteggere la nostra *prima volta*. Lui, mio padre, ci aveva beccati nel capanno degli attrezzi, nudi, ed è piombato su di noi con la faccia indiavolata, menando le mani. Ho afferrato alla cieca la prima cosa che ho trovato sul tavolo da lavoro, dietro di me, e l'ho impugnata, più per proteggermi che per attaccare. Era una lima. E in quel gran mulinare di braccia che ne è seguito, la lima è finita dritto nell'occhio di mio padre senza che neanche me ne accorgessi. Certo, l'ho ucciso, ma credo che soltanto lui, fra noi tre, fosse disposto a uccidere.

E comunque, sei anni di galera mi hanno insegnato molte cose.

Volevo dire del furto e invece ho tirato fuori l'omicidio.

Mi capita spesso di ritornare a quel maledetto giorno.

Il ladro, dicevo. Ma più che un ladro, quello era un rapinatore. O, meglio, era soltanto un balordo senza palle, un rapinatore da strapazzo. In ogni caso, voleva prendersi ciò che non era suo, con la violenza, con l'intimidazione. I ladri li ho sempre odiati. Se ascoltassi il mio istinto, li finirei con le mie stesse mani, lì sul posto, a unghiate o a morsi, al bisogno.

Gli assassini sono diversi, si muovono su un altro piano, agiscono su un terreno dove la posta in gioco è davvero alta, addestrati da anni di conflitto interno, paralizzante e assoluto. Gli assassini che ho conosciuto in gabbia avevano tutti, o avevano avuto tutti, un'idea allargata e distorta di sé. Parlo degli assassini occasionali, s'intende, come la tizia che ha ucciso il marito dopo aver sopportato per anni soprusi o angherie; o il tatuato che non ha visto altra soluzione che far fuori il suo capo, quando è stato licenziato; o il babbeo che dopo una lite per un passaggio comune tra la sua villa e l'altra ha coltivato il sogno di vendetta fino a realizzarlo, anni dopo; o la gelosa convinta che il suo uomo fosse davvero suo e soltanto suo.

Hanno covato rabbia e sofferenza, nel loro cervello anchilosato, e si sono trincerati in silenzi ossessivi, hanno rimuginato parole e immaginato azioni senza aver mai trovato le parole per reagire, hanno gonfiato sacche invisibili di rancore, e un bel giorno hanno ammazzato qualcuno.

Non ho nessuna simpatia per queste persone, ma mi rendo conto che il loro dissesto le ha spinte oltre, molto oltre, anche oltre la loro stessa identità, dopo averla drogata con dialoghi muti, a spirale, vorticosi, nati e morti di continuo nella loro testa.

Gli altri assassini, gli specialisti, i killer di professione, mafiosi o sicari che siano, non mi hanno mai interessato, dato che sono soltanto ottusi impiegati del crimine. E maleodoranti, anche loro, per di più.

6
Il ricatto

Gli sbirri hanno un modo di aprire le porte ed entrare che è come un'impronta digitale. Soltanto loro riescono, nello stesso istante e in un unico gesto rotondo, a impugnare la maniglia, abbassarla e imprimere alla porta la spinta di apertura. Tutti gli altri compiono quelle tre azioni, impugnare, abbassare e spingere, in tre tempi, e ognuna di quelle unità di tempo è separata dalle altre, se pure di una frazione di secondo, un granello di tempo equivalente al trattino nelle parole doppie. Loro invece, gli sbirri, sono così decisi che non staccano i gesti, sicché anche senza volerlo il loro ingresso è accompagnato da un pizzico di brutalità che l'occhio attento o allenato al pericolo registra al volo.

«Buongiorno», ho detto al cliente senza trattino, «è qui per interrogarmi o per arrestarmi?»

Ha alzato il mento, ha aggrottato la fronte e poi ha sorriso. D'istinto si è specchiato nella vetrinetta chiusa a chiave che ospita le bottiglie di champagne, forse nel timore di essere uscito in divisa o con la pistola alla cintura. Credo che abbia anche osservato la sua testa allungata, iscurita dalla barba ordinata e rada, per capire quale dettaglio l'avesse tradito. In ogni caso, mi sono stupita nel notare che anche lui, come me, usava ogni superficie riflettente come specchio. Uno sbirro scientifico, ho pensato.

«Si vede così tanto?» ha chiesto con un sorriso un po' timido che ha riequilibrato tutto. Ho notato le mani curate, oltre alla figura snella e alle spalle solide di chi suda in palestra tutti i giorni o quasi.

«Gli sbirri non sono in grado di camuffarsi», ho risposto, senza fargli notare che la camicia stirata alla perfezione, sotto la giacca blu di lino, era un'ulteriore prova contro di lui. Ho pensato alla mia maglietta nera, inoffensiva e neutrale.

Ho subito collegato l'intrusione dello sbirro nella mia vita con quel coglione in felpa a cui avevo spezzato il braccio. E in un certo senso me l'aspettavo. Doveva pur vendicarsi, quel verme. Al poliziotto di turno, in ospedale, doveva aver detto di essere stato aggredito da una pazza che l'aveva scambiato per un rapinatore. E aveva fornito indirizzo e tutto. Ma ormai il poliziotto era lì e dovevo occuparmi dell'emergenza e affrontare la situazione.

«Mi chiamo Guiscardo», ha detto. Ha messo le mani in tasca e ha guardato dietro di me, oltre il bancone, verso la porta che dà sul retro.

«Sono sola», ho replicato, veloce. Era vero. Rinaldo era uscito mezz'ora prima per le consegne a domicilio del venerdì mattina. I clienti della collina non scendono volentieri in città, preferiscono ricevere i pacchi a domicilio. O mandano in negozio i filippini.

«Possiamo parlare?» ha chiesto.

«Per quanto tempo?»

«Un bruscolo o poco più», ha risposto.

Ho messo le mani sui fianchi e l'ho guardato storto. Se era di quelli che cercano di intimidire con le parole difficili, aveva trovato la persona giusta.

«Vieni di là, nel retro, tanto so già che non comprerai niente», ho risposto, passando al *tu*. Doveva capire che non m'intimoriva. E soprattutto che le regole, a casa mia, le stabilivo io.

È passato dietro il bancone chiedendo permesso come un bambino. Ho aperto la porta con un piede e mi sono tirata indietro per farlo passare. Volevo vederlo di spalle. Gli ho fissato la schiena per cercare di capire se sotto la giacca avesse la pistola infilata nella cintura, sul culo. Ma era pulito. Oltre al portafoglio, nulla. Gira disarmato, ho pensato, perciò si tratta di uno sbirro di grado elevato.

«Bene, puoi sederti», ho detto. Gli ho indicato il tavolo e le due sedie di legno, da osteria, verniciate di bianco, ma lui è rimasto in piedi e ha atteso che mi sedessi prima di accomodarsi di fronte a me. Con un rapido giro di pupille ha preso visione dei pochi mobili della stanza, chiari, ha squadrato la piccola cucina a gas in acciaio inox con la caffettiera ancora su; ha registrato la presenza del minuscolo lavandino bianco e dello specchio fissato sopra, necessario a verificare di non avere sbaffi di caffè sulle labbra quando il campanello della porta avvisa che sta entrando qualcuno; ha radiografato gli scaffali di metallo cromato dove teniamo le scorte di mostarda e ha registrato la presenza della porta a due ante che dà sul cortile. Dopo la perlustrazione ha fatto scivolare sul tavolo un cartoncino preso dal taschino interno della giacca. L'ho girato senza stringerlo fra le dita. Era una mia foto scattata quando stavo in galera. Subito dopo ha posato sul piano un foglio spiegazzato sul quale erano trascritti i miei dati anagrafici seguiti da una breve biografia. Le ultime righe mi citavano come proprietaria del ristorante nel quale, due anni prima, si era svolta una guerriglia in tutto simile a un regolamento di conti fra delinquenti. Tutte cose vere.

Ho allontanato da me i due documenti e non ho detto una parola. Lui li ha rimessi in tasca.

«La vicenda del ristorante è stata chiusa con una certa premura», ha detto.

«Ci ho perso il locale e ho dovuto ricominciare da zero», ho commentato. Poi sono rimasta zitta in attesa della mossa successiva. E, se non l'avesse fatta, sarei rimasta così, ferma e muta, per due secoli. Sapevo da tempo che in tutte le situazioni di stallo il primo che si muove è morto. O, come diceva Bakko, vive chi fa meglio il morto.

Ma Guiscardo ha riportato a terra le mie fantasie.

«Ha visto la tele, ieri sera?» ha chiesto all'improvviso.

Non ho capito dove volesse andare a parare. Mi sono chiesta quanto ci avrebbe messo a buttare sul tavolo la faccenda del braccio rotto.

«No, ero in palestra. C'eri tu che recitavi?»

Ha sorriso appena, tranquillo, a suo agio, indifferente al mio sarcasmo.

«Tutti i telegiornali hanno parlato del funerale di Aldina Chiappero e della sua sepoltura a Pecetto. Ne avrà sentito parlare», ha spiegato, continuando a darmi del *lei*.

«Sì, certo. Quella che hanno steso con una balestra una settimana fa», ho risposto.

«Con una balestra», ha ripetuto lui. Ci siamo guardati in silenzio, in profondità, senza aria di sfida, ma con freddezza. Aspettavo il seguito, senza capire come mettere insieme la storia della candidata uccisa con il rapinatore dilettante. Ma lui si è limitato a posare la punta delle dita sul bordo del tavolo, come per darsi la spinta e rimettersi in piedi. E invece è rimasto immobile e in silenzio.

«Bene, se le notizie del giorno sono finite potremmo salutarci, non credi? Da stasera guarderò il telegiornale, così ti risparmierai la fatica di correre fin qui per informarmi», ho detto infine, e ho sorriso con metà della bocca.

«L'attentato è stato rivendicato da un'organizzazione di estremisti che si firma con la sigla DIO, che sta per 'Disoccupati Incazzati Organizzati'», ha ripreso lui, con una voce metallica, senza più alcuna sfumatura morbida.

Ho alzato le sopracciglia e socchiuso le labbra, pronta a buttare lì una risposta velenosa, ma non ne ho avuto il tempo. Lui ha intuito che stavo per punzecchiarlo e ha alzato un dito.

«Mi lasci finire e la smetta di scherzare», ha detto, duro.

Ho capito che era ora di cambiare registro.

«Parla», gli ho detto, seria.

«Non abbiamo mai sentito nominare questo gruppo. Non ha mai firmato nulla, né azioni né volantini. Non è mai apparso in rete. I nostri infiltrati ne sono all'oscuro. Non capiamo come sia sfuggito alle nostre analisi. Crediamo che il gruppo sia composto da estremisti più evoluti della media. Abbiamo bisogno di qualcuno che lavori per noi su un piano più profondo, che riesca a contattare le formazioni nascenti, quelle in grado di non lasciare tracce.»

Avrei dovuto chiedergli per quale ragione lo stesse dicendo a me, ma era ovvio che ci sarebbe arrivato.

«Va' avanti», ho detto.

«Dopo la sparatoria notturna avvenuta davanti al suo ristorante, due anni fa, lei è sparita. Così come i suoi amici. In quella faccenda sono rimasti in gioco i complici dell'altra fazione, quelli del giro delle truffe alla sanità pubblica. Le indagini della polizia hanno puntato tutto sull'intrigo delle cliniche per anziani, dato che c'era quel faccendiere morto. In breve tempo è stato ricostruito il passato di quell'imprenditore colluso, sono venuti fuori i suoi traffici con la politica e così è stato possibile smantellare la sua rete di corruzione. Nei maneggi di quel delinquente non c'era traccia di lei, dei suoi amici e del ristorante, perciò gli investigatori hanno dedotto che la battaglia fosse avvenuta nel suo ristorante per caso. E hanno chiuso la storia arrestando i corrotti e i collusi legati a quel giro.»

Tutte cose che sapevo e di cui mi aveva informato via via la mia amica Paloma, mentre me ne stavo a decantare in Toscana. Perciò non ho replicato e ho adottato la sua tecnica di attesa, posando le dita sul bordo del tavolo.

Ha capito, ha sorriso e ha continuato: «Ma la Digos non si è accontentata, come sempre. Per quanto voi foste stati lasciati fuori dall'indagine, abbiamo in ogni caso ricostruito le attività del ristorante, per quanto possibile. La nostra lente si è posata su di lei e sulle persone che lavoravano con lei. Ci siamo resi conto molto in fretta che le vostre occupazioni non erano così limpide. Avevamo un dato principale: lei era già stata in carcere. Un buon punto di partenza, non crede? E i suoi amici non brillavano per specchiata onestà».

All'improvviso mi sono sentita la bocca secca. Le pulsazioni del cuore sono aumentate. Non di molto, certo, dato che sono allenata a controllare le emozioni, ma quelle parole mi hanno davvero scosso. Erano passati due anni dai fatti del

Covo, sembrava tutto finito, ed ecco che ancora una volta il passato mi riacciuffava per i capelli e mi riportava in guerra. Aveva davvero ragione Bakko, quando diceva che il passato è una corda legata stretta intorno al collo, pronta a serrarsi non appena qualcuno, da un punto lontanissimo nello spazio e nel tempo, ma legato a te da un tratto di storia o da un legame genetico, decide di tirare il capo opposto.

In un secondo ho capito che dovevo riadattare tutta me stessa al nuovo corso degli eventi, riprendere la corazza e le armi e scagliarmi contro il nemico. Ho ripassato la regola numero uno: per quanto inaspettato e doloroso, bisogna accettare lo scontro fin dal primo momento, subito, senza esitazione, ignorando il desiderio di arretrare o di scendere a patti, cancellando il bisogno di serenità.

«Se hai uno straccio di accusa documentata, mostralo. Se non hai un pezzo di carta, puoi galoppare fuori, tu e i tuoi bruscoli», ho detto.

Guiscardo ha sorriso e ha accavallato le gambe, spostandole di lato. In un certo senso le mie parole l'hanno messo a suo agio, come se l'apertura delle ostilità avesse portato chiarezza. Un tipo lucido, ho pensato.

«Sarò chiaro», ha detto.

«E rapido, spero», ho aggiunto.

«Conosce la tecnica detta del *debito velato*?»

Ho taciuto.

«Capisco che non la conosca, dato che è una mia invenzione prestata alla Digos. Durante le indagini capita molto spesso di scoprire reati paralleli o contigui all'inchiesta. Reati che coinvolgono persone non legate al caso. Talvolta decidiamo di non intervenire, di non procedere. Quelle persone non sanno che i loro affari sono stati scoperti. Non sanno che hanno un debito con la giustizia. Noi sì, lo sappiamo, conosciamo il loro debito. Ma non lo esigiamo. Lo teniamo sospeso, *velato* appunto, fino a quando si può.»

Ha taciuto. Ha lasciato che fossi io a trarre le conclusioni.

«Ci avete lasciati tranquilli in attesa di avere qualcosa da chiedere», ho detto. Ha sorriso di nuovo e ha scosso la testa in segno affermativo.

«Lei è intelligente.»

«Che cosa vuoi? Spara.»

Si è alzato in piedi di scatto, si è piazzato sulla porta di accesso al retro, ha appoggiato la schiena allo stipite e ha ficcato le mani in tasca. Ha cambiato tono ed espressione. Sono rimasta seduta e ho accavallato le gambe orientandomi di tre quarti, come i maschi dopo cena.

«Fra i mosconi che giravano intorno a te c'era un anarcoide alcolizzato. Il suo nome d'arte era Bakko. Prima di entrare nel tuo giro ronzava intorno ai centri sociali. Di lui si sono perse le tracce.»

«Vedo che ci diamo del *tu*. Ora siamo diventati amici.»

«Dato che non hai alternative, a parte quella di finire in galera, penso che lavorerai per me. Perciò ti considero della squadra, ormai. Una collega, diciamo così.»

«Va' avanti.»

«La balestra», ha detto.

Ho stretto le sopracciglia senza capire. Ma non volevo chiedere spiegazioni. Ho strizzato le meningi e ho agganciato il nesso.

«Devo aiutarti nelle indagini e cercare informazioni su chi usa la balestra», ho concluso, ricollegandomi al racconto dell'omicidio della candidata.

«Giusto. Tu puoi muoverti nel giro degli anarchici e degli estremisti. Non so fino a che punto, ma di sicuro più di noi, che ci facciamo riconoscere da chilometri di distanza. Ma se anche non hai contatti diretti con quel mondo, sei stata in galera e puoi usare questo dato come un lasciapassare. Ti muoverai fra i gruppi più segreti, in città e fuori. Cercherai di scoprire qualcosa su DIO e su chi si addestra con armi medioevali. Fra quindici giorni torno qui e attendo risposte esaurienti.»

Ho puntato gli occhi in fondo alle sue pupille. Non ha mosso un muscolo. Ha retto il mio sguardo senza la minima tensione. Aveva parlato sul serio.

«E se fra quindici giorni non ho trovato niente?»

«Riscuoterò il debito e ti sbatterò in galera», ha risposto. E ha staccato la spalla dallo stipite del passaggio che divide il settore pubblico, di vendita, dal retro. Con calma ha preso a massaggiarsi la mandibola, come chi si rialza dopo aver preso un cazzotto. Sottintendeva il cazzotto virtuale che mi aveva appena rifilato.

«Dimmi della balestra», ho chiesto, operativa.

Non ha risposto, ma ha preso il cellulare, ha lavorato con l'indice per qualche secondo e poi ha disteso il braccio verso di me. Sono rimasta seduta e ho spinto il collo in avanti.

«L'arma usata è questa», ha detto.

Ho posato lo sguardo sullo schermo. La balestra era lì. I giornali e le televisioni avevano già reso celebre quel tipo di arma, nei giorni precedenti, attingendo dai repertori disponibili, ma avere sotto gli occhi quella vera, quella incriminata, quella che aveva ucciso Aldina Chiappero, mi ha messo un brivido. Era lì, sullo schermo. Un aggeggio di ferro, lucido, con un corpo tozzo, squadrato e lavorato, e l'arco sulla sommità.

«Bell'oggetto, si dice in questi casi, non è vero?» ho commentato, con la voce più neutra possibile.

Guiscardo ha ripreso a parlare come se non avessi aperto bocca.

«L'ha esaminata il professor Anau Montel, che è uno dei massimi esperti di armi antiche. Secondo lui ci sono molte probabilità che sia autentica. Roba da collezionisti. Ci sta ancora lavorando.»

Ho fissato lo schermo per altri dieci secondi.

«Strana scelta, per un attentato», ho detto.

«La cosa strana è proprio questa. Ci sono balestre di ogni tipo, in giro. Recenti, precise, economiche. E anonime, irrintracciabili. Se hanno usato una balestra antica, da collezione, significa che sono molto sicuri di ciò che fanno, dato che i pezzi di quel tipo sono schedati e certificati. Ora te la mando.»

Ha armeggiato per pochi secondi sul telefonino, con il pollice. Poi ha annuito. Nello stesso istante il mio cellulare ha emesso il suono acuto dell'arrivo di un messaggio. Non gli ho chiesto come facesse ad avere il mio numero. Ero certa che si sarebbe limitato a guardarmi con quell'aria superiore dalla quale avrei capito che sapeva tutto, di me.

«Quindi adesso siamo colleghi», ho detto. E ho sorriso, allungando la mano verso di lui.

«In un certo senso», ha confermato, e mi ha stretto la mano, «ma ovviamente comando io. E non ci sono diritti sindacali.»

Ho riso con il naso, senza rumore.

«E se avessi notizie importanti da darti prima dei quindici giorni?»

«Con la foto della balestra hai avuto il mio numero di cellulare. Ecco, il numero è anche su questo biglietto. Chiamami, quando riterrai opportuno. Non rispondo mai, ma so chi mi ha cercato e agisco di conseguenza. E in ogni caso so che vai ogni mattina a correre al Valentino. Ci vado spesso anch'io», ha spiegato.

Sapeva davvero tutto, di me.

Ci siamo guardati senza fiatare e senza imbarazzo. Poi ho fissato il biglietto e ho memorizzato il numero di Guiscardo con il vecchio giochetto mnemonico di attribuire a ogni coppia di cifre un'immagine prestabilita. Avevo consolidato quest'abitudine in carcere. La memoria, là dentro, dove non ti lasciano niente, diventa l'appartamento privato e segreto, inviolabile, in cui nascondere le forme del mondo.

Un silenzio spesso, oleoso, è calato fra noi. Ho intuito che le carte erano ormai tutte sul tavolo e che non avevamo altro da dirci. Mi sono alzata di scatto e sono andata verso di lui, che non si è mosso. Ho messo la mia bocca a un centimetro dalla sua, spingendomi in su con i piedi.

Ho percepito la scena come vista dall'esterno, immaginando l'infisso della porta come la cornice di un quadro nel quale un uomo alto e magro fissava, ricambiato, una donna bruna dai capelli corti, neri e scompigliati ad arte. In quello sguardo e nel loro silenzio si fondevano, a metà strada, sfida e rabbia, determinazione e paura, minaccia e lotta.

«Ha tutta l'aria di essere un ricatto», ho bisbigliato, alitandogli a fior di labbra.

Mentre parlavo, rapida, ho respirato il suo profumo.

«Ricatto? Sì, credo che sia la parola giusta», mi ha soffiato sulle narici.

E se n'è andato.

7
Il diavolo

«Sì, signora, anche il *bleu d'Auvergne* è molto saporito. Se vuole qualcosa di più delicato le consiglio...»

Non ho finito la frase. L'arrivo di Rinaldo mi ha impedito di continuare. Il mio bel socio ha aperto la porta con lentezza, ha mosso un passo verso il bancone ed è rimasto in piedi, immobile come un sonnambulo, dietro la signora dal triplo mento che non aveva ancora scelto il formaggio. In attesa che la cliente indecisa scegliesse tra caprino e vaccino, ho scrutato Rinaldo. È stata la sua faccia a impressionarmi, più ancora che la sua posizione da sentinella sull'attenti. Devo aver aggrottato la fronte in maniera vistosa o segnalato con lo sguardo un pericolo vicino, dato che la matrona ha subito sentito la necessità di torcere il collo e guardarsi le spalle, preoccupata. Ma quando ha visto il pallore del mio socio, il senso di lieve minaccia che le avevo trasmesso si è trasformato in immediato slancio filantropico.

«Giovanotto, ma lei sta male», ha detto.

«Che cos'hai, Rinaldo?» ho aggiunto, mentre cercavo di capire la ragione di quella maschera di terrore cucita sul suo volto.

Intanto, con piglio da dama di beneficenza, la mia cliente ha subito deciso che doveva fare qualcosa per lui.

«Giovanotto, lei deve sedersi, subito. Signora, se ha una sedia...»

«Ci penso io, signora, lasci fare a me», ho detto.

E sono uscita dalla mia nicchia dietro il bancone. Ho agguantato il mio socio per un gomito e ho cercato di portarlo di là, ma lui è rimasto fermo. Sembrava che un rettile sconosciuto gli avesse iniettato il veleno che pietrifica.

«Ci vuole una sedia», ha insistito l'impicciona.

«Signora, me ne occupo io. Rinaldo lavora qui, lo sa anche lei. La prego di lasciarci soli. Torni più tardi, per il formaggio.»

«Mia figlia è infermiera…».

Ho lasciato il braccio di Rinaldo, ho posato le mani sui fianchi e ho detto alla benefattrice: «Adesso lei se ne va, signora. Non ha altro da fare qui».

Risentita, indispettita, offesa, la signora ha tirato la bocca in giù, ha mosso l'aria a mani aperte, come quando si simula il volo delle farfalle, e ha sibilato: «Se la mette giù così… Ah, certo, stia tranquilla, signorina, che vado. Vado via in fretta. Qui, ormai, se vuoi fare del bene ti trattano anche male».

Non ho risposto. Mi sono infilata fra lei e Rinaldo e le ho indicato l'uscita con un colpetto del mento.

«E i suoi formaggi non sono nemmeno quel granché…» ha aggiunto a occhi semichiusi e con la testa all'indietro. Poi ha abbandonato il negozio come una nobildonna insultata.

Ho chiuso la porta a chiave e ho preso Rinaldo per un polso. L'ho tirato a forza verso il retro. In quel breve tragitto ha rischiato di sfracellarsi contro lo scaffale delle mostarde e dei paté e di volare di faccia sullo spigolo d'acciaio del banco-frigo dei formaggi, oltre a inciampare nel gradino dietro il bancone.

Ma non sono stata mossa a compassione dalla sua debolezza. Ne ho viste tante giungere in cella, il primo giorno, in quello stato. E ho imparato presto che il solo modo per farle tornare in vita era strapazzarle. Ogni gesto consolatorio, pietoso o rassicurante aveva il solo risultato di spingere la nuova arrivata più in profondità nel suo abisso di spavento.

Rinaldo ha assecondato la mia volontà caracollando ciondoloni alle mie spalle fino a che sono riuscita a spingerlo nello stanzino del retro. L'ho appoggiato come un sacco di patate sulla sedia che aveva ospitato Guiscardo un'ora prima, poi mi sono seduta sul tavolo davanti a lui e gli ho sollevato il mento con due dita.

«Hai visto il diavolo?» gli ho chiesto.

Un tremore leggero gli è corso sulle labbra. Ho capito che gli serviva una seconda strattonata. Gli ho afferrato i capelli e ho scosso con forza. La testa ha cominciato a ondeggiare come il batacchio di una campana e il dolore gli ha strappato un gemito soffocato, flebile. Il segno del risveglio. Ha spalancato gli occhi oltre il possibile. La sua celebre iride azzurro mare è apparsa al completo, tonda, circondata dal bianco della sclera, e mi è venuto da pensare al tuorlo dell'uovo al tegamino.

Mi sono chinata su di lui, con la bocca a pochi centimetri dalla fronte.

«Parla, che ti è successo?» gli ho chiesto.

Si è guardato intorno come chi è stato appena inseguito da un vampiro.

«Lì fuori...» ha balbettato.

«Lì fuori», ho ripetuto. Non dovevo dargli il tempo di tornare all'interno di sé.

«C'era quel tipo...»

In un secondo ho capito tutto. Guiscardo era uscito di qui, ma non se n'era andato. Forse era rimasto in macchina, o si era appostato da qualche parte, e aveva tenuto d'occhio l'ingresso del Caveau. E quando ha visto arrivare Rinaldo ha colpito con precisione e rapidità.

«Aveva la barba curata e la faccia lunga, vero?» ho continuato.

Quelle parole l'hanno risintonizzato del tutto con la realtà.

«Ma allora...» ha detto a sopracciglia inarcate.

«Sì, è stato qui un'ora fa. Che cosa ti ha detto?»

«Che sa di quella vecchia storia... Mi ha chiamato per nome e cognome... Mi ha detto che hanno chiuso l'inchiesta senza occuparsi di me... Ma che sono in debito...»

«Certo, il debito velato.»

Rinaldo ha mosso il collo in avanti e ha spalancato la bocca. Non ha capito le mie parole. Non le conosceva. Guiscardo doveva essere stato più sbrigativo, con lui.

«Va' avanti», ho incalzato.

«Ha detto che devo aiutarti, che non devo ostacolare il tuo lavoro e ubbidire ai tuoi ordini. Se no…»

Non è riuscito a finire la frase.

«Se no ripesca quella vecchia storia e ci sbatte al fresco», ho concluso per lui.

«Sì», ha balbettato. E si è stretto le dita, torcendole. Il tremore che all'inizio gli aveva attraversato le labbra si è diffuso in tutto il corpo. Sembrava che sotto la pelle gli corressero centinaia di insetti. Non era in grado di reggere la nuda realtà delle cose. Allora l'ho colpito alla tempia con un pugno. Non un vero cazzotto. Qualcosa di appena più energico del pugno contro pugno che si scambiano i rapper per salutarsi. Ma è servito a riportarlo in sé.

«Non voglio andare in prigione…» ha mugolato.

«Ma se non ci sei mai stato. Come fai a dire che non ti piace?»

Il suo spavento non ha retto l'ironia. È crollato in avanti e ha deposto la testa sulle mie cosce. Forse sperava che gli accarezzassi la nuca e lo consolassi.

Invece l'ho di nuovo acciuffato per i capelli e l'ho tirato su. L'ho guardato in faccia e gli ho quasi urlato sul naso: «Senti, Nureyev, adesso la smetti di piagnucolare e cominciamo a lavorare. Hai capito?»

Ha piegato un poco la testa di lato ed è arretrato con il collo, come per evitare un nuovo e più forte colpo alla tempia. Ho capito dai suoi occhi che finalmente la paura della galera era stata sostituita dalla paura delle mie reazioni. C'era stato uno sblocco, e tanto bastava.

«Dimmi che cosa devo fare…»

«Credo che quel bastardo ricattatore ti abbia spiegato qual è la nostra missione. Ebbene…»

Rinaldo mi ha interrotto.

«No, non mi ha spiegato niente.»

Sono rimasta come paralizzata. Per un attimo avrei voluto dargli quello stesso pugno di poco prima, ma al massimo della forza. Soltanto la paura di deturpare i suoi zigomi eccezionali mi ha trattenuto.

«E hai fatto tutto questo casino senza nemmeno sapere che cosa vuole da noi?»

«Ha detto che ci porta in galera...»

Gli ho poggiato una mano sulla spalla e sono scesa dal tavolo con un salto.

«Ho sempre saputo che non eri un genio. Ma mi bastava sapere che eri ordinario, dato che la bellezza compensava il deficit. Scoprire di colpo che sei anche un coglione, però, mi fa dubitare delle mie scelte», ho detto.

Lui ha alzato gli occhi su di me. Sembrava uno di quei quadri con san Sebastiano infilzato.

«Vieni, alzati», gli ho detto, «chiudiamo il Caveau e andiamo a pranzo da qualche parte. Dobbiamo studiare una strategia. Abbiamo solo quindici giorni.»

8
La forchetta

Non si deve lavorare da soli. Quando si comincia una missione bisogna organizzare una squadra, trovare i soci adatti o, meglio, i complici giusti. E fornire motivazione, creare un gruppo, un legame, un pensiero comune. La squadra, appunto.

Da soli non è possibile controllare tutto. Soprattutto, la solitudine è pericolosa e mette a rischio il progetto, perché basta star male un giorno, attraversare un pomeriggio di scoraggiamento, sentire il periodico desiderio di mollare tutto ed ecco che l'energia necessaria per pensare e agire viene meno.

Una squadra, invece, ha sempre sufficiente energia in campo. Se uno dei soci ha un momento di sfiducia e si siede, gli altri proseguono: uno conclude un pezzo, un altro torna con una notizia utile. Così, i risultati ottenuti dagli altri saranno di stimolo per quello che arranca, quando rientrerà in gioco. Da soli succede il contrario: ti fermi per riprendere fiato, per far passare la nuvola di sfiducia, e in questo modo il lavoro s'interrompe, com'è ovvio. E quando ti riprendi e ricominci a lavorare ti trovi davanti un arretrato imponente e hai la sensazione di essere indietro, di non aver compiuto passi in avanti, di non poter recuperare, e ti abbatti di nuovo.

«Dobbiamo trovare qualcuno a cui affidare il Caveau per questo periodo», ho detto a Rinaldo.

La forchetta gli è scivolata di mano e il tintinnio ha fatto voltare verso di noi gli avventori dello Scannabue.

L'ho fulminato con lo sguardo. Sapeva benissimo che la mia regola è essere trasparenti, silenziosi, invisibili. Da anni non uso rossetti e trucchi, tengo i capelli corti, mi vesto con abiti semplici e sorrido poco, se non in negozio, ma in modo professionale. E a lui, quando mi ha chiesto di aiutarlo a sopravvivere, dopo che mi aveva rintracciato in città, ho imposto la stessa linea di comportamento. Non che il Caveau, con i suoi prodotti francesi nasconda un doppio fondo, come ai tempi del Covo, gli avevo spiegato, ma sono sicura da sempre che anche operando alla luce del sole la scelta di non apparire sia più redditizia di quella di farsi notare. Vivi nascosto, avevo aggiunto. Era una delle regole di vita di Bakko, presa a prestito da Epicuro. L'avevo fatta mia, dopo la sua scomparsa. Tutte le tracce che lasci si ritorceranno contro di te, prima o poi, avevo infine detto a Rinaldo, consegnandogli le regole verbali del nostro sodalizio.

Lui aveva accettato.

«Vivere nascosti vuol anche dire conservare la freddezza di ingoiare le emozioni e paralizzare i tremori», gli ho sussurrato a mezza bocca.

Ha abbassato gli occhi e tamburellato sulla tovaglia con l'indice, come un telegrafista da film western.

«Quella forchetta non doveva sfuggirti di mano», ho scandito.

Ha avuto l'accortezza di arrossire e perciò l'ho perdonato. Ho sempre trovato la timidezza molto sensuale. Se solo gli uomini lo sapessero, invece di giocare a fare i duri da quattro soldi…

«Ma io posso benissimo restare in negozio, mentre tu ti occupi della balestra», ha replicato.

Gli avevo raccontato del ricatto di Guiscardo.

«La balestra è uno specchietto per le allodole, Rinaldo. Gli autori dell'attentato vogliono proprio che le indagini si orientino sulla balestra. Se no avrebbero usato un'arma meno fantasiosa», ho replicato.

«Certo, ma gli attentatori hanno anche bisogno di visibilità. Sono mesi che quella lì parla di Guglielmo Tell. Colpirla con una balestra vuol dire raddoppiare l'attenzione dei giornalisti e di conseguenza moltiplicare l'eco fra la gente.»

«Hai ragione, ma se la ricerca della balestra non darà risultati, come temo, dovremo avere qualche altro omaggio da portare a quello sbirro, oppure ci impacchetta e ci sbatte dentro. Siamo obbligati a darci da fare, tutti e due, e molto, perché quando torna vorrà vedere qualche risultato. Ci serve qualcuno che stia in negozio. Sappi che io in galera non ci torno.»

Ha annuito e ha ripreso a mangiare. Fuori, sulla piazza a forma di rombo, con le vie che partono dai vertici, due pantere azzurre sono giunte ululando e hanno chiuso gli accessi inchiodando di taglio. Rinaldo ha voltato la testa. Due pattuglie di tre agenti ognuna sono corse in direzioni opposte, stringendo a cerchio l'isolato. Tre minuti dopo, i sei poliziotti sono tornati con uno spilungone nero ammanettato e stretto a panino fra due di loro. Poi sono ripartiti, nella tranquilla indifferenza dei passanti.

«Tieni a mente questa scena», ho detto.

«Che cosa devo fare?» ha chiesto, serio.

«Devi andare a puttane.»

9
E tre

Ci sono abbracci speciali, abbracci che obbligano a restare a lungo allacciati, attaccati e stretti, in silenzio, perché mancano le parole per esprimere la gioia di quell'incontro, di quel ritorno, mancano i gesti per segnalare il numero di volte che ci si è pensati. E allora ogni singolo secondo di quell'abbraccio ha il compito di rappresentare ognuno dei mille momenti in cui si è frammentata la voglia di rivedere quella persona, di sapere che fine ha fatto, come ha vissuto fino a quel momento.

Siamo rimaste premute una contro l'altra per non so quanti minuti, zitte, impegnate a rafforzare quella stretta immobile. La sua pelle odorava di fiori d'arancio, di zagara, come allora. Ho cercato di non commuovermi, ma non ce l'ho fatta. Con gli odori non si può. Quel profumo, unito alla gioia di rivedere Tanya, ha scardinato ogni resistenza. Due lacrime di gioia, di affetto, hanno percorso le mie guance.

Ci siamo staccate, ci siamo guardate tenendoci per i gomiti. Poi ho spostato gli occhi su Rinaldo: «Ma come hai fatto?» gli ho chiesto. Ha mosso due passi verso di noi e per tutta risposta si è atteggiato a saputello, sporgendo le labbra in fuori e socchiudendo gli occhi.

«E tu Tanya...» ho aggiunto, arretrando di un metro per cogliere quella stangona bionda in un unico sguardo. Era sempre lei, cazzo, identica a se stessa: quasi due metri di bellezza pura ed esagerata. Rinaldo doveva averla incrociata sul lavoro, dato che indossava ancora stivaloni chiari alla coscia e una minigonna di pelle bianca. E copriva le tette che l'avevano resa celebre con un ridottissimo top bianco, aiutata dal ridicolo boa di piume rosa fenicottero che esibiva con la sua solita astuta aria ingenua. E anche gli occhi erano proprio i suoi, quegli occhi color dell'acqua, tanto innocenti quanto grandi, sotto la frangia di un biondo accecante.

«Lola...» ha mormorato Tanya, «non mi sembra vero...»

E mi ha di nuovo stretta in un abbraccio.

Quando Rinaldo aveva telefonato al Caveau, un'ora prima, tutto agitato, ero sicura che si fosse cacciato in qualche guaio. Gli avevo affidato l'incarico di cercare Tanya fra le escort che lavoravano a Torino, ed ecco che dopo un giorno e mezzo di lavoro era già in ansia, avevo pensato, dato che si era limitato a ripetere che aveva bisogno di me, con urgenza, e che non poteva dire di più. Dovevo andare da lui, davanti al Borgo Medioevale, al Valentino, subito. Poi aveva messo giù. Avevo preso la borsa al volo, chiuso la porta ed ero corsa fuori, verso il Po, con la testa piena di congetture, sgomitando nel formicaio assolato e caldo di mezzogiorno, incurante del gonnellino nero che svolazzava.

E sul ponte levatoio che immette al Borgo c'era lei, Tanya, in posa da diva che scende dall'aereo. Rinaldo se ne stava in disparte, sornione, con le braccia incrociate sulla camicia azzurra. Sono rimasta ferma, a bocca aperta, credo, abbagliata dall'immagine eccessiva e debordante di quella ragazzona, incantata all'idea di rivedere l'impagabile compagna di viaggio di un periodo meraviglioso.

Insomma, Rinaldo aveva giocato bene la sua carta. Regia perfetta, so di avere pensato. Era davvero riuscito a sorprendermi.

«Lola», ha detto Tanya, «è bello rivederti. Ho avuto tanta paura...»

Si riferiva a quella notte di due anni prima, al Covo, quando tutto era finito e la nostra banda si era dissolta dopo quella terribile sparatoria.

«Non ci pensare più», ho detto.

«Adesso lavoro in casa», ha mormorato lei, dopo un minuto.

«Brava, e io ho un negozio.»

Ci siamo di nuovo abbracciate, chissà perché.

«Non mi chiamo più Tanya. Adesso sono Svetlana, e sono russa, per i clienti. Ho tanti documenti pronti. Prima ero Zoya, per la rima... Ma per voi resto Tanya.»

Le ho afferrato un polso.

«Come l'hai trovata, Rinaldo?» ho chiesto, mentre ci allontanavamo.

«Ho cercato in rete, nei siti dedicati. Con la scusa di aver lavorato a lungo nell'Est europeo, ho seminato qua e là la richiesta di una escort bielorussa, in memoria di certe splendide notti passate in quel Paese. Nel giro di poche ore, sullo schermo sono apparse centinaia di proposte. Sembrava che ci fossero soltanto russe e bielorusse, in giro. Poi è spuntata la sua faccia da bambina curiosa. L'ho subito riconosciuta...»

«Bravo, Nureyev», gli ho detto, «non vali un cazzo nello scontro diretto, ma sei il re delle retrovie.»

Ha sorriso.

Tanya si è infilata tra me e lui, ha posato le braccia sulle nostre spalle e ha lanciato le gambe in avanti cantando, come in una marcia militare.

«E adesso dove andiamo, Lola? Dobbiamo festeggiare, vero? Mi devi raccontare tutto.»

Tenendoci per mano tutti e tre, abbiamo pressoché sfilato lungo la riva del Po sotto lo sguardo stupefatto dei passanti e dei fanatici della forma fisica. Poi abbiamo attraversato corso Marconi, ed è toccato agli automobilisti, questa volta, sbavare sulla prepotente e al tempo stesso delicata esuberanza fisica di Tanya. Nel giro di due minuti siamo arrivati a destinazione.

«Ecco, questo è il negozio di specialità francesi che mandiamo avanti io e Rinaldo.»

Ho aperto e mi sono tirata di lato. Tanya è entrata, subito seguita da noi. Appena dentro, ha chiuso gli occhi e annusato con calma, muovendo la testa a destra e a sinistra.

«Odore di formaggi stagionati», ha detto subito, «e anche di anice.»

«Brava, Tanya. Hai percepito anche il pastis. Ne vendiamo di diversi tipi. Ti piace il locale?»

Ha guardato la rastrelliera degli champagne, ha ammirato il colore compatto delle pareti, la calda armonia creata dalla fusione delle luci lattee dei neon con le tonalità calde dei paralumi.

«Oh, è davvero bello», ha commentato, ed è rimasta in contemplazione. Non se ne sarebbe più andata, se non l'avessi spinta fuori a forza, insieme con Rinaldo, dopo aver afferrato una bottiglia di champagne.

«Mettila in conto, Nureyev», ho detto.

E siamo usciti su corso Marconi.

«Dove andiamo, adesso?» ha cinguettato Tanya.

«Qui a due passi, a casa mia», ho risposto, guidando la fila in direzione del Po, e poco più avanti ho aperto il portone di legno scuro, seguita da quei due splendidi esemplari della specie umana. Abbiamo attraversato l'androne di pietra, lucido di cera, e, dopo aver superato la porta a vetri colorati, siamo sbucati nel cortile.

«Attenta, con quei tacchi», ho avvertito Tanya. I ciottoli sono trappole perfette, per le scarpe di quel tipo. Ma lei ha zampettato in punta di piedi e siamo arrivati senza problemi al basso fabbricato interno, circondato su tre lati dalle moli imponenti dei palazzi.

«Una volta qui c'era la vetreria di quartiere», ho spiegato, «come vedi anche dai finestroni alti, a vetri smerigliati.»

«E tu abiti qui dentro?» ha chiesto Tanya, mentre trafficavo intorno alla serratura.

«Non ho trovato altro, e poi mi piace», ho risposto.

Entrando, ho visto il mio rifugio con gli occhi di Tanya e ho apprezzato il pavimento su due piani sfalsati, di qua il soggiorno e in fondo, rialzata, l'area della cucina a vista, con il tavolo dal piano di vetro. I pochi mobili metallici disposti lungo le pareti e l'assenza di divisioni interne l'hanno sorpresa, al punto che si è bloccata cercando di cogliere l'insieme e puntando lo sguardo sulla sinistra, verso il letto basso, in penombra, poggiato su una base squadrata di legno.

«Mi piace», ha trillato, giuliva, «mi piace davvero», e si è gettata sul divano chiaro, scagliando la borsa bianca contro uno dei braccioli e ammirando i tagli di luce che cadevano dall'alto, nonostante le ombre geometriche create dai palazzi che delimitavano il cortile.

«Non perdiamo tempo», ho detto, e senza esitazioni ho cacciato la bottiglia in mano a Rinaldo affinché facesse il suo dovere, mentre ho posato sul tavolo di vetro tre bicchieri. Ci siamo seduti a caso intorno al tavolo e abbiamo bevuto e parlato, ridendo, senza mai toccare il passato e la sua lugubre ombra.

«Tanya», ho detto infine, «te la senti di lavorare per noi, in negozio, per una quindicina di giorni? Io e Rinaldo dobbiamo sbrigare una serie di faccende lunghe e noiose, e abbiamo bisogno di qualcuno che stia al Caveau, quando non ci siamo.»

Rinaldo ha annuito e ha capito ch'era meglio tenere Tanya all'oscuro delle vere ragioni del nostro allontanamento dal negozio. Certo, anche lui deve aver subito pensato che se Guiscardo fosse tornato e avesse visto Tanya, probabilmente avrebbe potuto pensare a una sorta di ritorno in attività della nostra banda d'affari. Ma Tanya era pressoché sconosciuta, a quei tempi, poiché era clandestina e anonima, ed era perciò molto probabile che la Digos, pur sapendo che da quelle parti operava una prostituta straniera, non avesse avuto tracce concrete della sua identità.

«Non possiamo offrirti un gran guadagno...» ha detto Rinaldo, pratico.

Tanya ha spalancato gli occhi, a quelle parole.

«Lola, Rinaldo, io non so come dire...» ha balbettato, «ma non mi sembra vero di essere di nuovo con voi. Ho avuto tanta paura, quella notte, due anni fa. Tanta paura. Ancora adesso, quando vedo la macchina della polizia e la luce blu che gira... Ecco, mi tremano le gambe... Ma più di tutto ho voglia di stare di nuovo con voi, di chiacchierare, di mangiare insieme. Io lavoro solo cinque notti al mese, con clienti molto ricchi e molto schifosi, e per il resto sono sola...»

«Dove abiti?» ho chiesto.

«In un attico in corso Moncalieri, al fondo.»

«Se vuoi, e se accetti, per questo periodo puoi fermarti qui da me. Forse è un po' meno sgargiante del tuo attico, o almeno credo», ho detto, girando un braccio in tondo, «ma sono sicura che potrebbe piacerti. La puoi considerare casa tua. C'è una stanza in più, oltre a ciò che vedi, e un bagno, oltre quella parete, anche se non sembra. E poi ti divertirai a stare al Caveau e vendere prodotti francesi, champagne, foie gras, formaggi. Non è difficile. Ti spiego tutto in un'ora. Dovrai soltanto cambiare abbigliamento.»

La gioia è come traboccata oltre i suoi occhi, mentre portava le mani davanti alla bocca, incapace di trovare altre parole per manifestare la felicità. Nello stesso istante, i suoi occhi sono diventati liquidi e due volte più grandi.

«Sì, Lola, mi piace», ha detto, con una vocina scricchiolante. «Dirò ai miei clienti che non sto bene, che ho una malattia venerea», ha aggiunto dopo aver preso un respiro profondo. E ha riso spostando la testa di lato.

«Rinaldo, servi ancora champagne», ho ordinato.

10
Cani e odori

Non si sfugge alla divisa.

Sono entrata senza esitazioni nel centro sociale Telaiodistrutto e sono stata accolta dall'odore di fumo, dalle scritte sui muri, dai graffiti dei writer sulle pareti, dallo spazio non predisposto e lasciato all'improvvisazione dei presenti, dalle sedie disseminate ovunque, dai libri e dagli opuscoli sparsi in giro, dagli scaffali improvvisati con cavalletti, dai *dreadlock*, dai calzoni sfondati dei ragazzi in piedi, dalle ragazze sedute a terra e con i nastri nei capelli, dai cani e dalla miriade di fogli, manifesti, cartelli e tazebao appesi ovunque.

Una scenografia perfetta, colorata e affascinante, gonfia di libertà personale e di luminoso disordine, che però mi è apparsa subito come una carta d'identità. Anche chi lotta contro tutti gli schemi e contro ogni forma d'incasellamento sociale si trova suo malgrado dentro un'immagine che caratterizza e che contrassegna, ho pensato.

Ci sono andata sperando di trovarci Amelia, una rossa che avevano sbattuto nella mia cella per qualche giorno a causa di una serie di *okkupazioni* e di resistenze a vari pubblici ufficiali. Mi somigliava, per certi versi. Come me, era decisa e affamata di vita. Ma io ero del tutto priva delle convinzioni che la rendevano rabbiosa e in guerra con il mondo, e mi mancava del tutto la sua assoluta certezza di essere nel giusto. Però, come me, Amelia aveva quel tipo di energia che spaventa i pusillanimi. Dopo la galera ci eravamo scambiate qualche messaggio, nel corso del tempo. Era anche venuta un paio di volte a mangiare nel nostro ristorante sul Po, prima della catastrofe. Io non ero mai andata da lei, all'ex stabilimento che gli squatter (a quel tempo si chiamavano così) avevano occupato e che era poi diventato uno dei primi centri sociali autogestiti.

Ero decisa a ritrovarla, sperando (più per me che per lei) che fosse rimasta la sognatrice fanatica di quand'era ragazza e che frequentasse sempre gli ambienti ch'ero obbligata a scandagliare.

Avevo curato l'aspetto nei dettagli, dato che conoscevo l'importanza dei particolari. Avevo scelto una benda bordeaux messa ad arte sulla fronte per far partire ciuffi anarchici di capelli in ogni direzione. Avevo anche indossato calzoni militari e una maglia verde sformata ch'era l'unico ricordo di Bakko. Tentare di farmi accogliere in un centro sociale con la maglietta di un anarcoide infatuato di utopie mi sembrava potesse portare fortuna. La tracolla a tascapane di canapa completava il quadro.

«Cerco Amelia», ho detto a un ragazzo che transitava trascinando i piedi a causa delle scarpe troppo grandi per lui e portate con lucida volontà, forse per segnalare la sua ingegnosa distanza da ogni oggetto che possa rendere attivi e operosi.

«Se n'è andata da anni. La trovi al Barrikadero, dalle parti di Stupinigi, se c'è ancora.»

«Chi, Amelia o il Barrikadero?» ho chiesto.

«Tutti e due», ha risposto. E ha continuato la sua marcia strascicata con intenzione, politica avrebbe forse detto lui.

Dopo aver telefonato a Rinaldo per chiedergli di cercarmi l'indirizzo del Barrikadero, mi sono rimessa in cammino. Sono salita su due mezzi pubblici giurando che prima o poi avrei preso quella maledetta patente. Sono scesa al capolinea del 10, a Mirafiori, e mi sono avviata zampettando verso Stupinigi. Un'ora dopo mi sono trovata davanti la Palazzina di Caccia, bianca, perfetta nelle linee curve della facciata. Secondo le indicazioni, ho piegato a destra, costeggiando l'edificio, e poi ho preso per una stradina con i pioppi ai lati dritti come sentinelle. L'ho percorsa per un paio di chilometri sempre scortata dai pioppi e sorvegliata dai prati ai due lati. A un certo punto ho notato una grande cascina con i muri esterni dipinti a colori accesi, rossi e neri e gialli con porzioni di bianco qua e là e uno striscione storto appeso in alto.

Quando mi sono trovata a meno di cento metri dall'ingresso, si è levato dalla cascina un furioso abbaiare organizzato su varie tonalità canine. All'improvviso sono usciti sei o sette fra ragazzi e ragazze, belli a vedersi, con i loro camicioni larghissimi o con le magliette militari sformate, accompagnati da cagnoni sbavanti.

«Non aspettiamo nessuno», ha detto il più piccolo del gruppo, che doveva essere anche una sorta di capo, per quanto lo consentano le regole interne.

«Cerco Amelia», ho annunciato subito. Loro hanno mollato i cani e in un attimo sono stata circondata, annusata, tenuta a bada da latrati e ringhi. Senza esitazioni mi sono accovacciata, ho mostrato il dorso della mano e ho sorriso, cercando di dare carezze e accettando le prime timide leccatine. Nel giro di due minuti metà dei quadrupedi è tornata indietro, mentre gli altri hanno cercato le mie mani per avere coccole e massaggi mascellari. Due di loro, in particolare, un bastardino bianco e una specie di alano scuro e mite, apparivano attirati dalla maglietta di Bakko, tanto era insistita e accanita la loro volontà di annusarmi tra tette, ascelle e pancia. Per un attimo ho pensato che le loro straordinarie antenne olfattive avessero acchiappato una microscopica frazione odorosa emessa da Bakko, rimasta agganciata al tessuto, come se i loro nasi avessero associato quella molecola a quelle prodotte dai loro padroni, come se le persone animate dagli stessi orientamenti ideologici e dalle comuni ardenti passioni utopistiche emettessero le sostanze chimiche precise, specifiche di quel sentimento, sudori solidali, per così dire, traspirazioni ugualitarie, diverse dalle secrezioni dei tifosi dell'Inter o del Toro, degli avidi, degli arrampicatori sociali, dei neonazisti. Forse è stata solo una mia fantasia, certo, ma ho avuto come la sensazione che la maglietta che indossavo parlasse ai loro nasi, e parlasse la lingua dei loro padroni.

«Vieni, entra», ha detto il piccoletto.

Li ho seguiti oltre una porta di ferro verniciata di rosso. All'interno della cascina ho ritrovato, in ambienti meno ampi, le stesse scene e gli stessi modi di vita che animavano il Telaio-distrutto: il gusto per l'accumulo caotico di materiali, l'uso di pareti come strumento di comunicazione, le dislocazioni arbitrarie di sedie, tavoli, panche e piani d'appoggio, l'indiscriminata proliferazione di fogli, manifesti, cartelli e volantini appesi ovunque.

Senza bisogno di consultarsi, come seguissero una procedura collaudata, i ragazzi e le ragazze mi hanno spinta al centro del salone e hanno allestito una sorta di scenario da interrogatorio, posando una sedia dietro di me e invitandomi a occuparla. Poi si sono disposti in cerchio, seduti in terra alla maniera indiana, a braccia conserte e sopracciglia aggrottate, con i cani che dopo due o tre giri senza direzione si sono accucciati vicino o addosso ai rispettivi padroni.

«Perché cerchi Amelia?» ha chiesto una ragazza con il camicione a quadri, giocando con la bandana che le cingeva la fronte.

«Siamo state in galera assieme, e ho avuto voglia di rivederla.»

Un lieve brusio ha percorso la tribù. I cani si sono mossi, hanno spostato le orecchie alla maniera dei periscopi dei sommergibili.

«Tu perché eri in galera?»

«Ho ucciso mio padre», ho risposto, calma.

C'è stato un silenzio imbarazzato durante il quale mi è parso che il gruppo non sapesse decidere tra un iniziale senso di stima verso il mio grandioso gesto ribelle e un successivo giudizio negativo nei confronti della violenza primitiva e individuale.

Poi una seconda ragazza, ricciuta e piena di lentiggini, ha ripreso: «Che cosa vuoi da Amelia?»

«L'ho già detto, niente di preciso. Salutarla.»

«Perché la cerchi qui?»

«L'ho cercata al Telaiodistrutto, dove sapevo che abitava. Mi hanno detto che forse era qui», ho spiegato.

La parola *abitava* non dev'essere piaciuta al gruppo, da come si sono mosse le loro sopracciglia e da come sono corsi risolini di superiorità sulle labbra di quasi tutti.

Il piccoletto ha sussurrato qualche cosa all'orecchio della riccia. Lei ha annuito e poi ha aggiunto: «Tu dove *abiti*?» mi ha chiesto, torcendo l'ultima parola in una specie di miagolio di disprezzo.

Prima di rispondere ho ripensato ad Amelia e al suo linguaggio, nella speranza di trovare le parole e i modi di dire che potevano suonare alle orecchie dei miei giovani inquisitori come indicatori di appartenenza all'antagonismo militante.

«Dove capita», ho risposto, «ma soprattutto lontano dalla gente.»

L'odio per ogni forma di contatto sociale era un tratto preciso di Amelia, che ricordavo con forza. E se loro la conoscevano, dovevano cogliere nelle mie parole il dato comune. Ma nessuno di loro ha commentato la mia risposta.

«Perché la cerchi?» ha ripetuto la mia intervistatrice, con un mezzo sorriso da saputella.

«Gli sbirri stanno per setacciare le frazioni antagoniste, dopo che hanno sparato nel culo alla candidata. Volevo dirle di stare attenta», ho spiegato.

«Tu come le sai, queste cose?»

Forse non si è resa conto, la piccina, che usava nei miei confronti il tono dei pubblici ministeri, i modi del nemico.

«Le so», ho risposto.

Un brusio frammentato ha percorso il gruppo. Sembrava che a quel punto non sapessero bene come procedere. Nell'assemblea improvvisata ho solo capito che la ricciuta ha impedito al piccoletto di continuare l'interrogatorio, dato che erano le donne a doversi occupare delle donne. Poi, appagata dalla sua vittoria sull'altro, ha ficcato le mani dentro un borsone di stoffa, ha prelevato cartine e tabacco e ha cominciato lavorare di dita e di lingua per organizzarsi una sigaretta artigianale munita di un sottile filtro di cartone. Altri l'hanno imitata, rollando e mischiando frammenti scuri sulle cartine srotolate. Nel giro di due minuti dall'interno del cerchio sono sorte bave sinuose di fumo chiaro, mobile, mentre un odore intenso e morbido di erba e di tabacco mi ha riempito le narici. Le canne hanno cominciato a girare fra mani e bocche, mentre la nuvola di fumo ha assunto maggiore densità e compattezza, intorno a me. In un attimo sono scomparsa dalla loro attenzione. Era come se fossi sparita.

Un ragazzo magro e snodato si è issato in piedi a fatica. Per un attimo è sembrato che lo stessero sollevando per le ascelle con una fune. Una volta in piedi è andato verso il fondo del salone e un minuto dopo è partita una musica ritmata e lenta, ma percussiva, il cui volume è aumentato a poco a poco fino a trasformarsi in una sequenza ossessiva e ripetuta, capace di stordire e di ipnotizzare allo stesso tempo, come i colpi di tamburo sempre più forti e ravvicinati che imponevano la velocità d'azione ai rematori sulle navi romane. Le palpebre dei giovani intorno a me hanno cominciato a essere pesanti, grazie anche alla sempre più corposa presenza dei fumi stregati che ruotavano lenti intorno alle loro teste e si allargavano ormai come fantasmi caldi in tutto lo spazio del salone. Qualcuno ha chiuso del tutto gli occhi e ha assunto una posizione semisdraiata, altri hanno sollevato il mento e spinto la testa all'indietro, mentre la rossa ha iniziato a ondeggiare con il busto in cerchi lenti e precisi.

Seduta sulla sedia in posizione composta, a schiena eretta, mi sono limitata ad aspettare. Se quello era un trucchetto per impressionarmi e addomesticare le mie eventuali cattive intenzioni, di certo sarebbe fallito.

Ma prima che due giri di canne fossero terminati, la porta di ferro del centro sociale si è spalancata e ha picchiato contro la parete interna producendo un boato degno di un terremoto.

Una serie di gridolini di spavento e di bestemmie è volata a raffica verso il tizio calvo, perfettamente rasato, in camiciotto bianco e cravatta nera, con calzoni grigi dalla riga perfetta, autore del prepotente e teatrale ingresso.

«Che cazzo fate?» ha gridato il nuovo arrivato. Sembrava fuori posto, lì in mezzo, dato che ricordava più un tecnico della NASA che un antagonista da centri sociali.

La ragazza tutta ricci e lentiggini si è alzata in piedi e ha risposto senza esitare: «Stiamo esaminando questa tizia. Se ne è venuta qui e ha detto che cerca Amelia. Vogliamo saperne di più e che cosa vuole da lei».

«Cretina», ha urlato il pelato, «mi riferivo al fumo, alle canne, a questa stupida indolenza da rammolliti. Abbiamo un obiettivo da raggiungere, cazzo. E voi continuate con queste stronzate da minorati.»

La sua voce ha tuonato ed è rimbalzata contro le sei pareti del locale moltiplicandosi. Ho subito immaginato che in meno di un secondo avrei assistito alla reazione rabbiosa da parte dei colorati e indisciplinati *barricaderi*, trattati come bambini cattivi da quel damerino spiumato. E invece, nessuno ha reagito. Senza fiatare, chi in un modo chi nell'altro, ognuno dei miei interlocutori si è smarcato a poco a poco ed è strisciato altrove a testa bassa e con la coda fra le gambe, senza osare la minima replica.

Quando siamo rimasti soli, il burbero caposquadra in camicia bianca è venuto verso di me a passi larghi, da contadino, fissandomi e lisciandosi la cravatta. Ha mosso la mano nell'aria per allontanare le spire di fumo che ancora volteggiavano su di noi, nonostante l'irruzione di aria fresca dall'esterno. Poi ha incrociato le braccia sul petto e ha stretto le palpebre. Ho notato come una specie di noia nelle sue movenze, ma ho subito voltato lo sguardo altrove, fedele a una delle mie regole più ferree, quella che impone di non dare troppa importanza a chi si atteggia a importante.

«Che cosa vuole da noi? La prego di essere precisa e di non girare in tondo», ha detto quasi in un soffio, dandomi del lei.

La sua voce, ora ch'era passato dalla perentorietà dell'urlo al tono della quotidianità, è suonata come affaticata, stanca. Ma soprattutto, quella voce dimezzata, spezzata a tratti da una cadenza cantilenante e percorsa da un tono quasi rassegnato, ha aperto una strana breccia nel mio cervello, un varco nel quale si è infilato un sospetto vago e impreciso di familiarità, qualcosa di simile a un *déjà-vu* sonoro, se mai esiste.

Incuriosita, ho voltato la testa e ho posato gli occhi su di lui. La sua figura elegante e solida, che ricordava un avvocato americano o un ingegnere scandinavo per via di quella camicia bianca a maniche corte indossata con la cravatta scura, sottile, emanava un'idea di salute poco in sintonia con l'aria scapestrata e volutamente malsana dei componenti del centro sociale.

L'ho fissato, ma nulla nei suoi tratti mi è sembrato noto. Ho pensato che la sensazione di ricordo sfocato che mi aveva attraversato mentre parlava, e di cui faticavo a scorgere l'origine, non doveva trovarsi nell'aspetto fisico. Mi sono levata in piedi e mi sono avvicinata a lui, ho cercato i suoi occhi, ho scrutato a lungo il taglio delle sopracciglia, e stavo per chiedergli di parlare, di farmi risentire la sua voce, quando un bagliore improvviso ha illuminato la mia memoria. Prima che lui potesse muovere un muscolo, ho spalancato la bocca e ho scandito il suo nome: «Bakko...»

Un brivido ha percorso i muscoli del suo viso.

Non so come ho fatto a non svenire.

11
Il morto

«Io quella notte sono davvero morto.»

Non ho replicato. Era la seconda volta che ribadiva quel concetto. Ha continuato a guidare, concentrato e attento, mentre percorreva via Rossini. Poco più avanti ho scorto il ponte sulla Dora.

Ho girato di nuovo la testa verso di lui. Stavo ancora cercando di sostituire l'immagine di Bakko con quel nuovo uomo che mi stava a fianco, senza più un capello, senza la barba rossa e irregolare, e con i sopraccigli addirittura quasi assenti.

Dopo la scossa di quel vicendevole riconoscimento, là, al Barrikadero, eravamo rimasti a guardarci, immobili, per alcuni minuti che avevo percepito come lunghi e per certi versi dolorosi. Poi lui aveva stretto gli occhi. Sulla sua fronte erano apparse cinque linee orizzontali e parallele, come un rigo musicale. Mi era sembrato che stesse soffrendo. Io credo di avere appena sorriso, in attesa di spiegazioni. Ma lui non aveva parlato. Aveva continuato a fissarmi, a mascelle contratte, come se si trattenesse per non gridare. Alla fine di quel balletto di sguardi, senza manifestare emozioni e senza cambiare espressione, mi aveva afferrato un gomito e con maniere decise, da gendarme, si era girato ed era partito a grandi passi verso la porta, tirandomi per il braccio. All'esterno, sullo sterrato, c'era la sua macchina, grossa e bianca. E pulita, fuori e dentro.

«Sali», aveva detto, pratico. Non ero riuscita a pronunciare una sola parola. Era partito senza strappi. Soltanto quando si era immesso sulla strada che costeggia la Palazzina di Stupinigi avevo trovato la forza di parlare.

«Eri scivolato nel Po, quella notte… Abbiamo creduto che fossi morto… E invece sei vivo.»

«Io quella notte sono davvero morto», aveva replicato lui, freddo.

Quella frase mi era arrivata come un proiettile. Non per il concetto che trasmetteva. Quello era da lui, estremo, come allora. Ma c'era una nota oracolare, nelle sue parole, una sfumatura grandiosa, da invasati. Ero stata colpita dal pensiero che il ritrovato Bakko fosse impazzito, dopo i fatti terrificanti di quella notte. Dal mio silenzio doveva aver intuito il mio pensiero, perché si era affrettato a spiegare: «Sì, Lola, è vero, mi ero lasciato cadere in acqua. Sono finito sotto, con la testa. Tutto ha cominciato a ronzare, mentre i piedi affondavano in quel fango ghiacciato. E in quel momento ho capito che tutto era finito, che ero al capolinea».

Aveva imboccato corso Traiano puntando dritto verso la collina, che era lì di fronte, oltre il Po, e che sembrava di poter toccare. Non avevo insistito. Avevo aspettato che fosse lui a decidere quando riprendere il discorso. Gli avevo guardato le dita. Aveva le unghie curate. Avevo osservato la sua faccia immobile, gli occhi senza luce, neutri, da rettile.

In lui non c'era più traccia di Edo, il ragazzino imbranato che avevo scelto per la mia *prima volta* e che mio padre stava per ammazzare di botte, quando ci aveva beccati, e quando per difenderlo e difendermi dalla sua furia avevo afferrato a caso la lima che l'aveva ucciso. Nel silenzio ch'era seguito al tonfo del corpo di mio padre sul legno del pavimento, eravamo rimasti paralizzati, nudi, in piedi davanti a quell'orrore. Poi c'era stata la galera, per me. A quel tempo Edo leggeva Bakunin, e perciò avevano cominciato a chiamarlo Bakko. Era esaltato dalle teorie anarchiche, dalle astrazioni, da evanescenti sogni libertari. E invece io volevo soltanto il suo corpo, le sue mani, volevo sapere che cosa si provava a *farlo*, e volevo farlo con lui. Dal quel giorno, e per tutto il tempo della galera, di lui non avevo saputo più nulla. Quand'ero uscita avevo incontrato Sandiego e Raffaele, avevo aperto il mio ristorante vicino al cimitero di Sassi. E una sera mi ero ritrovato Bakko davanti. O, meglio, sui piedi. Se ne stava sotto il ponte di corso Belgio, mezzo morto, bollito dall'alcol. Era diventato un barbone etilista. L'avevo preso con me, al Covo, con Sandiego e Raffaele, e con Tanya. Aveva il cervello in pappa e non mi aveva riconosciuto, né in quel momento né dopo. Soltanto quell'ultima sera, quella della battaglia contro i delinquenti che avevano inguaiato Rinaldo, si era come risvegliato e aveva ritrovato la lucidità per organizzare la difesa e per l'assalto finale. In un lampo aveva ricordato tutto, i suoi libri sulla guerriglia, le strategie militari, e aveva condotto la battaglia da vero comandante, portandoci alla vittoria. Era persino riuscito a riconoscermi, per un attimo. Poi, alla fine di tutto, si era allontanato senza dare nell'occhio. Era sparito, erano rimaste soltanto le sue impronte nel fango e una scia in discesa sulla riva melmosa del Po.

Ed ecco che, dopo due anni, era ricomparso di nuovo davanti a me, ma in una forma ancora diversa. Curata e rampante, per così dire: del Bakko ubriacone e sciatto che avevo conosciuto per la seconda volta non c'era più traccia, su di lui, alla lettera.

«Ti fai ancora chiamare Bakko?» avevo chiesto poco prima, con un tono di voce scanzonato.

«Non pronunciare quel nome», aveva abbaiato. Le sue nocche, sul volante, erano diventate bianche.

«Quella notte sono davvero morto», aveva aggiunto, come per spiegare la sua reazione. E, dopo una pausa: «L'acqua gelata... In quell'attimo è stato come se avessi visto tutto, il prima e il dopo. Ho visto la morte e ho visto l'assurdità... Ho capito subito, mentre ero sotto, che avevo attraversato la linea. Ho capito che ormai ero oltre. Non era più necessario morire fisicamente. Con le ultime forze sono riuscito a mettere la testa fuori dall'acqua e a camminare nel fango, lasciando le scarpe laggiù. Mi sono arrampicato sulla riva e sono andato verso il piccolo cimitero. Era notte, ero congelato. Ma ero un altro. O, meglio, ero un morto. Non c'ero più».

Avevamo attraversato il centro percorrendo via San Massimo. Nella coda esasperante, fra bocche schiumanti rabbia e colpi selvaggi di clacson, Bakko aveva continuato a guidare con lodevole imperturbabilità, come se fosse stato seduto su una poltrona del cinema, indifferente al mondo. Al semaforo di via Po il suo aspetto era peggiorato, la sua pelle era diventata livida, ma per ragioni chiuse nel suo cranio rasato e lucido. Era chiaro che stava faticando a trattenere una smorfia di dolore, o di disperazione.

«L'azione...» aveva bisbigliato.

Avevo taciuto. Mi ero chiesta ancora una volta chi fosse quel nuovo Bakko che avevo vicino. Per un attimo avevo anche pensato che non mi avesse davvero riconosciuto, ma che avesse soltanto associato un volto a un nome, e nient'altro. Ma se era andata così, per quale ragione, allora, aveva deciso di portarmi con sé?

In quell'istante, all'improvviso, davanti al semaforo rosso in fondo a via Rossini, un nuovo pensiero si è agitato in me come una rivelazione: ero salita in macchina con lui senza la minima diffidenza, senza esitazioni, fidandomi di lui in maniera cieca, sulla base di un patto antico e lontano, ma senza sapere davvero dove sarei stata portata e che intenzioni avesse. Come avevo potuto perdere la lucidità? Non era da me.

Sconvolta da quel nuovo pensiero, ho aperto la bocca per riprendere il controllo della situazione, ma prima che potessi chiedergli ragione di quel viaggio, lui ha ripetuto il ritornello: «Io quella notte sono davvero morto».

Non l'ho nemmeno ascoltato.

«Dove stiamo andando?» gli ho chiesto, dandogli quasi sulla voce e senza badare alle sue farneticazioni.

Ero tornata padrona della situazione.

«Esiste soltanto l'azione, Lola», ha continuato lui, ignorando la mia domanda. «E l'azione l'ho imparata morendo, nell'acqua fredda del Po.»

Ho stretto la maniglia interna della portiera per scendere di brutto, ma la macchina è scattata in avanti, al verde.

«Fammi scendere», gli ho detto, quasi sottovoce, con un tono affettuoso.

Non è stato in grado di rispondere. Forse non ha nemmeno sentito le mie parole.

«Bisogna agire prima di pensare, Lola», ha continuato, ispirato. E ha spinto lo sguardo in alto. Per un istante le sue iridi sono scomparse e hanno lasciato il posto al bianco degli occhi.

«Fermati qui, per favore», ho intimato.

«I vivi si comportano da morti», ha farfugliato. Poi, con la solita calma, ha attraversato corso Regina e, anziché procedere sul ponte, verso corso Regio Parco, come immaginavo, ha svoltato a destra sul lungodora e ha rallentato, costeggiando i palazzi alti che si affacciavano sul fiume.

«Sì, Lola, i vivi si limitano a pensare», ha scandito, «e a riflettere. Loro riflettono, meditano sul da farsi, rinviano. Soprattutto rinviano. E non agiscono. Lola, la verità è che i vivi non sono vivi. Soltanto l'azione è viva. Quando sono morto, là, dentro l'acqua del Po, me ne sono reso conto. Sono uscito dall'acqua e da quel momento ho smesso di pensare, di rinviare. Ho deciso che dovevo vivere.»

Con quelle ultime frasi mi sono del tutto convinta che Bakko non era cambiato. Per quanto stesse giocando con l'idea della metamorfosi e si stesse arrampicando sugli specchi con quelle chiacchiere sulla differenza tra vivi e morti, aveva soltanto adottato una nuova versione di sé al negativo e speculare, per così dire. Se prima era incapace di agire a causa dei suoi deliranti ragionamenti, teorici e rivoluzionari, ora era impossibilitato a ragionare per colpa di un sovreccitato bisogno di attività. Ma restava intatta, in lui, la caratteristica di fondo: lo stato di esaltazione e di fede cieca in cui cadeva quando decideva di abbracciare un'idea, purché lucida e folle nello stesso tempo.

«Dove mi stai portando?»

«Siamo arrivati», ha risposto, accostando sulla destra, poco prima di un basso edificio a un piano, in mattoni scuri, dimesso, e più simile a un magazzino abbandonato che a un'abitazione. Le finestre erano chiuse da gelosie ormai sverniciate, corrose. A lato di quell'abituro si apriva uno stento praticello protetto da un cancello arrugginito.

Come sempre, prima di ogni altra mossa ho preso nota con cura di ogni dettaglio intorno a me, progettando una via di fuga in caso di necessità. Sulla sinistra, in basso, scorreva la Dora, ma poco più avanti, sulla destra, oltre la cancellata logora, sorgeva, in grande contrasto con il resto della zona, un edificio moderno, leggero e imponente, con i livelli a vetri scuri separati da tre ordini di elementi piatti e bianchissimi, protesi all'esterno come tese di cappello. Le linee curve e allungate lo rendevano simile a un triplo disco volante visto in uno specchio deformante, o forse a una prua che si allungava, sinuosa e chiara, per centinaia di metri oltre i platani e fin quasi al successivo ponte sulla Dora. E più arretrato, ma pressoché adiacente, sorgeva il suo gemello.

Se lì sotto, al posto del fiume con la sua acqua biancoverde, ci fosse stato un braccio di mare, quelle due strutture avrebbero davvero potuto essere scambiate per navi ormeggiate in porto.

Decine e decine di giovani sciamavano ad andature differenti e irregolari intorno all'edificio principale, o sostavano sotto gli alberi che delimitano l'argine del fiume, mentre altri, ragazzi e ragazze, caracollavano sul marciapiede e invadevano tranquilli la strada costringendo le macchine a rallentare.

«Ti porto in un posto tutto mio, Lola», ha detto Bakko, scendendo.

«Almeno hai risposto», ho commentato. «Che intenzioni hai, di preciso, Bakko?»

«Non lo so. Ma non chiamarmi così. Io sono senza nome, ormai», ha replicato.

Abbiamo percorso dieci metri sul marciapiede senza dire una parola e ci siamo fermati davanti alla casa bassa di mattoni a vista. Bakko ha pescato dalla tasca un piccolo portachiavi, lo ha agitato nell'aria come un campanello, ha scelto la chiave più lunga e ha aperto, veloce, il piccolo portone di legno scuro. Non c'erano nomi, campanelli o targhe, ai lati della porta.

12
Il ferro da stiro

«Un asse per stirare?» hanno detto nello stesso istante Tanya e Rinaldo, spalancando gli occhi.

«Sì, un asse per stirare, al centro della stanza. E un trespolo con gli abiti appesi, già stirati, lungo la parete. Dall'altro lato, invece, c'era un piano colmo di abiti stropicciati che odoravano di pulito», ho ripetuto, proprio nel momento in cui il tintinnio della porta ha segnalato l'arrivo di un cliente. Ho mollato la coccarda con il tricolore francese che stavo incollando con un pezzo di scotch a una confezione di mostarda di Digione, in vista del 14 luglio, sebbene fossimo soltanto ai primi di maggio, e mi sono alzata. La sedia, spinta indietro, ha emesso un lamento acuto da gesso sulla lavagna. Prima di correre di là mi sono accertata, nello specchio appeso sopra il lavandino, che i capelli corti e spettinati ad arte nel miglior taglio alla francese concepibile in città, avessero mantenuto la loro forma. E che la camicetta di servizio, di un bel nero antracite, fosse in ordine. Poi sono corsa al bancone, lasciando soltanto accostata a mezzo la porta dietro di me.

«Passavo di qua...» ha detto Guiscardo, già al centro del negozio. Aveva posato con noncuranza una mano sul ripiano delle aringhe affumicate. La camicia bianca, perfetta, creava un contrasto vistoso con le guance iscurite dalla barba e con la luce torva che gli sfuggiva dagli occhi, inabissati nella caverna delle orbite.

«Serve qualcosa? Formaggi? Senape? Oppure champagne?» ho ironizzato.

Lui ha ficcato le mani in tasca e ha girato lo sguardo tutto attorno, al suo modo sbirresco.

«Bella l'idea delle coccarde sui prodotti», ha osservato, distratto.

Non ho risposto. Forse aveva tentato di estorcermi un commento rabbioso, collegando la coccarda alla ghigliottina e agli usi odierni che avrei potuto suggerire, ma non ci sono cascata.

«Le feste sono sempre una buona occasione commerciale», ho spiegato con un sorriso falso, da spot pubblicitario, «e ormai Torino non è più nota soltanto per la nebbia e le fabbriche. È diventata una meta turistica fissa per molti francesi.»

Fuori, il traffico del tardo pomeriggio stava dando il meglio di sé e il passaggio delle persone sul marciapiede produceva all'interno del Caveau rapidi e irregolari guizzi di luce e ombra, come quando nuvole veloci velano e svelano il sole in una danza d'intermittenza luminosa che mette energia e voglia di muoversi.

«Mi chiedevo se avessi già ottenuto qualche risultato», ha chiesto senza guardarmi, tutto intento a leggere con attenzione l'etichetta di una confezione di paté prelevata dallo scaffale cromato. Sembrava interessato a leggere sull'etichetta gli ingredienti del prodotto, ma avevo imparato a riconoscere alla perfezione i gesti dei clienti. Lui fingeva di studiare la confezione, ma puntava soltanto al prezzo. Forse era della categoria dei tirchi.

Potevo approfittare della sua apparente distrazione per mandare segnali o cenni con la testa a Tanya e Rinaldo, di là, invitandoli a sgombrare il campo, ma non l'ho fatto. Conoscevo tutti i trucchi del mestiere, e quello della finta distrazione per incoraggiarmi a compiere gesti rivelatori, nella convinzione di non essere vista, era uno dei più banali.

«Mi hai dato l'incarico tre giorni fa, Ciccio», ho risposto, sicura di quanto i maschi mal sopportino di essere chiamati in quel modo, «e mi hai concesso quindici giorni, se ricordo bene.»

«Sì, è vero. Ma mi aspettavo che avessi già cominciato le ricerche. E invece vedo che stai ancora conducendo la tua vita consueta», ha replicato, posando il paté e scorrendo la serie dei prodotti bretoni.

Dava l'aria di non avere fretta e di poter ciondolare tra la vetrinetta e il foie gras fino a sera, dato ch'era certo di essere gradito come una merda di piccione sulla testa. E sapeva che più restava più vedeva salire l'ansietà di chi era nel mirino. Per tutta risposta ho incrociato le braccia sul petto e ho piegato la testa di lato, paziente, calma. E mi sono anche augurata, tremando, che i miei due soci, nel retro, non fiatassero e non muovessero un dito. L'idea che Guiscardo potesse mettere gli occhi su Tanya mi stava torturando.

«Ho mosso le mie pedine, sta' tranquillo. Certi mestieri non si possono fare in prima persona. Tu stesso mi hai insegnato che bisogna delegare...» ho detto. L'allusione al suo modo di agire l'ha colpito, perché ha alzato su di me uno sguardo nuovo, attento, quasi di stima, almeno mi è parso. Ho colto l'occasione e ho lasciato la postazione dietro il bancone per andare da lui. Gli sono arrivata a mezzo metro, ho spinto la schiena in su e gli ho detto, seria seria e protesa verso il suo mento: «È così che mi hai istruito, vero? Sono un'allieva attenta, Guiscardo, e mi aspetto altri preziosi consigli. Me li darai, vero?»

Se lui aveva deciso di mettere in imbarazzo me, dando l'idea di potermi stare addosso anche per tutto il giorno, doveva sapere che l'avrei pagato con la stessa moneta. Sarei stata al gioco, e l'avrei incalzato a mia volta. Se fossi arretrata in me stessa, rivelando una condizione d'insofferenza e di crescente impazienza per la sua presenza inopportuna, avrei fatto senza dubbio il suo gioco, invogliandolo a proseguire. Invece, rispondendogli e cercando argomenti nuovi e accalorandomi nella discussione proposta da lui, rendevo evidente non solo che anch'io desideravo continuare la conversazione, ma che era mia intenzione fargli notare che volevo tenerlo lì il più a lungo possibile.

Ma ciò che invece non avevo davvero immaginato è stato il lieve rossore che è corso sulle sue guance o, meglio, sulla porzione di viso non occupata dalla barba rada, nel momento in cui ha inspirato l'aria smossa dal mio avvicinamento. In meno di un decimo di secondo ho capito che mi ero portata addosso il profumo di verbena del quale era impregnata Tanya. Guiscardo aveva respirato la pozione magica ed era caduto nell'incantesimo.

Mi sono tirata indietro di mezzo passo, ma ho notato che i muscoli della mascella gli si sono contratti due volte, prima di reagire e abbassare un po' le palpebre per assumere l'espressione annoiata con la quale forse ha voluto nascondere il piccolo turbamento. Ma ormai era preso, perché nell'imprevisto turbine olfattivo non era nemmeno riuscito a dominare lo sguardo, e i suoi occhi erano caduti in modo precipitoso nella scollatura della mia camicetta. Mi sono girata e sono tornata dietro il bancone.

Il silenzio successivo è durato più del dovuto, ma non mi sono nemmeno sognata di romperlo.

«I miei superiori si aspettano grandi cose da questa indagine, e mi tengono sotto pressione, quotidianamente. E ogni due giorni devo relazionare alla commissione congiunta, che comprende anche i politici», ha detto infine. Nella sua voce ho colto una pacatezza quasi disarmata.

«Dica loro che siamo a buon punto», ho risposto con un tono sussurrato e complice. Lui ha schiuso un poco le labbra e ha contratto le sopracciglia in un modo che mi è parso innocente, come per chiedere ragione di quel passaggio al *lei* che dev'essergli parso come un'inversione di marcia. Ma non ha chiesto nulla e ha finto d'ignorare la mia manovra di allontanamento.

«Mi tenga informato», ha detto. Ed è uscito senza salutare.

«Allora, dov'ero arrivata?» ho detto, spavalda, tornando nel retro. Ma Tanya e Rinaldo non erano più lì. Ho girato lo sguardo intorno, più per senso del dovere che per tentare una ricerca, dato che in quel bugigattolo di servizio non ci sono angoli nascosti. Ho aggirato il tavolo, ho spalancato la porta che dà sul cortile e li ho visti, laggiù, su lato opposto, abbracciati sotto un balcone nell'angolo più vicino all'androne d'ingresso delle automobili.

Li ho richiamati a me con un gesto ad arco del braccio. Loro hanno capito dai miei movimenti e forse dalla mia faccia stupita che il pericolo era passato e sono tornati.

«Ogni scusa è buona per toccare, vero?» ho detto a Rinaldo. Tanya ha tentato una risatina forzata, ma sembrava perplessa.

«Rinaldo mi ha detto che quel poliziotto… Abbiamo recitato la parte dei fidanzati, nel caso in cui quello lì…» ha balbettato. Ma non ha continuato. Ha preso posto sulla seggiola bianca e ha posato i gomiti sul bordo del tavolo, come una scolaretta.

«Rinaldo è un coglione», ho detto.

«Ti giuro ch'era lui…» si è difeso quel babbeo, ancora in piedi sulla soglia, pronto a volare via, in cortile, nel timore di veder piombare Guiscardo. L'ho guardato con un disprezzo così profondo che al suo posto avrei pensato al suicidio.

«Certo ch'era lui. Era Guiscardo, il poliziotto che ha chiesto la mia collaborazione per risolvere un caso. Ed è proprio per questo che abbiamo cercato Tanya. Lei ci dà una mano in negozio mentre noi indaghiamo su quella benedetta balestra. C'è qualcosa che non sapevi?» gli ho sillabato in faccia, con la precisa intenzione di offenderlo.

Rinaldo ha abbassato la testa.

«Non litighiamo, per favore», ha implorato Tanya.

Ho indicato a Rinaldo la sedia vuota. Lui l'ha occupata, mesto, e si è stretto la testa con le mani. Mi è sembrato uno di quelli che in televisione si scervellano per rispondere a un quiz.

«Tanya, ti ho detto tutto, ed è la verità, la scarna e nuda verità. Guiscardo ci tiene in pugno. Sa che io e Rinaldo abbiamo qualche conto in sospeso con la giustizia. Ora, se vuoi, te ne puoi andare, e ti capirei.»

Lei ha scosso la testa più volte in segno negativo. Il suo casco di capelli biondi e diritti si è mosso a due sensi, nell'aria, come una bandiera sventolata a due mani.

«Io voglio restare con te, Lola, e con Rinaldo, e con i vecchi amici. Se tu dici che non c'è pericolo ti credo, Lola. Stavi dicendo dell'asse per stirare...»

Le ho posato una mano sulla spalla e ho stretto forte.

«Già, l'asse per stirare. Dopo l'incontro al Barrikadero mi ha portato a casa sua, sulla riva destra della Dora. Ha aperto la porta e l'ho seguito. Nella stanza d'ingresso, come vi ho detto, c'era un robusto asse da stiro, di quelli professionali, da tintoria, con il ferro a vapore messo verticale, e il cavo collegato all'antenna di sostegno. Sulla sinistra c'era una rastrelliera di acciaio, un tubo orizzontale. Lì erano appesi i capi stirati, camicie, pantaloni giacche, tutta roba bella, sobria, elegante. Sull'altro lato, invece, c'era un bancone con i vestiti ancora da stirare. E due tubi al neon, sul soffitto, davano alla stireria una luce da sala operatoria.»

«L'asse da stiro... Ma perché nell'ingresso?» ha chiesto Tanya.

Ci ho pensato un attimo, prima di rispondere.

Fin da quando eravamo ragazzini, ogni aspetto della mente di Bakko mi è sempre stato chiaro. Tutti i suoi ragionamenti, anche i più assurdi, li ho sempre capiti al volo, per quanto non fossi così disposta a condividerli tutti. Ma ho sempre notato che per gli altri, invece, il cervello di Bakko era un mistero. Avevo già risposto a me stessa, da sola, alla domanda di Tanya, fin dal momento in cui lui mi aveva invitato a entrare in quella bizzarra stireria. Perciò, quando Bakko mi aveva fornito le spiegazioni di rito, ho soltanto avuto conferme.

«Mi ha detto che per lui l'asse per stirare è uno strumento di disciplina interiore», ho risposto a Tanya. «Appena arriva in quel bugigattolo sulla Dora, per prima cosa stira, così evita di cadere nella trappola di pensare o rinviare. Ha detto che l'atto di stirare è anche simbolico, perché aiuta a progredire in un progetto con attenzione e con calma, piega dopo piega, senza fretta. E mentre stira annota le scadenze imminenti, allinea mentalmente gli ordini che deve dare ai ragazzi dei centri sociali. Gli ho chiesto di quali ordini parlasse e lui mi ha detto che il compito degli antagonisti è agire, mentre molti di loro sono rammolliti, ciondolano, oziano, fumano, occupano case senza costrutto. E pensano che la lotta sia quella di strada, delle manifestazioni. Lui li addestra all'azione, pare, ma un diverso tipo di azione. In strada ci devono andare i Black Bloc, ha detto, che sono meglio addestrati e che sono provocatori pagati. Ha aggiunto che sta preparando un filmato in cui dimostra che i Black Bloc sanno agire e sparare da professionisti e che perciò non possono uscire dal mondo improvvisato degli antagonisti. L'azione vera, ha detto, ormai è quella che si svolge nei computer. Perciò sta selezionando i migliori fra i ragazzi dei centri sociali, quelli più bravi con il computer, con l'obiettivo di attaccare i sistemi operativi, i centri di controllo, le banche dati.»

Tanya si è morsicata un labbro e ha chiuso gli occhi, forse per immaginare se stessa intenta a stirare.

«Hai detto che Bakko è cambiato», ha chiesto poi, muovendo nell'aria le mani a pigna.

«Sì, Tanya, è molto cambiato. Adesso porta i capelli rasati a zero, è senza barba, abbronzato e si veste con camicia e cravatta. Dice di non avere più un nome, di usare case e automobili intestate ad altri.»

«E continua a bere?» ha insistito.

Più che la curiosità, mi è sembrato che Tanya cercasse di riprendere contatto con il passato.

«No, Tanya. Bakko è davvero un'altra persona. Adesso è astemio, mi ha detto. E mangia macrobiotico...»

Lo stupore che ho colto negli sguardi di Tanya e Rinaldo mi ha fatto pensare a quanto sia difficile accettare i cambiamenti radicali e le nuove scelte di vita delle persone che abbiamo conosciuto in passato. Come se quei mutamenti avessero il potere di spostare qualche cosa anche dentro di noi, di alterare la nostra stabilità. O di segnalare in modo drammatico la nostra funebre immutabilità.

«Soprattutto, mi ha ordinato di sparire dalla sua vita», ho aggiunto rapida, «perché non vuole più nessun contatto con il passato. Ha detto che mi aveva portato via dal Barrikadero per evitare che i ragazzi e le ragazze sapessero che lo conoscevo. Ha accettato di parlarmi, lì, in quella sua tana, ma ha detto che dovevo sparire.»

Tanya ha spalancato la bocca. Gli occhi le si sono riempiti di lacrime. Era evidente che non riusciva a credere alle mie parole. Lei ha sempre saputo tutto di me e di Edo. Le avevo raccontato del capanno, della mia prima volta con lui e dell'arrivo di mio padre, pronto a ucciderlo a mani nude... Per di più, lei da sempre non riesce a credere che due persone che si sono volute bene possano arrivare a odiarsi o a ignorarsi. Le sembra impossibile. L'ho guardata, mentre una riga liquida e bluastra le scendeva sulla guancia, e ho faticato, a mia volta, a non commuovermi. Forse soltanto le puttane sanno davvero qualcosa sull'amore, ho pensato. O forse soltanto Tanya, ho poi detto a me stessa, correggendomi.

«È sempre stato mezzo matto», ha commentato invece Rinaldo, e ha mostrato un sorriso malevolo, striminzito.

«Hai ragione», gli ho detto, «il sano di mente e il coraggioso del gruppo sei sempre stato tu.»

«Scusa», ha risposto, «va' avanti.»

«Prima di scacciarmi del tutto mi ha detto che quella famosa notte si era lasciato cadere nel Po per morire. Dice di aver capito, mentre scivolava nell'acqua gelata, che quella discesa nel fango era come un passaggio, per lui, una specie di morte simbolica. In quel momento si è reso conto che ormai era dall'altra parte, dalla parte dei morti. E perciò è uscito. L'hanno raccolto, semiassiderato, due ragazzi con i cani, due antagonisti di un centro sociale. Mi ha detto che è stato il fiato caldo dei cani a salvarlo. I ragazzi l'hanno portato dai loro amici, l'hanno curato. Quando si è ripreso, ha iniziato il suo lavoro di missionario dell'azione. È compito dei morti, ha detto, dedicarsi all'azione, dato che i vivi non fanno altro che rimandare, e procrastinare, e avere paura di tutto.»

Mentre raccontavo a Tanya e Rinaldo i dettagli della strana conversazione che si era svolta tra me e Bakko intorno a quell'asse da stiro, isolato come un relitto al centro di una stanza, ho deciso all'improvviso, spinta dall'istinto più che dalla prudenza, di non dir loro nulla dell'accordo che alla fine ero riuscita a strappare al mio ex fidanzatino: l'avrei cancellato del tutto dalla mia vita, così come chiedeva, lasciandolo solo e senza nome nella sua nuova veste di fantasma sociale, se soltanto mi avesse fornito entro cinque giorni qualche informazione sulla possibilità che fra i gruppi antagonisti, anarchici e ribelli vari, vi fosse chi praticava l'arte della balestra o mi avesse dato qualche lume sull'esistenza di DIO.

In meno di un secondo, senza nemmeno doverci pensare, lui aveva accettato l'accordo e mi aveva dettato le condizioni. Dovevo tornare cinque giorni dopo in quello stesso posto, sulla riva destra della Dora, a quella stessa ora. E avrei dovuto bussare alla porta di legno adottando il semplice codice di riconoscimento: tre colpi, pausa, due colpi, pausa, un colpo.

13
La riunione

Quella sera stessa, nel mio loft, all'ora del tramonto, sono rimasta ferma, con le mani nel lavello d'acciaio, a metà del lavoro di risciacquo dell'insalata.

Pensavo alla casa sulla Dora e all'appuntamento. E sentivo stridere qualcosa. Al termine di quella pausa, ho concluso che non potevo certo bruciarmi cinque giorni, dei miseri quindici che Guiscardo mi aveva dato, in attesa della risposta di Bakko. Certo, non era più il Bakko svuotato dall'alcol e dall'apatia di due anni prima. E ormai offriva un'immagine di sé affidabile e concreta. Ma per com'era andata la trattativa, e dalla fretta con cui aveva accettato il patto, purché me ne fossi andata subito, poteva accadere di trovare deserta la casa sulla Dora, il giorno dell'appuntamento. Chi mi garantiva che quella fosse casa sua, del resto? Nessuno gli avrebbe impedito di sparire dal mio raggio d'azione, dalla casa sulla Dora e magari dallo stesso Barrikadero, dopo avermi dato l'illusione di un accordo. E in quel caso sarei rimasta a becco asciutto, e soprattutto con poco tempo utile fra me e la galera.

Perciò era necessario che quei cinque giorni che mi separavano dall'incontro con Bakko non venissero sprecati. Sarei andata da lui prima della scadenza.

Mi sono riscossa. Avevo rimesso in moto la testa.

«Rinaldo, cominciamo con un buon bicchiere», ho detto a voce alta. E, dopo essermi asciugata le mani nel canovaccio a quadretti, ho posato tre calici sul tavolo. Poi gli ho dato le spalle e ho ripreso a lavare la verdura. Con la coda dell'occhio ho notato che lui aveva gradito. Si è sollevato dal divano spingendo i pugni sui cuscini quadrati e ha attraversato lo spazio del loft in diagonale. La luce perlata del tramonto entrava di taglio dalle finestre e aumentava la penombra negli angoli più distanti. Allora mi sono di nuovo asciugata le mani, sono andata verso la porta d'ingresso e ho acceso sia i tubi alogeni disseminati a terra in modo obliquo, lungo le pareti, sia il grande paralume verde che rispondeva con la sua luce calda e potente al bianco dei neon.

Ho fissato per un lungo momento quel sapiente gioco di luci, ringraziando Tanya, fra me, per avermi fatto notare, il giorno prima, che quel modo di illuminare il loft seguiva la stessa regola adottata per il Caveau. Cazzo, quanto aveva ragione, mi ero detta. E soprattutto, avevo aggiunto ad alta voce, non mi ero resa conto della replica. L'acuta osservazione della mia altissima amica bionda mi aveva perciò indotto a pensare che tendevo a esportare in modo pressoché ripetitivo, quasi senza riflettere, i miei gusti, il mio stile. Non mi ero davvero mai accorta di quanto il loft e il negozio si somigliassero, sul piano delle luci adottate, e questa scoperta mi aveva turbato.

A darmi fastidio, in questa banale rivelazione, è stato il fatto che l'analogia fra i punti luce del Caveau e quelli del loft era casuale, mentre a Tanya era sembrata coordinata. E in effetti, era davvero così, le somiglianze erano evidenti, sotto gli occhi. Eppure non avevo deciso in forma cosciente. Al contrario, ricordo che a quel tempo ero davvero convinta di avere arredato i due ambienti con scelte di luce separate e autonome. E invece mi ero semplicemente ripetuta.

Le parole di Tanya erano state come un bagno di umiltà, poiché avevano reso evidente quanto fossi portata anch'io a girare sulla ruota come un criceto, a ripetere gesti e pensieri sperimentati, sempre quelli, senza rendermi conto di restringere via via la gamma delle possibilità. Se questa delega, se questa subalternità a un atto ripetuto era stata concessa alle lampade, a cui tenevo molto, chissà quante altre volte ero stata disposta a pensare seguendo schemi fissi, obbligati, su questioni importanti. L'idea di essere imbalsamata in modelli pigramente replicati mi aveva fatto tremare le gambe.

Ed è stato proprio a causa di questo pensiero pericoloso che ho deciso di affrontare il ricatto di Guiscardo in modo più aperto e personale. Se volevo davvero evitare di adagiarmi sui modi pigri di pensare, dovevo cominciare subito a ragionare in modo attivo e non abitudinario. Perciò, mi sono detta, era necessario affrontare il caso della balestra e le richieste del poliziotto scavando nella mia testa e non limitandomi a seguire indicazioni precotte. Dovevo allargare i confini della faccenda e trasformarla in una mia produzione. Così, nel giro di un quarto d'ora ho avuto ben chiaro in mente come e con quali mezzi dovevo allargare i confini della ricerca ad altri aspetti di quel crimine, non richiesti da Guiscardo, prendendomi libertà e spazi personali.

Ma nello stesso istante, appena presa la decisione di assumere il comando delle operazioni, un brivido di terrore ha percorso la mia schiena. Di colpo, infatti, mi sono resa conto che se non avessi scelto di allargare il perimetro dell'indagine, poteva accadere di arrivare al traguardo dei quindici giorni senza informazioni sulla balestra e senza notizie su DIO. E, se non avessi portato nessun boccone a Guiscardo, sarebbe stata la mia fine, la nostra fine. Invece, scegliendo un'autonoma linea investigativa, comprensiva di elementi esterni al ricatto dello sbirro, avrei avuto più chance di ottenere merce di scambio con qualche peso per Guiscardo, il tirchio.

«Rinaldo, adesso è il tuo turno», ho annunciato.

La mia voce è risuonata in un'eco minuscola ma nitida sulle pareti del loft, come se l'ordine impartito al mio socio fosse scaturito anche dai muri, oltre che da me. Non sapeva ancora in che cosa lo stavo coinvolgendo e che stavo aprendo il fronte dell'esplorazione anche alla vittima.

«In che senso tocca me?» ha mormorato, venendo guardingo nella mia direzione. Aveva appena finito di stappare la bottiglia. Si è avvicinato al gradino di legno che divide la zona della cucina da quella più vasta del soggiorno, l'ha superato e si è seduto di tre quarti su una delle seggiole, spostando dall'angolo del tavolo la bassa colonna di piatti e i bicchieri appoggiati lì, vicino alle posate, in vista della cena.

In quel momento è entrata Tanya. Avevo lasciato la porta socchiusa, in sua attesa. Dovevamo parlare, tutti e tre.

«Scusa il ritardo, Lola, ma c'erano ancora due clienti, in negozio, di quelli pignoli», ha detto.

Il suo ingresso ha magnetizzato l'aria, come sempre. Anche in abiti non appariscenti riusciva a sembrare una divinità appena scesa da chissà quale cielo. Quella semplice maglietta grigio chiaro, indossata sui calzoni bianchi, sembrava esaltare il chiarore perlaceo degli occhi e trasformava in un bagliore da supernova i suoi capelli dorati.

«Hanno comprato?» ho chiesto.

«Si sono portati via mezzo negozio», ha risposto lei, raggiante.

«Anche champagne?»

«Due bottiglie», ha precisato con una mezza piroetta e un sapiente gioco di anche.

«Di sicuro erano maschi», ha sogghignato Rinaldo.

Tanya si è voltata verso di lui e ha mostrato la versione più ingenua e infantile delle sue espressioni.

«Come lo sai?» ha miagolato.

Rinaldo, seduto al tavolo, ha puntato il gomito sul bordo e ha appoggiato il mento sul pollice. Poi ha sorriso avendo cura di lasciar trapelare buone dosi di malizia dallo sguardo.

Ho riso anch'io. Nessuno al mondo era mai stato in grado di capire se Tanya fosse davvero ingenua o se fosse invece una delle migliori attrici del mondo.

«Puttanieri arrapati disposti a spendersi mezzo stipendio pur di stare lì un minuto in più», ha commentato Rinaldo. Tanya è diventata tutta rossa, come ogni volta che qualcuno pronunciava una volgarità. Ai tempi del Covo questa sua caratteristica le aveva assicurato una certa fama, fra gli habitué, che parlavano di lei come della «puttana che non dice parolacce e che arrossisce sentendole da altri». Pare che questo segreto aspetto della «stangona bielorussa» attirasse i clienti più di qualunque estrosa o ginnica prestazione. E se quel rossore pudibondo non fosse stato connaturato in lei, ma fosse invece stato il risultato dei sapienti artifici dell'arte attoriale, allora meritava una stima doppia.

«Con quella di stamattina sono tre. Allora apriamo anche noi lo champagne», ho detto, tornando alle vendite di Tanya. E senza esitare ho prelevato dal frigo una bottiglia. La regola era fissa, da quando avevo inaugurato il Caveau: se in un giorno ero riuscita a vendere almeno tre bottiglie di champagne, la quarta era per me, e per chi era con me quella sera.

Ho riposto in frigo quella aperta da Rinaldo e gli ho consegnato la nuova bottiglia. E mentre lui lavorava al *muselet*, ho sostituito i calici con le coppe. Poi, a tappo tolto, ho servito lo champagne e ho ripreso il discorso interrotto con Rinaldo.

«Allora, dicevo, adesso tocca a te.»

«Spara», ha replicato lui, cercando di mostrare una grinta che non possedeva.

Ma anziché partire all'attacco ho atteso che lo champagne ammorbidisse le nostre gole e le nostre menti. Dopo un paio di minuti, durante i quali ho dato uno sguardo alla pentola con l'acqua, tenuta a fuoco basso per poterle dare poi, con rapidità, il bollore, ho spiegato il mio semplice piano.

«Come sai, il poliziotto vuole risultati convincenti su chi maneggia la balestra fra i gruppi antagonisti. E, come puoi immaginare, non è detto che io riesca a ottenere qualcosa. Metti che quelli siano molto più furbi di noi e siano in grado di tenersi la bocca cucita. E che siano bravi, in ogni caso, è un fatto sicuro, dato che nemmeno la Digos ha mai sentito parlare di DIO e di balestre. Allo stesso modo, il mio primo giro ai centri sociali mi ha soltanto fatto ritrovare Bakko, ma di balestre e di DIO nessuna traccia.»

Tanya ci ha osservati a occhi spalancati. Poi, non sapendo come prendere parte alla discussione e cercando di non sembrare troppo curiosa, ha posato il bicchiere sul frigo e ha cominciato a spostare i piatti e a distendere la tovaglia, piegata in avanti come un meccanico sul motore.

«Su questo hai ragione», ha detto Rinaldo, «perché c'è davvero il rischio che non troviamo niente, e quel demonio invece vuole qualcosa da noi. A tutti i costi.»

Ed è rimasto in piedi, nella penombra, con una mano sul fianco e il bicchiere nell'altra. La luce di uno dei neon gli ha disegnato sulla curva dello zigomo sinistro una linea chiara identica a un quarto di luna, tanto da renderlo per un istante più bello di quanto già non fosse. Bello e basta, purtroppo, perché la sua mediocrità ha sempre spento, in me, ogni fantasia generata dal suo aspetto.

Ho bevuto l'ultimo sorso, sono andata verso la cucina a gas e ho alzato il fuoco sotto l'acqua. Poi mi sono voltata verso di lui, ma prima di riprendere il discorso sono andata verso le finestre, ormai trasformate in rettangoli neri, e con uno strattone ho tirato a una a una le tende color corda. Lo scorrimento degli anelli di legno, lassù, lungo il bastone della nonna, mi ha ricordato il frullo di un uccello che scappa dalle fronde intricate di un arbusto. Ho fatto subito mia l'immagine dell'uccello che fugge, libero, dalla prigione dei rami, disegnandola virtualmente, in forma stilizzata, sulla nostra bandiera di battaglia.

«Alla scadenza dobbiamo essere in grado di dare a Guiscardo qualche boccone succoso. Perciò, mentre io continuo la caccia alla balestra, tu scaverai nella vita della morta», ho detto subito dopo, con il tono che non prevede obiezioni.

«Scavare?» ha balbettato.

Ho dedotto dal terrore apparso all'improvviso nei suoi occhi che tutta l'attenzione di cui poteva disporre era stata risucchiata dall'idea di scavare. Scosso e tremante, ha richiamato di colpo le guance così all'interno da sembrare per un attimo un ultracentenario sdentato. L'ho fissato, ed è come se l'avessi visto al lavoro, sudato, intento a lavorare di pala, con una lapide divelta a fianco, intento a disseppellire Aldina Chiappero.

«Sì, scavare», ho ripetuto, ridendo fra me. Poi, dopo una pausa a effetto, ho proseguito: «Nel senso che devi cercare tutte le informazioni possibili su di lei. Devi sgattare in rete, tritarti i giornali degli ultimi anni, infilarti nei social, girare intorno al suo partito, rivederti i filmati, rileggerti le interviste. Insomma, fa' tu, accumula più materiale che puoi. E concentrati sui dettagli insignificanti, sulle piccole cose, sulle notizie marginali, dato che sui fatti principali di sicuro ha già indagato la polizia. Devi trovare qualche indizio, qualche traccia che la colleghi a qualche cosa di utile per noi, come l'idea di una minaccia, una battuta fuori posto rivolta a qualcuno o a qualche gruppo sociale, un'intenzione scomoda per qualche centro d'interesse, nel programma di governo, se mai avesse vinto le elezioni. Segna tutto ciò che ti sembra leggermente sospetto, curioso, interessante, fuori tono. Dobbiamo trovare qualche cosa, nella vita della Chiappero, che la indichi come potenziale vittima di qualcuno».

Rinaldo ha tirato un sospiro di sollievo lungo come un pomeriggio d'estate e ha annuito, senza fiato.

Abbiamo preso posto a tavola. Ho impedito a Tanya di alzarsi, quando ha accennato a darmi una mano. Lei si è mostrata ubbidiente e ha agguantato le posate reggendole in verticale, come una bambina. Mentre la pasta cuoceva ho servito loro i moscardini in insalata, sui quali ho distribuito una pioggerellina di menta, mentre Rinaldo aggiungeva champagne alle coppe.

«Spero di riuscire a trovare qualcosa», ha mormorato Rinaldo, dopo un po'. L'ho guardato a labbra strette e non gli ho risposto, non l'ho incoraggiato. Doveva trovare da solo le motivazioni e le energie per lavorare. E infatti, quando mi sono alzata per scolare la pasta, aiutata da Tanya, che è subito corsa ad aprire il rubinetto dell'acqua fredda per non danneggiare le guarnizioni, Rinaldo ha parlato e ha adottato un tono volitivo che deve aver preso a prestito da qualche film.

«Ce la farò. Cazzo, se ce la farò!» ha soffiato davanti a sé, con rabbia.

Mi sono voltata verso di lui e gli ho sorriso.

14
Il professore

«Manesco?»

Il professor Anau Montel ha sollevato soltanto le palpebre e ha guardato al di sopra delle lenti. Il resto del suo corpo è rimasto immobile, così come la testa, tonda e rasata, piegata verso il cellulare che avevo posato sul tavolo. Ha puntato i suoi occhi chiari nei miei e poi ha spiegato: «Sì, manesco. Questo è un esemplare di *balestrino manesco*».

Ho ripetuto a mezza voce quelle due parole, quei due suoni così semplici e resi strani dall'accostamento inconsueto. Ho posato le dita sul bordo del grande tavolo di legno scuro, intarsiato, e ho annuito.

«Certo, capisco», ho detto poi, chiudendo le vocali per sembrare più intelligente. E ho subito trascritto le sue parole sul taccuino. Mi ero presentata, nella mail di contatto, come ex giornalista con nuovi interessi nel campo della criminologia investigativa e lui mi aveva dato udienza senza la minima esitazione. Gli avevo spiegato che stavo preparando un'inchiesta centrata sulla strana modalità di esecuzione del delitto Chiappero, e avevo aggiunto che mi ero rivolta a lui dato che il suo nome era apparso sui giornali, che lo indicavano come esperto di armi antiche e consulente del tribunale. Senza quasi farlo parlare, e per darmi tono e credibilità, avevo aggiunto che nel complesso apparato scenico del processo investigativo ci sono vari livelli di collaborazione che si possono sviluppare con l'ausilio della criminologia.

Mi ero preparata per bene e mi ero presentata con la sobrietà della professionista, indossando calzoni neri, ampi, e una camicetta color tabacco, aperta appena il giusto.

«*Balestrino manesco* è il nome tecnico di questo tipo di balestra», ha precisato lui, subito dopo. E ha poggiato i gomiti sui braccioli borchiati della sedia. Poi ha proseguito: «Con 'manesco' si fa riferimento alle dimensioni di quest'arma, più piccola rispetto alle balestre da caccia o da guerra. Il termine *manesco* definisce la caratteristica e il modo d'uso. Come per dire 'adatta alla mano', nel senso che è maneggevole e che può essere usata impegnando soltanto un braccio».

Mentre pronunciava le ultime parole ha allineato le mani a taglio tenendole a una distanza inferiore ai quaranta centimetri per darmi l'idea dell'estensione reale.

«Potrebbe stare in una borsa a tracolla, in effetti», ho commentato, «come hanno detto i testimoni.»

Anau Montel ha confermato con un cenno della testa. Nello stesso tempo ha abbandonato la sedia nobiliare su cui sedeva e ha raggiunto la pila di libri poggiati in equilibrio fragile sul davanzale della finestra. Ha sfilato un volume sottile ed è tornato al tavolo, sfogliandolo.

«Eccolo», ha detto, girando il libro aperto verso di me. «Questo è il balestrino manesco esposto all'Armeria Reale. Era un'arma proibita dalle *grida* perché era considerata 'arma insidiosa', vale a dire in grado di essere occultata con facilità ed essere usata per aggressioni e imboscate, 'insidie', appunto, fra cittadini.»

«Arma insidiosa», ho scandito, trascrivendo anche questa formula sul taccuino.

«Se le serve per il suo studio, posso dirle che le balestre vengono azionate con un martinetto a molla», ha aggiunto, indicando la coda dell'arma, sulla pagina, «e che se la molla viene armata fino al fondo, le frecce prendono una potenza devastante. La freccia a sezione quadrata si chiama *quadrello*, quella a sezione tonda è il *verrettone*. Erano in grado di perforare una corazza. Parlo di quelle da guerra e da caccia, s'intende. Ma anche il balestrino manesco si faceva rispettare.»

Ho preso appunti con la meticolosità di una scolaretta, sporgendomi di tanto in tanto sul tavolo per osservare i dettagli.

«Grazie, professore, lei è davvero gentile. E dunque, per concludere, lei ritiene che il balestrino usato dagli attentatori sia autentico?»

Lui ha incrociato le mani sul petto, dopo essersi appoggiato allo schienale alto e lavorato della sedia, e ha sentenziato: «Come ho già spiegato alla polizia, quello che ho visto alla Scientifica dovrebbe essere un balestrino manesco autentico».

Ho atteso che continuasse, vista la chiusura in forma di dubbio, ma è rimasto in silenzio.

«Dovrebbe?» ho chiesto, allora.

Sollecitato dalla mia ripresa, ha continuato, con più fervore: «Ci sono buone probabilità che sia autentico, ma preferisco sempre essere cauto. Di quel balestrino ci sono ormai soltanto pochi esemplari in giro. Quello della foto è esposto all'Armeria Reale, qui a Torino, come le ho detto. Però ci sono diverse copie di splendida fattura eseguite dal celebre maestro artigiano Walter Agnoletto. Ma credo che l'arma usata dagli assassini sia davvero autentica. Un pezzo di fine Cinquecento o, meglio ancora, inizi Seicento».

Siamo rimasti in silenzio per qualche secondo. Da qualche parte, dalle altre stanze, provenivano isolati frammenti sonori di persone che chiacchieravano e ridevano.

Visto che il colloquio sembrava finito, il professor Anau Montel ha spinto il cellulare verso di me con una nocca, come se fosse infetto. Si dev'essere accorto della mia perplessità e ha subito detto, spalancando gli occhi come per scusarsi: «Mi perdoni. È l'abitudine... Bisogna toccare il meno possibile le armi antiche con le dita. Per un attimo ho dimenticato che il suo balestrino era su uno schermo».

L'ho ringraziato con un cenno della testa e ho fissato ancora una volta le alabarde appese alla parete, proprio dietro le sue spalle, e l'armatura grigia dai riflessi argentati, sulla destra, che sembrava guardasse me attraverso la fessura della celata. Altre armi antiche erano disposte con cura, lucidissime, dentro un mobile a vetri, mentre i volumoni dai dorsi spessi e scuri, allineati in due armadi senza ante, davano a quello studio una doppia identità, un misto di biblioteca antica e di sala d'armi medioevale.

Mi sono alzata, ma prima di salutarlo ho tentato il colpo: «Immagino che lei non mi possa dire dove si possono trovare gli altri esemplari di balestrino o come si possa risalire all'ultimo proprietario dell'arma usata dai criminali...» ho detto. E per rendere evidente che non mi aspettavo alcuna risposta, ho compiuto mezzo passo indietro, pronta a salutare e ad andarmene.

Lui è rimasto seduto e ha appiattito l'aria con la mano distesa, per invitarmi a tornare al mio posto. Ho ubbidito, ma sono rimasta sul bordo della sedia per dare l'idea che non volevo rubargli altro tempo.

«Non ci sono segreti», ha detto, tenendo le palpebre a mezzo e consultando a tratti il suo cellulare, sul quale continuavano ad apparire segnali di notifiche, «e perciò posso dire a lei ciò che ho detto alla polizia. In sostanza, in base alle mie conoscenze, ci sono soltanto tre balestrini maneschi repertati nel Nord Italia, oltre a quello dell'Armeria Reale. Uno è esposto nella collezione di armi bianche della contessa Bianca Lama di Mombasiglio, e la polizia ha confermato che è ancora lì; un altro appartiene a un museo privato, a Pavia, e da lì non si è mai mosso; il terzo apparteneva alla collezione privata del proprietario del castello di Arietullo, in Alta Langa.»

Su queste ultime parole, non del tutto conclusive, il professor Anau Montel ha taciuto, proprio come aveva fatto poco prima. Ho subito capito che gli piaceva chiudere le sue riflessioni con formule che si aprivano a ulteriori sviluppi. Ho pensato che il suo fosse un abile stratagemma per selezionare le persone. La tecnica di troncare il discorso con frasi non definitive, pronunciate però con tono di chiusura, infatti, avrebbe stimolato chi era davvero interessato a continuare la conversazione, mentre scoraggiava l'interlocutore privo di vero interesse. Ho mandato a memoria questo prezioso suggerimento del professore e ho replicato: «Ha detto 'apparteneva'? Nel senso che non gli appartiene più?»

Anau Montel ha stretto un po' gli occhi e ha sorriso appena. Si è di nuovo spinto in avanti e ha poggiato le mani aperte sul tavolo, come se volesse misurarlo a spanne. Poi ha sollevato gli occhiali sulla testa e ha detto: «Quel balestrino è stato venduto circa sei mesi fa. Credo che la polizia sia già stata ad Arietullo per interrogare il collezionista».

Non avevo mai sentito nominare Arietullo, ma sono rimasta sulle mie.

«Dunque», ho aggiunto con rapidità, «se la sua analisi ha stabilito con buona approssimazione che l'arma che ha ucciso la candidata è autentica, e visto che una sola fra quelle sfugge alla conta, è probabile che il balestrino usato per l'attentato sia quello di Arietullo...»

Anau Montel ha sollevato il mento e abbassato le palpebre, poi ha replicato, pronto: «No, si sbaglia. Non è affatto probabile».

La mia espressione stupita non l'ha spinto a darmi qualche spiegazione. Ha atteso, come sempre, che fossi io a raccogliere il testimone del dialogo.

«In che senso non è probabile che quel balestrino sia quello usato dai terroristi?» ho chiesto.

«Nell'unico senso possibile: dico che non è probabile perché è sicuro. Il balestrino di Arietullo è *senza dubbio* quello usato per uccidere Aldina Chiappero.»

Ormai le sue regole di conversazione mi erano chiare e perciò non ho atteso ulteriori chiarimenti da parte sua, ma mi sono spinta nella discussione con modi percussivi, interessati.

«Come fa a esserne così certo?»

«Ho avuto la fortuna di valutare quel balestrino, anni fa, e di redigerne la scheda tecnica. Diventammo quasi amici, in quel periodo, io e il solitario abitante del castello. Registrai ogni dettaglio tecnico dell'arma, ogni aspetto costruttivo e di usura. Per il mio archivio, come può immaginare. Quando mi sono trovato davanti il reperto della Scientifica, ho potuto affermare che il balestrino manesco sottoposto al mio esame era lo stesso che avevo certificato ad Arietullo.»

A quel punto la mia testa ha cominciato a lavorare. Il primo pensiero è andato alle indagini e alla certezza che la polizia avesse già interrogato il castellano, chiedendogli informazioni sul misterioso acquirente di sei mesi prima.

Ma com'era possibile, mi sono chiesta, che gli assassini fossero così ottusi da usare un'arma della quale fosse tanto facile ricostruire la trafila dei proprietari? Approfittando della confidenza che il professore sembrava avermi accordato, ho girato subito a lui la mia riflessione.

«E si sa a chi è stato venduto, quel balestrino?»

Mentre parlavo o, meglio, un attimo prima, quando quella domanda mi è spuntata nel cervello, ho sentito che le guance mi diventavano rosse per l'emozione. Ma non per l'ardire di essermi rivolta ad Anau Montel pressoché alla pari, dato ch'era stato lui stesso a incoraggiarmi. A far crescere in me uno stato alterato è stata invece una percezione nuova, la sensazione improvvisa che dentro di me stava montando un'onda bianca di frenesia investigativa. Per chissà quale ragione, l'ultima domanda che avevo posto al professore, o forse il tono con cui l'avevo posta, aveva innescato in me un fervore che non avevo scelto. In quel breve tempo ho come intuito che il ricatto di Guiscardo stava subendo una metamorfosi, in me, e si stava trasformando in un'appassionata e involontaria felicità della ricerca. Ormai ero dall'altra parte della barricata, ho pensato.

«A chi è stato venduto il balestrino? Oh, no, non lo so e credo che non potrei nemmeno saperlo. Dovrebbe chiederlo alla polizia», ha risposto lui, con il tono bonario che si usa con chi spara una banalità.

Aveva ragione. La mia domanda era ingenua. E poi, se anche la polizia fosse già entrata in possesso di qualche nome, non l'avrebbe certo divulgato. Mi sono morsa il labbro per la rabbia di essere apparsa stupida. Non appena un bruscolo emotivo era corso nelle mie vene, ecco che il cervello aveva perso di lucidità. Avevo posto al professore una domanda cretina. Mai dare spazio alla minima emozione, mi sono detta con stizza. Dovevo recuperare la credibilità ai suoi occhi.

«Ma allora questo balestrino», ho detto, indicando la borsa nella quale avevo riposto il cellulare, «è autentico. Da quanto dice, si tratta di uno dei tre pezzi originali.»

Ricordavo bene che poco prima aveva mostrato qualche dubbio sull'originalità del pezzo.

Il professore si è sporto un po' verso di me. La sua espressione è tornata quella diretta e calma con la quale mi aveva ricevuto.

«L'osservazione è giusta. Ma, come le ho detto», ha chiarito, «ci vado molto cauto nell'esprimere pareri assoluti. Il balestrino manesco di Arietullo dovrebbe in effetti essere uno dei tre originali di cui sono a conoscenza. E io stesso l'ho certificato. Ma ci sono alcune possibilità, per quanto remote, che Agnoletto, con la sua straordinaria bravura, abbia compiuto, ai suoi tempi, il miracolo e abbia messo in giro un balestrino manesco che, pur costruito con le sue mani, non sarebbe distinguibile da uno antico, se non attraverso analisi molto sofisticate e superiori al semplice esame visivo. Nella certificazione inserii in nota queste riserve. In ogni caso, ai fini della sua ricerca criminologica, la questione non è così rilevante, dato che l'arma usata per uccidere, antica o riprodotta che sia, è proprio quella passata di mano ad Arietullo.»

Le voci allegre che venivano dalle altre stanze sono all'improvviso sembrate più vicine, più chiare. Il professore ha piegato un po' la testa e si è alzato, muovendo un gomito sul bracciolo.

«Adesso è tutto chiaro. La ringrazio per la sua disponibilità. Se il mio studio sarà apprezzato, citerò il suo nome, se crede, nei ringraziamenti», ho detto. E dopo i convenevoli di circostanza sono uscita, muovendomi con cautela per non urtare le armature disposte in giro e le armi appese alle pareti.

Il sole a picco, fuori, mi è parso quasi fastidioso, importuno, dopo l'ora trascorsa nella stanza ovattata e un po' tenebrosa di Anau Montel, nella quale era stata partorita, per così dire, e nell'atmosfera giusta, la mia nuova identità di investigatrice.

15
La decisione

Nei momenti di tensione o di calma apparente ho bisogno di muovermi a piedi, e di muovermi in città.

Quando si tratta di riflettere, devo camminare per ore, vagare senza meta per lunghi tragitti, fra palazzi che gettano ombre oblique sugli edifici di fronte, tra le macchine ferme e in movimento, fra le simmetrie alberate e ombreggiate dei viali, fra le vie strette del centro; devo fermarmi ai semafori e ripartire, e a tratti schizzare di lato per evitare le bici che guizzano sui marciapiedi o sotto i portici.

Prima di prendere una decisione devo pestare a lungo l'asfalto, odorarlo e sentire il puzzo dell'aria. Devo andare avanti fino ad aver male alle anche, camminare spedita come se avessi davvero una destinazione e fossi in ritardo, guardando ora in basso per evitare le merde dei cani, ora in alto per cogliere scorci di cielo sempre nuovi, ora di lato per studiare vetrine e portoni. Vedere le facce delle persone e scorgere in ognuna di loro uno sconosciuto mi consola.

Soltanto in questo modo sento i miei mille pensieri muoversi al ritmo giusto, riesco a distenderli in forme non troppo concentrate, ma nemmeno troppo titubanti, fino a ottenere una visione saggia, coerente. A poco a poco, camminando, i movimenti della mente si adeguano a quelli dei piedi, per così dire, si sintonizzano sulla stessa velocità, e i pensieri che prima sfrecciavano come alberi visti dal treno si compongono in un flusso lento, dove ogni dettaglio è riconoscibile e soprattutto nominabile.

Così, anche quel giorno d'inizio maggio, dopo l'incontro con Anau Montel, ho trascorso la seconda parte del pomeriggio tritando chilometri di città a passo sostenuto. E per un istante mi è sembrato addirittura di applicare, con un altro mezzo, la procedura di Bakko, perché l'atto di camminare, in quel momento, mi è apparso analogo a quello di stirare, e ho immaginato che stessi distendendo a poco a poco i pensieri al ritmo preciso dei passi, che li stessi spianando, quei pensieri, piega dopo piega, con i piedi al posto del ferro da stiro…

Tuttavia, quella che dovevo prendere non era proprio una decisione. Camminando cercavo soltanto d'intravedere una soluzione o una via di fuga, se c'era, dato che, sebbene avessi ottenuto dal professore molte buone indicazioni, appena uscita dall'incontro con lui mi sono sentita come un relitto di legno attirato in un mulinello che a ogni giro del giorno diventa più vorticoso, che attira senza scampo verso il centro, verso il fondo.

Certo, mi sono detta, ho scoperto cose molte utili sul balestrino; e ho un appuntamento con Bakko che potrebbe fornire altro materiale interessante, ho aggiunto. Ma quali risultati davvero solidi potevo aspettarmi da questi elementi? Pochi, ne ero sicura. Sapere che il balestrino era stato venduto da un tizio di Arietullo quali concreti vantaggi mi avrebbe dato? E l'incontro con Bakko sarebbe forse stato risolutivo? Avevo i miei dubbi.

Se l'idea di fallire e di tornare in galera aveva cominciato a rodermi, a tormentarmi in una maniera nuova e ossessiva, l'errore peggiore che avrei potuto commettere sarebbe stato agire d'impulso. Ma un dato era certo: dovevo cambiare marcia, inventare una strategia meno passiva.

Ho camminato ancora più decisa, dunque, con l'intenzione chiara di correggere la rotta e studiare mosse alternative, utili per arrivare a un risultato da fornire a Guiscardo, perché via via che camminavo le azioni alle quali mi ero affidata fino a quel momento mi sono parse sempre più deboli, di dubbia utilità e dagli esiti incerti. Non sarebbero certo bastate per sapere chi aveva usato quel maledetto balestrino manesco e chi agiva nel nome di DIO.

E allora sono andata avanti alimentando dubbi, fino a quando la massa aggrovigliata delle idee si è districata, come mi aspettavo, in forma di poche semplici parole, rivelandomi una soluzione nitida, praticabile: dovevo stringere i tempi e andare subito da Bakko, prenderlo di sorpresa, prima ancora del già previsto anticipo sulla data concordata.

Sì, dovevo coglierlo impreparato, ricordargli chi era e soprattutto chi ero, strapparlo al suo ardore di assoluto e portarlo alla dimensione imperfetta in cui viviamo tutti, la sola a essere davvero umana. Soltanto dopo averlo sottratto al suo delirio avrei potuto chiedergli di aiutarmi. E lo avrei convinto senza ricorrere alle sue ragioni alte o rivoluzionarie, ma puntando sul semplice motivo che ci eravamo amati, un tempo. Per pochi minuti, certo, ma che sono stati fondamentali, almeno per me. Che mi ero fatta sei anni di galera per lui. Anni che nessuno mi avrebbe mai più restituito. Nemmeno lui. Ma, se voleva, adesso poteva aiutarmi a non tornare là dentro. O, meglio, doveva.

Come sempre, camminare mi aveva portato a vedere la soluzione, una soluzione ch'era già dentro me, a tutti gli effetti, dato che fin da adolescente avevo capito che bisogna sempre agire d'anticipo, se si vuole davvero ottenere un risultato.

Ma se anziché camminare fossi rimasta seduta a rimuginare, o avessi scelto di restarmene al Caveau, in piedi dietro il bancone, tra i *foie gras* e le mostarde, forse quella risposta, che pure avevo già elaborato in forma più vaga la sera precedente, non mi sarebbe apparsa agli occhi in maniera così necessaria, e avrei semplicemente atteso un giorno qualunque, precedente a quello concordato e voluto da lui.

Non soltanto dovevo giocare d'anticipo, mi sono detta, ma dovevo giocare subito. Se mi fossi accontentata di aspettare o, peggio, di sottostare ai voleri di Bakko, ho pensato, mentre mi specchiavo di sguincio in una delle vetrine di via Mazzini, molto probabilmente non avrei ottenuto nulla, o forse non avrei trovato nessuno, in quella casa sulla Dora. Perciò era necessario buttarsi nella mischia. Insomma, se volevo farmi dire ciò che sapeva (ammesso che sapesse qualcosa) sul balestrino e su DIO, dovevo prenderlo di sorpresa.

Colpita dalla mia stessa idea, mi sono fermata di colpo. Ero davanti a un locale che a prima vista ho classificato come una libreria, dato che le vetrine erano piene di libri. Ma allo sguardo successivo, puntato verso l'interno, quel locale mi è apparso come un bar, con i tavolini disposti fra i libri e il bancone d'acciaio per la mescita. Era il Bardotto.

Sono entrata decisa, ormai stanca per la maratona mentale, più ancora che per quella fisica, determinata a organizzare il piano successivo, mentre alle mie spalle le auto scorrevano a singhiozzo, a sobbalzi e scatti, fino allo scoppio simultaneo di decine di clacson che inveivano contro un'ambulanza che aveva frenato poco più avanti, bloccando lo scorrimento della via. Ho sorriso, pensando a quanto fosse più rapido il movimento di chi, come me, si muoveva a piedi, in città.

Mi sono seduta a uno dei tavolini grigio chiaro. Ho osservato le pareti mobili attrezzate a librerie e i ripiani tutti intorno, con i volumi appoggiati a faccia in su. Era un bar, ma non dava l'idea di essere un bar, dato che nessuno, lì dentro, fra chi beveva e chi scorreva le pagine dei libri, a collo piegato, manifestava quella nota allo stesso tempo frenetica e oziosa che è tipica dei bar. Ed era una libreria, certo, ma non ne aveva l'aria, dato che c'erano persone appoggiate al bancone con un bicchiere di bianco in mano e altre, sedute, che bevevano e chiacchieravano. L'equivoco nato dall'impossibilità di fornirgli un nome preciso dava a quel locale una specie di patente speciale e trasmetteva una sensazione di serenità operosa, civile. Tutto si placa, negli ibridi, mi sono detta, senza nemmeno capire bene a che cosa volessi alludere, con quella frase. Ma ci stava.

Ho chiesto un bicchiere di prosecco, sono rimasta sovrappensiero per dieci minuti e poi, allo scoccare delle sette, mi sono alzata, ho pagato e sono uscita, mentre il giorno cominciava a indebolirsi e via Mazzini, sotto il cielo turchese, ma senza più contatto diretto con la luce grondante del sole, prendeva tutta insieme quel colore di pietra asciutta che ogni volta registro come la perfetta tonalità urbana.

16
Le mani

Al fondo di via Rossini, prima di svoltare a destra, ho inarcato la schiena e respirato in profondità. Ancora una volta ho usato le vetrine per verificare il mio aspetto e studiare l'effetto che volevo produrre su Bakko. Per andare da Anau Montel ero uscita di casa nei panni della criminologa dilettante, senza concedermi eccessive libertà sul piano dell'abbigliamento. E la successiva camminata mi aveva depositato sulla pelle una patina leggera di sudore. Non ero certo in grado di far colpo su nessuno, in quello stato, ma per fortuna con Bakko il problema non si poneva. In un certo senso, lui era cieco, rispetto alla superficie delle cose e delle persone. La sua intelligenza era di tipo speculativo, argomentativo, e perciò, pur apparendo sontuosa, non era sufficiente per spingersi là dove diventa chiaro che l'aspetto esterno contiene una quantità immensa di sostanza e di significato.

La vetrina del caffè Rossini, oltre la quale ribolliva un'animazione elettrica e contagiosa, mi ha restituito un'immagine sobria che ho cercato di arricchire spettinando un poco i capelli sulla sommità, per renderli sbarazzini.

Poi ho svoltato a destra con passo marziale e ho tirato dritto fino alla casa bassa, imponendomi di non pensare ad altro se non al momento in cui avrei portato Bakko sul mio terreno, senza dargli il tempo di replicare. Il cielo mandava ancora una luminosità perlacea, ma più in là, guardando verso la collina, cominciava a scendere un velo quasi impercettibile di oscurità, una contrazione della trasparenza, come accade quando una goccia d'inchiostro si diluisce in un bicchiere d'acqua.

Sono arrivata davanti alla porta di legno e ho notato che le gelosie erano chiuse. Ma se quello era il rifugio di Bakko, non era da lui dare segni di vita. Ho bussato con tre semplici colpetti delle nocche, senza adottare il codice stabilito. Se Bakko era lì, doveva pensare a un arrivo imprevisto.

Ho atteso, ma dall'interno non è giunto alcun suono. Allora ho bussato più forte, sempre in modo anonimo, ma anche quel secondo tentativo non ha prodotto risultati. Mi sono allontanata dalla porta e mi sono avviata verso la cancellata. Da quell'angolazione ho cercato di capire se da una delle finestre del lato interno sfuggisse un barbaglio di luce elettrica, per quanto il tramonto fosse appena all'inizio. Ma anche quell'esame è stato vano.

Ho messo le mani sui fianchi e mi sono voltata verso la Dora, indecisa. Ho attraversato la strada e mi sono avvicinata alla palizzata di protezione. Cinque o sei metri sotto di me, l'acqua correva veloce verso la confluenza con il Po. Sulla riva, tre anatre cercavano di restare sul posto agitandosi controcorrente per non essere trascinate via.

«Torno fra mezz'ora», ho detto ad alta voce, ringraziando le anatre per avermi ricordato che bisogna continuare ad agitarsi, se si vuole restare dove si è, perché il movimento è tutto.

Ho salutato i volatili e sono andata al caffè Rossini, dove la ressa era aumentata, nel frattempo, dentro e fuori. Mi sono fatta largo fra studenti rumorosi, uomini solitari con borsa da medico o cartella impiegatizia, ragazze con i capelli verdi e viola, professionisti in cravatta che si sganasciavano dal ridere con amici *punkabbestia*. Ho raggiunto il bancone con facilità, nonostante l'arrembaggio, grazie a una sorta di gentilezza collettiva, condivisa e accettata da quel pubblico eterogeneo, che impediva animosità o atteggiamenti competitivi. Nel momento in cui ho potuto poggiare il gomito al bancone, sono stata subito intercettata dal barista, alto, senza capelli e dagli immensi occhi color cera, quasi bianchi. Con un sorriso mi ha fatto capire che potevo ordinare, e allora, per darmi coraggio, ho chiesto un martini cocktail. Lui ha mosso le labbra in giù in segno di ammirazione e si è disposto, con calma, a prepararlo.

Mezz'ora dopo, mentre le prime vere ombre della sera scivolavano sulle case, sono uscita dal bar e sono ripartita verso la casa di Bakko. Mi sono mossa a passo spedito e a falcate lunghe, andando avanti senza esitazione, pronta ad affrontare la battaglia alla quale, senza dubbio, il mio primo stupido amore mi avrebbe costretto. Giunta davanti alla porta ho alzato il braccio e stretto la mano alla maniera di un saluto bolscevico, da compagno duro e puro, e ho picchiato con sicurezza. Ma il legno non ha opposto resistenza, e il battente si è mosso verso l'interno. Spaventata, ho spinto indietro la testa, mettendomi di lato, più per istinto che per ragionamento, e sono rimasta immobile, senza fiato, davanti a quella porta mezza aperta, fissando il rettangolo nero dell'interno. Sono arretrata ancora di un poco, temendo un improvviso agguato, non so nemmeno io da parte di chi e per quale ragione, e mi sono guardata intorno. Ma il marciapiede, nelle due direzioni, era deserto. In un lampo la mia testa ha elaborato le ipotesi più semplici per spiegare l'anomalia della porta aperta. Ho pensato che Bakko fosse tornato e che semplicemente non avesse chiuso. Ma allora perché l'interno era buio e nessuno era apparso dopo che avevo bussato? L'alternativa era che fossero entrati i ladri, mentre ero al caffè Rossini. Ma allora potevano ancora essere dentro e avrei rischiato di essere aggredita, se avessi deciso di entrare.

Mi sono addossata al muro, di lato alla porta, a meno di due metri dall'ingresso, e ho lasciato che i minuti trascorressero. Dall'interno non sembravano venire rumori. Se qualcuno era entrato, forse se n'era già andato. In quel momento ho pensato alle anatre e ho deciso di agire, per evitare che la corrente dei pensieri e della paura mi portasse via. Mi sono avvicinata alla porta e l'ho spalancata con un calcio, subito tirandomi indietro. Ho lasciato passare un minuto, durante il quale tutto è rimasto silenzioso, fermo.

«Sono io, posso entrare?» ho gridato poi, spingendo appena la testa all'interno, oltre lo stipite, e aspettando una risposta. Ma ancora una volta non un suono è giunto da lì dentro. Ho compiuto un passo e, nonostante la poca luce fornita dalla strada, ho lanciato un grido soffocato, vedendo un corpo disteso a terra, reso vivido dalla camicia bianca. Ho subito cercato l'interruttore della luce, nei pressi della porta, l'ho azionato e sono corsa verso Bakko, disteso a terra a pancia in su, privo di sensi, con una ferita alla testa da cui grondava un filo di sangue. Ma l'orrore totale della scena era dato dalle braccia, distese lungo l'asse da stiro che qualcuno gli aveva posizionato in orizzontale, dietro la nuca, come fosse il lato corto di una croce. Ed era proprio a una croce che gli esecutori dell'agguato avevano voluto far pensare, dato che avevano inchiodato le mani di Bakko all'asse con due sottilissime frecce di metallo. Ho controllato l'istinto di fuggire, notando una porta socchiusa, sulla sinistra, e temendo l'arrivo del o degli aggressori, e mi sono gettata su di lui con impeto. Ho avvicinato l'orecchio alla sua bocca semiaperta per accertarmi che respirasse. Poi, rassicurata dal fatto che fosse ancora vivo, mi sono rialzata e sono corsa a chiudere la porta. Subito dopo mi sono accovacciata di nuovo al suo fianco e ho osservato i dettagli. Le frecce che gli attraversavano le mani non erano state puntate al centro dei palmi, ma nella parte molle tra pollice e indice, dove il muscolo si assottiglia. Perciò non avevano leso le ossa, ma soltanto attraversato la pelle, e nel punto più esterno. Era ovvio che non avevano voluto fare eccessivi danni. In pratica, l'agguato sembrava più un avvertimento che non un'esecuzione. Indecisa su come agire, ho mosso lo sguardo in giro e ho scorto una piccola balestra posata accanto al ferro da stiro, gettato storto sulla sedia vicino alla cesta di vimini. E sul coperchio della cesta c'era un foglio. L'ho afferrato, spingendo un braccio di lato, e ho letto le poche parole che erano state scritte a pennarello: NESSUNO PUÒ AVVICINARSI A DIO.

Alla vista della balestra e del messaggio, un brivido di paura è corso lungo la spina dorsale. L'ho contenuto a fatica, inspirando forte a bocca aperta. E mi sono messa subito all'opera, per evitare la paralisi che accompagna gli stati di agitazione. Ho osservato la balestra. A differenza di quella che aveva ucciso Aldina Chiappero, questa era in legno e sembrava più un giocattolo, o un attrezzo sportivo, che un'arma. Mi sono chiesta che cosa avesse mai smosso, Bakko, per attirare su di sé quella punizione. Forse aveva cominciato a indagare fra i gruppi più attivi dell'antagonismo militante e si era fatto beccare. Così, l'avevano punito in quella forma per così dire amichevole, senza spaccargli le ossa delle mani, ma agendo soltanto sulla pelle. In sostanza, si era trattato di un avvertimento. In ogni caso, la loro dimostrazione di forza era stata efficace e spaventosa.

Mi sono gettata sulle mani di Bakko con l'intenzione istintiva di estrarre le frecce, ma mi sono frenata in tempo, dato che la punta era piantata nell'asse da stiro, oltre la ferita. Se avessi tirato la freccia verso di me, il lato largo della punta avrebbe attraversato la porzione di pelle della mano, lacerandola ancor di più.

Dovevo a tutti i costi trovare il modo di agire al contrario, senza sfilare la freccia, ma cercando di far risalire la mano lungo l'asta, lasciando la punta infilata nel legno. Ma per poter agire in quel modo dovevo eliminare la coda della freccia, che era formata da quattro alette di plastica. Ho provato a muoverle, a sfilarle, a romperle, ma non ci sono riuscita, sebbene mi fosse chiaro che erano estraibili dal corpo tondo.

«Non ti muovere, tu», ho detto a Bakko, dandogli un buffetto sulla guancia. E mi sono rialzata. Con occhi rabbiosi e mascella contratta mi sono scagliata verso la porta adiacente alla cesta di vimini, che era appena socchiusa, e l'ho spalancata. Ma anziché trovare il pavimento della stanza vicina, come mi aspettavo, ho rischiato di sfracellarmi lungo la scala buia che scendeva. Ho cercato di non volare giù afferrando un mancorrente di ferro. Nell'impeto, ho compiuto una mezza torsione di braccio e di busto. Una fitta acuta e dolorosa alla spalla mi ha strappato un urlo, ma mi sono subito ricomposta. Appena rimessa in equilibrio, ho sceso i gradini reggendomi al sostegno. In fondo alla scala partiva un corridoio in terra battuta, come nelle cantine delle vecchie case. L'odore di terra umida e di muffa innocente, da muri senza luce, mi ha ricordato chissà quale infanzia. Nel buio fitto ho cercato un interruttore, ma senza risultati, e allora sono risalita. L'interruttore era ovviamente in alto, vicino al mancorrente, proprio nella zona alla quale mi ero appesa.

Una luce poverella, esile come il lamento di un gatto, si è diffusa in basso. Sono scesa di corsa, ho percorso il corridoio e mi sono trovata di fronte una porta di legno secco, rovinato. L'ho spinta e non ho incontrato resistenza. Ho palpato i due lati delle pareti interne e infine ho trovato un pulsante. L'ho premuto. Quattro tubi al neon hanno cominciato a lampeggiare in modo asimmetrico fino a stabilizzarsi in una luminosità da studio medico, fissa. Davanti a me ho scorto tre pareti attrezzate con tavoloni di legno sui quali erano poggiati computer, schermi, aggeggi elettronici, chiavette usb e altri congegni, cavetti, spinotti misteriosi, tutti ben ordinati. Il pavimento, sotto i piani di lavoro, era invaso da un caos di cavi, prolunghe e prese tale da far pensare a un magazzino da elettricista. Ma l'impressione generale era quella di un laboratorio tecnologico di alto livello, per quanto ne potessi capire.

Su una delle tre pareti si apriva una porta. Sono corsa verso quella e l'ho aperta. Si trattava di un microscopico bagno cieco, ma ciò che più conta è che il bidet era stato trasformato in una cassetta per gli attrezzi. Ho frugato tra quella ferraglia fino a che ho trovato due tipi di pinze e un seghetto. Con quel materiale, tenuto stretto e alto come un mazzo di fiori, sono corsa su. Bakko era ancora privo di sensi, ma si lamentava e agitava le gambe. Mi sono chinata su di lui e ho stretto la base di una freccia, mentre con l'altra pinza ho forzato la coda, rompendola. Poi ho posato le pinze e con la punta delle dita, usando la massima delicatezza, come se dovessi asportare le uova da un nido, ho afferrato la sua mano, sospingendola con lentezza verso l'alto lungo il corpo sottile della freccia, fino a quando è stata libera. Ho ripetuto l'operazione con l'altra mano, proprio mentre Bakko apriva gli occhi.

«Sono io», ho detto piano, «sono Lola. Non ti muovere. Ti sto curando. Non dovresti avere nulla di rotto.»

E senza dargli il tempo di reagire gli ho aperto la camicia sul petto, lacerando i bottoni, e gliel'ho sfilata da sotto senza troppi riguardi, dato che mi interessava fermare l'eventuale emorragia, anche se non era sgorgato molto sangue. L'ho strappata in due aprendola dal basso con i denti e gli ho fasciato alla meno peggio le mani.

«Grazie», ha mormorato lui. E ha chiuso di nuovo gli occhi.

«Devi cercare di stare sveglio», gli ho detto, «devi sforzarti. Ti devo portare via di qui. Dimmi che cosa è successo.»

Lui ha mosso la testa e aggrottato la fronte, come per cercare di ricordare.

«Sono entrato, poco fa...» ha detto, piano. E si è interrotto. Si stava sforzando di restare cosciente.

«Va' avanti», ho insistito. Dovevo tenerlo vigile, attivo. Ha aperto la bocca un paio di volte come per cominciare a parlare, ma ha soltanto inspirato a occhi chiusi. Dopo pochi secondi, però, ha cominciato a raccontare.

«Ho infilato la chiave e mi hanno spinto dentro a forza... Mentre aprivo... Erano in due, credo... Ho sentito una botta in testa... Poi nient'altro... Non li ho visti...»

Mentre parlava ho cominciato ad alzargli piano la testa, gli ho sfilato l'asse da stiro da sotto la schiena e ho cercato di sollevarlo fino a quando sono riuscita a fargli assumere una posizione meno distesa, chiedendogli sottovoce di spingere con i piedi. Alla fine l'ho quasi seduto, con la testa e le spalle appoggiate al muro.

«Ti hanno inchiodato all'asse», ho detto, indicando l'attrezzo insanguinato, «ma hanno pizzicato solo la pelle. Non dovrebbe essere grave. Era soltanto un avvertimento, è ovvio...»

Lui ha sollevato un poco le braccia e ha girato gli occhi verso le mani bendate alla meno peggio con brandelli di stoffa bianca insanguinata, come nei film di guerra.

«I computer», ha gridato, all'improvviso, «sono scesi... Hanno preso i computer... Hanno scoperto che dirigo da qui le squadre...»

Ha cercato di alzarsi, appoggiando una mano a terra e subito ritraendola con una smorfia di dolore.

«No, non credo che siano scesi», ho detto. «Sotto mi sembra tutto a posto.»

Ha tirato un sospiro di sollievo e ha di nuovo chiuso gli occhi. Non era ancora in grado di passare alla deduzione successiva, quella che ricollegava l'esecuzione alla balestra, della quale era ancora ignaro. Per il momento la sua attenzione era tutta rivolta ai computer e ai suoi traffici con gli hacker. Sapere che nulla era stato toccato è bastato per ridargli un grammo di tranquillità. Non era certo quella l'occasione per dirgli che l'avevano crocifisso a causa mia, dopo che l'avevo indotto a frugare tra i segreti degli attivisti, e lui era finito loro in bocca.

«Hai chiesto informazioni sulla balestra?» gli ho domandato sottovoce e con un tono neutro, tanto per dargli l'idea che stavo cambiando discorso per distrarlo dal dolore.

«Un po'...» ha risposto, soffiando per il male.

Ho girato lo sguardo, amareggiata, sconfitta. Si era dato da fare per me. Ma probabilmente si era avvicinato un po' troppo e qualcuno aveva deciso di rimetterlo al suo posto. Il messaggio era stato chiaro, diretto, inequivocabile.

«Adesso ci alziamo, con calma», ho ordinato, «e tu cerchi di resistere. La botta alla testa mi sembra superficiale. Chiamo Rinaldo, gli dico di venirci a prendere e di portare una maglietta, qualcosa. Se ti va, andiamo da me, per adesso. Ma se preferisci andiamo in ospedale.»

Lui ha mosso la testa con uno scatto ed è arretrato con il collo, risalendo per un poco lungo la parete come un serpente che si ritrae nell'ombra. Niente ospedale, era ovvio.

Ho frugato nella borsa alla ricerca del cellulare.

17
Il particolare

«Li ho addestrati all'azione e alla guerriglia, senza esclusione di colpi. Ho coltivato i migliori fra loro, quelli più bravi nella programmazione. Attacco e difesa a ritmo lento e inesorabile. Li ho trasformati in hacker motivati e silenziosi e li ho indirizzati verso gli obiettivi più utili», ha proseguito Bakko, disteso a torso nudo sul mio divano.

Muoveva appena le labbra e cercava di trattenere le smorfie di dolore, mentre Tanya, con ago e filo da cucito, gli ricomponeva i lembi di pelle sbrindellata dalle frecce, operando in superficie e dopo aver usato l'alcol denaturato non solo per disinfettare, ma anche per rendere meno sensibile la parte, grazie al freddo prodotto dall'evaporazione del solvente. Avevo portato vicino all'area una lampada a snodo che Tanya aveva inclinato verso il basso per rischiarare la zona d'intervento. Con le tende tirate per non offrire inutili spettacoli alla curiosità umana, la voce di Bakko fluiva senza eco, monocorde e sabbiosa, come il lavorio di un tarlo nella notte.

«Va' avanti», ho detto.

Lui ha chiuso gli occhi e ha ripreso il racconto.

«Li ho convinti che non si vince nessuna battaglia con la ribellione infantile dei dreadlock e dei calzoni al culo. Si combatte stando dentro, ho spiegato ai migliori. Bisogna vestirsi bene, essere disinvolti, avere camicia pulita e cravatta, capelli corti, barba fatta. Bisogna essere ben camuffati, accettati, magari anche ammirati. Solo da dentro puoi colpire in profondità, negli interessi, nei sistemi di controllo. Non l'opposto. Io stiro gli abiti per quelli di loro che hanno accettato la metamorfosi, il mimetismo. Bisogna entrare nei sistemi informatici e svuotare i loro forzieri.»

«Sta delirando», ha detto Tanya, «sono gli effetti dell'analgesico che gli ho dato.»

Non ho commentato e ho continuato a reggere la testa di Bakko, ingobbita dietro di lui, oltre il bracciolo, con le dita intrecciate sotto la sua nuca.

Sapevo che non stava farneticando, come pensava Tanya, ma era pur vero che quando Bakko si lanciava nell'elaborazione delle sue utopie cadeva in una specie di lucida trance, in uno stato nel quale tutte le sue energie venivano convogliate nella speculazione intellettuale, sicché il suo corpo era come se si staccasse da lui. Ricordavo bene le sue smanie, ai tempi del Covo, e la sua capacità di sopportazione fisica e di resistenza alla fame, durante i periodi più sovreccitati. Quando il suo cervello s'infiammava era in grado di sopportare il dolore come se fosse stato sotto anestesia. Per quanto ne sapevo, non accadeva soltanto a lui. Avevo incontrato altri fanatici, in carcere e fuori. Conoscevo gli effetti collaterali dell'esaltazione, ero a conoscenza di come il furore ideologico, al pari delle fedi cieche, rendesse le persone capaci di sopportare torture, tollerare dispiaceri, accettare disagi, resistere alle peggiori tribolazioni in nome di convincimenti percepiti come assoluti, per quanto astratti e imponderabili.

Avevo usato il suo ardore idealistico per scatenare in lui la febbre cerebrale che l'avrebbe anestetizzato. Poco prima, quando eravamo entrati nel mio loft, e mentre Rinaldo mi aiutava ad adagiarlo sul divano, vicino alla finestra, avevo indotto Bakko a confidarsi e a parlare dei suoi progetti. Ero riuscita a superare il mutismo e la sospettosità con cui si proteggeva e che riteneva requisiti di base del rivoluzionario, dello stratega. L'avevo convinto a confidarsi in nome dei nostri passati, quello remoto, da adolescenti, e quello più vicino, dei tempi del Covo. E lui s'era lasciato andare, mentre Tanya rispolverava le nozioni acquisite da ragazza all'Alta Scuola per Infermieri che aveva frequentato a Minsk, quando sognava di lavorare in un ospedale, prima di migrare in Occidente e offrire agli italiani i suoi servizi di stangona clandestina.

Rinaldo era quasi svenuto quando era arrivato in riva alla Dora e aveva visto i bozzoli di stoffa insanguinata che partivano dai polsi di Bakko. Avevo dovuto insultarlo per costringerlo a darmi una mano e sollevare Bakko, che nel frattempo aveva di nuovo perso i sensi. Lui aveva eseguito, ma s'era impegnato allo spasimo per non intercettare con lo sguardo ogni minima traccia di sangue, da quelle sui brandelli di camicia alla macchia rosso scuro che occupava ormai mezza testa di Bakko.

In macchina, il nostro moribondo si era ripreso, ma non aveva aperto bocca, e all'arrivo in corso Marconi le operazioni di trasbordo erano avvenute nella più completa discrezione, complice l'ora di cena. Rinaldo, ormai più calmo, era riuscito ad aiutarmi a portare Bakko in casa e a distenderlo sul divano, poi era subito corso via, con la scusa di dover rientrare al Caveau, dove a serrande abbassate stava scandagliando la rete nell'intento di catturare il maggior numero possibile d'informazioni sulla vita privata di Aldina Chiappero.

«Ecco, ho finito», ha sospirato Tanya, e ha spinto di lato la lampada. Ha osservato ancora la bendatura di fortuna che aveva praticato e infine ha issato in alto la schiena con una torsione morbida che mi ha ricordato l'affioramento di un delfino oltre la superficie dell'acqua.

In quel momento la porta d'ingresso si è aperta di schianto ed è apparso Rinaldo. Ho subito osservato il suo sguardo a fessura, così poco comune per lui. A passi lunghi e scoordinati, procedendo a bocca aperta come i vecchi che entrano in ospedale per avere notizie dei parenti, è venuto verso di noi. In una mano brandiva un foglio.

«Chiudi la porta, almeno», ho detto.

Ha ubbidito, voltando veloce le spalle. Poi si è avvicinato a noi, ma si è tenuto a un paio di metri dal divano, come se volesse far capire che non aveva in animo di essere coinvolto con le questioni cliniche. Lui e Bakko non si erano ancora parlati, nonostante il contatto diretto a cui erano giunti durante le fasi del trasferimento. E se era vero che Rinaldo pativa la vista del sangue, mi era sembrato anche evidente che il mio socio d'affari non avesse molto gradito la vista di Bakko, nel momento in cui era entrato, ignaro di tutto e con una maglietta grigia in mano, in quella casa sulla riva della Dora. Ma a turbare Rinaldo, forse, non era stato soltanto il ricordo di quella notte, della battaglia finale, al Covo. Avevo avuto la sensazione, vedendolo arrivare nella tana di Bakko, che avesse visto nascere nuovi scenari di pericolo dal pasticcio in cui lo stavo cacciando. Come se il ritorno di quel sedicente guerrigliero nelle nostre vite, unito al ricatto con cui Guiscardo ci teneva in pugno, annunciasse una tragedia piena, completa. Forse aveva percepito fin dal primo istante in cui aveva scorto Bakko a terra, ferito, che quella scena annunciava una possibile irruzione di violenza nelle nostre vite. Il suo cuore doveva aver preso a battere all'impazzata, a quella vista, come capita ai fifoni dotati di molta fantasia. E perciò, pur senza dire una parola, temendo la mia reazione, quella sì, violenta, doveva aver deciso di tenersi a distanza dal nuovo arrivato.

«Lola, ho scoperto qualcosa...» ha balbettato, agitando il foglio sulla coscia come un frustino. E ha spalancato gli occhi per rendere più efficace il suo messaggio.

«Era proprio ciò che dovevi fare», ho replicato, senza condividere l'entusiasmo con cui si era presentato.

«Lasciamo Bakko tranquillo», ha detto Tanya, e ci ha preceduti al tavolo della cucina, dove, con gesti precisi, da padrona di casa, si è affrettata a predisporre quanto necessario per la cena. Quando siamo arrivati anche noi sotto la luce calda del paralume granata, Tanya ha portato l'indice davanti al naso e ha indicato Bakko con l'altra mano. Il nostro ferito, infatti, era caduto in un sonno sereno, grazie anche ai medicinali che aveva ingerito suo malgrado e controvoglia, e non era il caso di ronzargli troppo attorno o fare troppo chiasso.

Ho afferrato dal frigo una bottiglia e ho versato da bere per tre.

«Avanti, parlami della tua scoperta, adesso», ho detto. Mi sono seduta davanti a lui, ho puntato i gomiti al bordo del tavolo e ho appoggiato il mento alle dita intrecciate.

«Credo di aver trovato tutto ciò che era disponibile in rete, su Aldina Chiappero», ha esordito, a fiato corto. L'ho lasciato respirare. Mi sono limitata a guardarlo senza curiosità, a palpebre molli, per così dire, in attesa della notizia vera.

«Ha saputo proteggere la sua vita privata con molta abilità, quella donna», ha continuato, scorrendo il foglio con l'indice. «Ho visto centinaia di filmati, tutti legati a scene pubbliche e a incontri di lavoro; ho letto articoli e interviste, commenti politici e valutazioni di ogni tipo. Ma sul fronte personale non ha fatto trapelare nulla. Tutto il materiale disponibile in rete era già noto, ed è apparso nelle cronache di questi giorni. La sua casa in collina, la vita solitaria, l'assenza di contatti con l'ex marito e anche con la famiglia d'origine. In sostanza, è come se vivesse esclusivamente per il lavoro, per la politica, stando anche diciotto ore al giorno in attività, tra ufficio e pubbliche relazioni.»

Ha preso fiato e ha assunto un'espressione matura e distante, da totem. Ha posato gli occhi su di me e ha atteso un mio cenno d'incoraggiamento o qualcosa di simile. Non ho avuto dubbi sulla perfezione del suo operato. Nessuno era più bravo di lui nel portare a termine un compito, a condizione che potesse lavorare da solo.

«Veniamo alla scoperta. Ho il sospetto che sia una cosa grossa», ho detto, mentre Tanya ci ha cacciati con modi allegri e bruschi dal tavolo per poter distendere la tovaglia e disporre le stoviglie.

«Vieni con me. Per quella dobbiamo andare in negozio», ha reagito Rinaldo, veemente, ignorando Tanya.

Gli ho sorriso in modo complice e lui, soddisfatto, ha sollevato l'avambraccio, ha stretto il pugno e ha timbrato l'aria con forza.

«Ma fra cinque minuti qui è tutto pronto», si è lamentata Tanya.

«Ce ne metteremo quattro», ho risposto.

E ho seguito Rinaldo con interesse. L'energia esibita per mettermi al corrente del suo risultato mi è sembrata subito di buona qualità. Dal tono e dalla fermezza, così poco da lui, ho come intuito che avesse davvero messo gli occhi su un bocconcino succulento.

«Vieni, passiamo dall'interno», ha detto. L'ho seguito attraverso il cortile annegato nel buio, ma illuminato qua e là, in alto, dai ritagli gialli delle finestre. I nostri passi hanno rimbombato con echi diversi sull'acciottolato, fino a quando, dopo aver tagliato in diagonale un secondo cortile, siamo arrivati alla porta di ferro dalla quale si accede al retro del Caveau.

Rinaldo ha aperto con rapidità e ha acceso la luce. Il suo computer era ancora al centro del tavolo. Senza dire una parola si è seduto e ha acceso l'aggeggio. Mentre stavo per appollaiarmi sulla sedia bianca, sul lato del tavolo opposto al suo, lui ha alzato un braccio a mezz'aria senza guardarmi e ha mosso la mano di lato, all'indietro, come la pinna di una foca. Ho capito che mi voleva al suo fianco, che dovevo scrutare lo schermo del computer con lui.

«Ecco, cominciamo da questo», ha detto, mentre affiancavo la mia spalla alla sua.

La faccia tonda di Aldina Chiappero era lì, al centro dell'immagine, seduta fra un paio di pinguini in abito grigio, davanti a un uditorio di barbagianni e pavoni pieni di boria, a giudicare così, alla svelta. Non rideva mai e mostrava una speciale determinazione, spingendosi spesso in avanti per dare energia alle parole. Il video la riprendeva al centro di un tavolo lungo mentre teneva una conferenza o una relazione. Indossava un camicione blu scuro e parlava senza gesticolare, con le mani ben ferme e appiattite sul tavolo, una sull'altra. Pochi secondi dopo, al clic di Rinaldo, la scena è cambiata. La candidata era in piedi, sul palcoscenico di un piccolo delizioso teatro e parlava a braccio, senza microfono, a una sala piena. Era abbigliata con una specie di caffetano che le dava un aspetto autorevole, nobile, da matrona romana. C'erano due tizi, dietro di lei, un uomo e una donna, seduti su due poltroncine di velluto color sabbia. In un'altra ripresa era seduta dietro una scrivania ingombra di carte e rispondeva a un giornalista calvo, prima di afferrare una chiavetta usb, infilarla nel computer portatile e girare poi lo schermo verso la telecamera per mostrare un atto firmato da lei. La serie delle scene di vita pubblica di Aldina Chiappero si è susseguita sullo schermo del computer con rapidità crescente, sotto i clic precisi di Rinaldo, in forma di fotogrammi fissi, o di immagini di repertorio, o di video amatoriali oppure di riprese professionali estratte da telegiornali e fonti ufficiali. L'ultima sequenza, la più inquietante, era l'inquadratura imprecisa e confusa della salma distesa nella bara.

«Questa dev'essere stata presa da un cellulare», ha commentato Rinaldo, «e messa in rete da una fonte anonima.»

«Un gran lavoro, proprio un gran lavoro», ho detto, e gli ho battuto un paio di pacche sulla scapola, «e adesso dammi le conclusioni, Nureyev.»

Quando volevo dargli un segno forte di stima lo chiamavo Nureyev, e lui lo sapeva. Ha drizzato la schiena e ha aggiunto, veloce: «E allora, che cosa hai notato, di particolare, in tutte queste immagini?»

La domanda mi ha spiazzato. Non mi sembrava di aver colto dettagli significativi, utili a mettere in relazione la candidata con eventuali oppositori disposti a ucciderla.

«Nulla di speciale. Dimmelo tu, che Tanya ci aspetta», ho risposto.

«Guarda qui. Che cosa noti?» ha fatto lui, riprendendo la prima immagine, quella dei barbagianni.

«Niente di speciale, te lo ripeto. Sta parlando in pubblico...»

Rinaldo ha sorriso e si è seduto di tre quarti, per potermi parlare dritto sulla faccia.

«Lola, in tutte le sequenze che hai visto, ma proprio in tutte, compresa quella della bara, c'è una figura che è sempre presente, vicino alla candidata, o subito alle sue spalle, ed è quella signora alta, con i capelli rossi, fluenti. È la sua ombra, le sta sempre a fianco. Non la molla mai, come un cane. È l'unica che non è abbronzata, lì in mezzo. Vive per lei, per la Chiappero», ha declamato.

E ha posato il dito sulla tastiera per farmi rivedere le sequenze.

«Rinaldo, quella è la sua segretaria particolare. L'abbiamo vista anche in televisione. Come quell'altro, il bisonte con la faccia quadrata, il portaborse. È ovvio che ci siano sempre. Sono i suoi assistenti. E siamo in campagna elettorale», ho commentato con un pizzico d'insofferenza nella voce. Rinaldo sapeva bene che sopportavo a fatica la lentezza di cervello.

«Attenta, Lola. La cosa importante non è che la rossa sia sempre con lei. Osservala bene, guarda con attenzione la sua fronte…»

E ha dato di nuovo l'avvio. Una scena via l'altra. Ormai le sapevo a memoria. Ma alla quinta ripetizione ho notato un particolare che mi era sfuggito, un dettaglio che, non appena apparso ai miei occhi, è diventato imponente come una montagna, come quando trovi l'oggetto nascosto in un quadro, e una volta visto sembra impossibile che gli altri non lo vedano. Ho sbarrato gli occhi e ho spalancato la bocca. L'attaccatura dei capelli della rossa cambiava di posizione da una scena all'altra. In un caso i capelli partivano da una zona normale della fronte, in un altro sembravano cominciare più in alto, rivelando una curva maggiore dell'osso. In una, addirittura, l'attaccatura della tempia sembrava più arretrata di due centimetri.

«Ha una parrucca, cazzo», ho detto.

«Già, ha una parrucca», ha ripetuto Rinaldo, con voce calma, da femmina, e con un sorrisino compiaciuto.

18
La pioggia

«Vedi di andare a farti fottere», ho ringhiato senza complimenti e senza girarmi.

C'è qualche cosa di meraviglioso e inspiegabile nel correre sotto la pioggia, di prima mattina, al Valentino, lungo la pista ciclabile che si snoda quasi a filo d'acqua, a bordo del Po.

Quando piove, milioni di microscopici zampilli punteggiano la superficie dell'acqua e danno al fiume un aspetto nuovo, visto da vicino, come di una speciale pelle d'oca idrica.

E sentire il rivolo freddo della pioggia sugli zigomi, anziché quello caldo del sudore, mi fa sentire via via più riposata, anziché stanca.

L'unico inconveniente è che poche persone osano sfidare il maltempo e andare incontro alla felicità piena, epidermica, della corsa sotto il temporale. E quindi a volte mi capita di essere sola a sgambettare con forza, soffiando a intermittenza, tra il fiume, a sinistra, e il pendio alberato a destra, sotto l'acqua che sgocciola dalle sopracciglia nonostante la fascia sulla fronte, e la tuta leggera che si appiccica ovunque. E fino a quando sono sola va tutto bene. Ma le cose cambiano quando, sfruttando l'assenza di testimoni, qualche coglione sia incoraggiato ad abbordaggi più o meno amichevoli.

Mi era già successo altre volte di subire infantili tentativi di avvicinamento, e di solito era bastato un mezzo insulto pronunciato con tono deciso per veder sparire il deficiente di turno. Ma quello era più tenace. L'avevo sentito arrivare e avevo intuito dal ritmo della sua corsa e da come pestava con violenza il suolo che era un maschio. Mi aveva quasi affiancato, ma invece di superarmi, come vogliono le più elementari regole del jogging, si era mantenuto al mio ritmo standomi alle spalle, a meno di mezzo metro di distanza. Il sibilo del suo respiro è rimasto a poche spanne dalle mie orecchie per troppi metri, o almeno quelli sufficienti a farmi alzare il livello di allarme. E, quando ho capito che non aveva intenzione di andare per la sua strada, gli ho lanciato il mio invito a togliersi di mezzo. Ma non ha risposto. Quel silenzio è stata la prova che lo stronzo aveva intenzioni poco cordiali.

Allora, senza esitare, ho rallentato appena, ho simulato un cambio di rotta con una mezza torsione sulla destra e ho lanciato il gomito a tutta potenza all'indietro, incrociando, come avevo previsto, la milza dello stronzo. L'ho sentita arretrare di almeno dieci centimetri all'interno della pancia. Un colpo di regale potenza ed efficacia, calcolato sulla base dell'altezza teorica che avevo attribuito all'importuno.

Il malcapitato ha lanciato un gridolino soffocato unito a un'emissione trattenuta, simile a un latrato da cane ferito, ed è scivolato a terra, sull'erba bagnata, avvolgendosi su se stesso come una corda abbandonata dall'alto. Un cappellino grigio con visiera, da baseball, gli offuscava una parte della faccia. Indossava maglietta e calzoncini neri, e portava un marsupio impermeabile stretto in basso, attorno alla vita. Mentre rantolava, mi sono piazzata davanti ai suoi piedi, a gambe larghe e pugni sui fianchi, e stavo per proporgli un secondo trattamento, più robusto del primo, quando lui, nello sforzo di cercare aria e sopportare il dolore, ha sollevato il mento e ha mostrato quasi per intero la sua faccia, sotto la visiera.

«Cazzo, lo sbirro», ho detto, fissandolo.

L'idea che quel cazzotto mi sarebbe costato caro e che mi ero ficcata in un guaio più grande di me è subito comparsa, immensa come un dirigibile, nel mio cervello. Per fortuna sono abituata a non dare rilevanza alla potenza iniziale delle impressioni forti e alle reazioni istintive che prendono forma dalle paure infantili, mai domate. Ho lasciato passare l'onda di quella stupida emozione e ho valutato la faccenda per quel che era, giudicando la mia reazione come la legittima necessità di donna sola costretta ad allontanare un aggressore.

«Ci sono regole da rispettare, anche nel jogging», ho scandito, «e valgono per tutti.»

Non ha reagito, non ha mostrato intenzioni di dialogo. Si stava ancora contorcendo a terra, pigiando a due mani la zona sinistra dell'addome. Allora, spinta da un minuscolo senso di colpa, l'ho afferrato per le ascelle e l'ho tirato indietro, verso un faggio che forniva un buon riparo dalla pioggia grazie alla sua chioma ampia, ben ripartita in orizzontale. Guiscardo ha ringraziato con un filo di voce. Si è disteso su un fianco e ha sorriso, arretrando. Quando è giunto a contatto con la corteccia dell'albero, ha lasciato le mani a terra, a palmi in su, ha contratto le mascelle, ha chiuso gli occhi e spinto la testa indietro con un sospiro lungo, affannoso.

«Sai che potrei arrestarti per quello che hai fatto?» ha mormorato, dopo aver preso fiato.

«Certo che lo so, ma dovresti uscire vivo da questa chiacchierata», ho risposto.

Ha sorriso e ha alzato le mani in segno di resa.

Da uno squarcio nel cielo è spuntata all'improvviso una luminosità bianca. Sulle punte dei fili d'erba, bagnati e colpiti da quel bagliore, si sono accese di colpo minuscole gocce di sole. La pioggia sottile, finissima, quella che tanto mi piace, ha smesso di cadere ed è stata sostituita dall'acqua residua che appesantiva rami e foglie e che crollava a terra a intervalli irregolari con schiocchi da insetto spiaccicato sul parabrezza.

«Hai vinto», ha detto, e ha allungato un braccio in cerca di un aiuto per rialzarsi. Ho afferrato il suo polso e mi sono spinta all'indietro, tirando e riportandomi subito in posizione, mentre lui si sollevava e si sbilanciava in piedi verso di me, in una danza a passo sbilenco. In quel breve istante, prima di abbandonare il contatto con lui, mi sono trovata a pochi centimetri dal suo collo, e un odore caldo di sudore e di umidità, misto a un sentore secco di agrumi, ha raggiunto il mio naso. E non solo. Ho esitato a staccarmi da lui, senza darlo troppo a vedere, per assorbire la maggior quantità di quel misto odoroso di pelle, di muscoli attivi e di essenza acidula di pregio.

«Scusami», ha mormorato, e proprio mentre abbandonavo il suo polso, lui mi ha posato una mano sulla spalla, in segno di amicizia. Ho approfittato di quell'ulteriore contatto per starmene lì, quasi stretta a lui, e godere ancora del lieve stordimento che quel momento regalava al mio naso.

«Mi stavi seguendo, per caso?» ho bisbigliato, spostando i capelli dalla fronte e fissandolo a mento alzato.

Lui ha stirato le labbra in una smorfia ridicola, a metà fra la voluta espressione di gioco e il sorrisino furbo dei ragazzini pensanti che vengono sorpresi sul fatto. Ma non ha levato la mano dalla mia spalla. E allora ho spinto la faccia in alto, per esigere una risposta, proprio nel momento in cui ho avuto la sensazione che lui stesse decidendo di baciarmi. Non ho opposto resistenza, e le nostre bocche bagnate hanno dapprima esitato, indecise, a pochi millimetri l'una dall'altra, respirandosi nell'attesa, e poi, di colpo, come a un segnale convenuto, si sono gettate incontro, hanno scambiato liquidi esterni e interni, hanno cercato e sfiorato le rispettive mucose, hanno colmato vuoti e cercato varchi, mentre le mani e le braccia spingevano e stringevano forte per tentare di rendere più profondo il contatto, già reso intimo dai vestiti grondanti acqua. E, come sempre accade con il primo bacio, nessuno di noi due ha potuto stabilire quanto tempo sia durato.

È stato necessario l'arrivo di un gruppetto di podisti ridanciani per costringerci a interrompere i lavori di conoscenza tattile. Ci siamo staccati fra le risatine dei giovani e siamo rimasti così, fermi e seri, lui appoggiato al faggio, io davanti a lui, le mani nelle mani, come pompieri con il telone fra le dita.

«Non so che cosa mi ha preso...» ha balbettato Guiscardo, con gli occhi da cagnone.

«Io so benissimo che cosa ha preso me, invece», ho risposto.

E per tutta conferma ho voltato il collo in giro un paio di volte, ho verificato che fossimo soli e sono subito tornata all'attacco, sulla sua bocca. Lui ha accettato la proposta, ma se n'è subito pentito. Ha allontanato le labbra dalle mie e mi ha staccato da lui, con delicatezza.

«Non va bene», ha detto a voce ferma, «non posso. Scusami. Io sono in servizio… E per di più sono sposato.»

Non ho commentato la sua scelta. Visto che lui era indietreggiato, mi sono allontanata a mia volta, di un paio di metri, e mi sono voltata verso il Po. E ho atteso. Negli anni del carcere ho elaborato una serie di regole di vita alle quali mi sono sempre attenuta con il massimo rigore. Una di queste stabilisce di non sostituire mai i fatti con le parole. I fatti sono i fatti e le parole sono le parole. Se lo sbirro non ha voluto saperne, dopo un inizio promettente, nessun argomento avrebbe potuto modificare la sua decisione. Al contrario, tentare di estorcergli una spiegazione ci avrebbe soltanto portato fuori tema. Sapevo per esperienza che le spiegazioni quasi sempre aggiungono fumo alla verità di un fatto e lo rendono più intricato.

Con la fine della pioggia, la superficie del Po aveva perso quell'aspetto frizzante, senza peso, ed era tornata a sembrare il lato visibile di una massa compatta, costretta dalla sua stessa densità a un movimento lento.

«Mi sono lasciato trascinare… Dimentichiamo questo episodio…» ha detto Guiscardo. Era dietro di me. Non l'avevo sentito arrivare. Se avesse voluto, avrebbe potuto spingermi in acqua.

«Ma perché mi stavi seguendo?» ho detto voltandomi di colpo e parlandogli a voce alta e con un tono allegro.

Lui ha corrugato la fronte e ha portato una mano al mento, come per pensare alle parole sentite, a quelle che avrebbe dovuto dire in risposta e soprattutto a quelle che mancavano e che sarebbero mancate per sempre, per quanto mi riguardava.

«Non ti stavo seguendo. Ti stavo raggiungendo. Ma prima di avvicinarmi ho voluto guardarti correre…»

Era ridiventato lo sbirro senza palle di sempre.

Ho mosso la mano per fargli capire di saltare i preamboli. Ha annuito.

«Avevo bisogno di parlarti e ho deciso di intercettarti…» ha aggiunto subito.

Ho ridacchiato a bocca storta.

«Come se fossi una telefonata.»

Non ha raccolto.

«Il mio superiore mi sta addosso», ha annunciato, con un tono da telegramma.

«E tu stai addosso a me.»

Ha deglutito, si è di nuovo massaggiato la bazza e ha espulso l'aria a polmoni vuoti, come per darsi coraggio.

«Le elezioni sono vicine», ha spiegato, «e i politici soffiano sul fuoco, come sempre. Chiedono risposte immediate alle istituzioni. E attendono le risposte che fanno loro comodo. Solo quelle, per poi proporle opportunamente al loro elettorato e anche agli oppositori del caso. Anche gli avversari della vittima spingono con ogni mezzo e si presentano ogni giorno per sapere a che punto sono le indagini, sperando di poter accusare questa o quella fazione. Per non parlare dei giornalisti. E noi che pratichiamo sul campo dobbiamo portare risultati al più presto, ognuno secondo il proprio settore d'inchiesta. I miei informatori continuano a dire che nell'area antagonista non c'è traccia di DIO e neppure di balestre. Tu sei una delle mie ultime risorse…»

«E siccome sapevi che la mattina vado a correre…»

Ha sorriso, ma con una piccola nota di tristezza nello sguardo.

«Sappiamo molto, di te», ha confessato. «Abbiamo un fascicolo alto mezzo metro, a tuo nome.»

Era ovvio. Ero un'ex carcerata, libera soltanto per via del debito velato che lui stesso aveva inventato. Una da tenere d'occhio.

«Sono una celebrità», ho scherzato.

Lui ha guardato verso l'altra sponda del Po.

«E poi so altre cose, di te, che non sono presenti nel dossier», ha aggiunto. E ha puntato i suoi occhi, scuri come la tana di una marmotta, sulle mie labbra. Poi ha spinto lo sguardo anche più giù... Se n'è rimasto così per un istante di troppo. Ma ha ripreso subito il controllo. È arretrato di un passo, ha incrociato le mani sul petto e ha continuato: «In ogni caso anch'io vado a correre, molto spesso. Ma torniamo alla nostra indagine. Hai novità?»

Mentre stavo per rispondere, due ragazze alte e muscolose, bionde e dalla pelle ambrata, in calzoncini inguinali e fascia nei capelli, sono passate al nostro fianco a balzi da gazzella, soffiando fuori l'aria con percussione da mantice. Lui non ha nemmeno alzato una palpebra su di loro, su quelle gambe sode e dorate, sul movimento plastico delle tette sbalzate sopra e sotto a tempo di falcata. Come se non fossero nemmeno apparse. O come se fosse insensibile a quei bastimenti di ormoni. Ma se aveva deciso di simulare indifferenza, davanti a quelle stangone, come atto di gentilezza nei miei confronti, allora dovevo ammettere che quello sbirro era in gamba.

«Ho indagato nelle retrovie dell'antagonismo», ho detto, veloce, «e attendo un paio di risposte, ma non ho ancora contatti diretti, quindi non chiedermi nomi o indirizzi. Intanto ho saputo da dove è arrivata la balestra che ha ucciso la candidata e contavo di indagare su quel fronte proprio oggi o domani.»

Non ho voluto dirgli una sola parola della donna con la parrucca rossa. Non sapevo nemmeno io, del resto, quanto fosse importante quella scoperta. Certo, rappresentava un enigma, ma avrebbe potuto anche essere un semplice vezzo dell'assistente di Aldina Chiappero. In ogni caso, non volevo giocarmi troppo in anticipo le carte buone. Quella notizia poteva anche essere una bomba. E se avesse portato qualche risultato utile, me lo sarei tenuto buono per la scadenza, nel caso in cui la ricerca di DIO e la caccia al tiratore di balestra fossero fallite.

«La polizia ha già interrogato il collezionista che ha venduto la balestra. L'ha data a una tizia di cui ha fornito indicazioni scarne, una giovane senza segni caratteristici, senza accenti identificabili. La tizia non ha lasciato dati di sé, e neppure le sono stati richiesti dal collezionista. In ogni caso pensiamo che fosse una delegata ignara. Sarebbero stati troppo stupidi a comprare la balestra in prima persona.»

Non ho risposto. Eravamo ormai fermi da alcuni minuti e, sebbene fosse uscito il sole, i vestiti bagnati hanno cominciato a farmi rabbrividire. Lui se n'è accorto e ha cominciato a sciogliere i muscoli delle gambe e a correre piano sul posto.

«Ci stiamo raffreddando», ha commentato, senza cogliere, forse, il doppio senso.

«Torno in bottega.»

«Chiamami se hai notizie», ha detto lui.

«Anche prima della scadenza?» ho chiesto.

Non ha risposto. Si è chinato, ha afferrato il cappello e prima di piazzarselo in testa mi ha dato un bacio a fior di labbra.

«Questo non cambia nulla, nei nostri accordi», ha detto. E dopo essersi infilato il cappellino sulla testa ha incrociato i polsi tenendoli alti, davanti a me.

«Bastardo», gli ho sussurrato.

Ha sorriso appena, ha abbassato la visiera ed è corso via.

«Ti terrò informato», gli ho gridato dietro.

Lui, di schiena, correndo a culo stretto e a testa alta, ha ruotato un avambraccio all'esterno e ha alzato un pollice, senza voltarsi.

«Sei uno strano sbirro», ho aggiunto, solo per me.

19
Il castello

«Se vuole posso accompagnarla io, dopo pranzo», ha proposto lui, come se dicesse la cosa più normale del mondo. Ho alzato la testa e spalancato gli occhi.

«Lei sarebbe davvero così gentile?» ho risposto.

Ha versato una piccola dose di vino nel mio bicchiere e ha atteso che lo valutassi. Poi, dopo il mio cenno di assenso, ha versato da bere e ha sorriso.

«Adesso chiamo il proprietario e gli parlo. Va bene verso le due e mezzo?» ha detto.

«Sarebbe magnifico, così abbiamo il tempo di goderci questo pranzetto», ho risposto, mentre lui annuiva.

«Allora arrivo con l'antipasto.»

«Non vediamo l'ora», ho gongolato.

«Io mi chiamo Maurizio», ha fatto lui.

«Maria e Luisa», ho risposto, muovendo l'indice fra me e Tanya come un pennino dell'elettrocardiogramma. E ho strizzato l'occhio alla mia amica, abbagliante nella sua tenuta bianca esaltata da un enorme corallo rosso appeso praticamente fra le tette, sullo scollo della camicetta a balze. Io, per parte mia, ero rimasta fedele alla t-shirt nera dal collo largo e morbido, tenuta fuori dai jeans grigio stinto.

Rimaste sole, Tanya ha mimato un applauso in mio onore e ha sollevato il bicchiere invitandomi a un simbolico brindisi di celebrazione del mio successo.

Poco prima, in macchina, nella sontuosa Mercedes di Tanya, avevamo avuto un garbato scambio di opinioni. A lei l'idea di andare a pranzo in paese e di chiedere informazioni sul proprietario del castello parlando con l'oste, o con il barista o il farmacista, prima di andare da lui, era sembrata una cattiva idea. Secondo lei un'attività investigativa dev'essere svolta in modo riservato, cercando di passare inosservati. Le avevo detto, in risposta, che nei piccoli centri, nei borghi poco noti e senza particolari elementi di richiamo, così come nelle piccole comunità in genere, ogni estraneo è guardato con sospetto o con un po' di timore, o con curiosità, nell'ipotesi migliore, se arriva e non dà spiegazioni sulla sua presenza. Ma se invece espone subito a tutti i propri piani con sincerità, ecco che l'intruso viene accettato, digerito e poi dimenticato nel giro di due minuti. Alle mie parole aveva atteggiato la bocca a forma di bacio e posato l'indice sulle labbra, restando pensosa. Ma la festosa reazione dell'oste alla mia richiesta di avere notizie sulla possibilità di parlare con il proprietario del castello mi aveva dato ragione.

«Ecco un assaggio di vitello tonnato e uno di tonno di coniglio», ha annunciato Maurizio, posando i piatti davanti a noi.

«Tonno di coniglio?» ha chiesto Tanya, stupita.

«Una ricetta antica, tipica di queste parti», ha spiegato lui.

«Vedrai che ti piacerà», ho suggerito alla mia amica.

Il nostro locandiere ha chinato appena le spalle, deferente, e ha detto: «Assaggi, e poi mi dice. E circa il castello, Agostino, il proprietario, ci aspetta dopo pranzo. Gli ho spiegato che due scienziate erano interessate alla balestra che ha reso famoso Arietullo e lui non ha esitato a dirmi che era ben contento di incontrarvi».

«Ma non siamo scienziate», ho replicato ridendo, «stiamo soltanto frequentando un corso di criminologia investigativa, a Torino, e vogliamo partire da fatti concreti, di cronaca, per studiare alcuni aspetti del comportamento criminale e della tipologia delle armi usate nei delitti», ho corretto, modificando appena un poco la verità.

Maurizio ha alzato le spalle e ha detto a voce bassa: «Qui da noi non stiamo a farla troppo difficile. Lei ha usato paroloni complicati, perciò è una scienziata, per me. E poi, a parte me, parlando di scienziate è stato più facile convincere Agostino».

Non ho replicato e ho disteso il tovagliolo sulle ginocchia.

Concluso il giro di assaggi, comprensivo anche di tajarin ai funghi porcini e acciughe fritte, versata l'ultima goccia di nebbiolo e dopo aver bevuto il caffè, Maurizio è tornato. Non aveva più il grembiule di osservanza. Ha allargato le braccia davanti a noi per significare che era a nostra disposizione e noi ci siamo alzate al volo. Un minuto dopo è uscito dal ristorante con passo deciso, e io e Tanya gli abbiamo tenuto dietro lungo la breve e dura salita che dalle quattro case del borgo, raggrumate al fondo di un viale di tigli, portava al cocuzzolo dominato dal castello e sorvegliato dalla chiesa. Appena superato l'arco scuro della canonica, ci siamo trovati su uno spiazzo piano, sterrato, ma abbiamo dovuto spostarci di colpo, dato che dal portone imponente del castello, aperto su un giardino di ortensie, stava uscendo un'ambulanza che aveva tutta l'aria di andare molto di fretta.

«Che cosa è successo?» ha gridato Maurizio, buttandosi quasi sotto le ruote. L'autista ha inchiodato, non ha nemmeno sollevato la visiera del cappellino e l'ha guardato con un'espressione quasi di rabbia. Ha inserito la prima ingobbendosi un poco di lato, ha azionato la sirena e ha detto, quasi in falsetto: «Ha telefonato al 118 con i sintomi dell'attacco cardiaco».

«E dove lo portate?» ha avuto tempo di gridare Maurizio. Ma l'autista non ha risposto ed è scattato fra un tumulto di polvere.

Io e Tanya ci siamo guardate. Maurizio è rimasto fermo davanti al portone aperto, con le mani intrecciate sulla nuca e lo sguardo perso sulle ortensie.

«Quando gli ho telefonato stava benissimo...» ha ripetuto un paio di volte.

Intanto, due signore avanti con gli anni sono giunte sullo spiazzo arrancando, a bocca aperta e con il fiatone, attirate dalla sirena. Hanno fissato Tanya con occhi di fuoco, come se fosse arrivato il demonio. Ma non hanno detto una parola. Si sono tenute a poca distanza da Maurizio e l'hanno imitato, piantandosi davanti al portone e guardando dritto davanti a loro. Per un istante è stato come se all'interno del cortile ci fosse un animale preistorico.

«Aveva già avuto problemi di cuore?» ho chiesto all'oste, più per dare un senso a quel momento immobile che per conoscere davvero lo stato di salute del signor Agostino.

Lui si è come riscosso e si è voltato verso di noi, guardandoci come se avesse dimenticato la nostra presenza.

«Ha superato gli ottanta...» ha detto, «e gli avevano consigliato di tenersi un po' sul mangiare. Ma lui, invece... Gli piaceva godersi la vita... Un paio di volte se l'è vista brutta, con il cuore... Adesso dovrà davvero riguardarsi.»

«Forse si è spaventato quando la polizia l'ha interrogato, pochi giorni fa, e il suo cuore ha vacillato», ho buttato lì.

Maurizio ha scosso la testa.

«Agostino? No, ma quale spavento? Uno come lui non ha paura di nulla. Vive qui, da solo, con la sua collezione, da anni. Ha uno spirito vitale, da nobile. Dopo che la polizia l'ha interrogato, quel giorno, è venuto al ristorante a chiacchierare, e ha raccontato tutto, felice come un bambino. Aveva ancora i calzoni da lavoro, tenuti su con un pezzo di corda e la roncola che gli spuntava dalla tasca posteriore come una coda curva. Stava aggiustando le siepi», ha detto.

Poi Maurizio si è rivolto alle due signore, ha fornito un paio di rapide informazioni su ciò che era successo e ha chiesto a quella che sembrava di casa al castello, forse una governante o qualche cosa di simile, se poteva chiudere il portone, restare dentro a sorvegliare le collezioni e telefonare ai cugini, perché venissero subito ad Arietullo.

«E dunque questa famosa balestra era stata venduta», ho ricominciato, mentre scendevamo verso il paese.

Maurizio si è riscosso. L'idea di parlare del passato lo ha come riscaldato.

«Sì, quel giorno dei calzoni tenuti su con la corda Agostino ci ha detto, tutto contento, che aveva contribuito alle indagini, che aveva informato la polizia del fatto che sei mesi prima aveva venduto la balestra a una donna castana, una tizia che rappresentava un collezionista lombardo.»

Parlando del più e del meno, siamo arrivati tutti insieme al viale di tigli. Io e Tanya abbiamo indicato la nostra macchina parcheggiata obliqua vicino al campo da bocce.

«Allora la balestra è finita nelle mani di un lombardo...» ho concluso, sperando che la frase suonasse domestica, priva d'intenzione.

«No, non è così», ha risposto Maurizio, guardando con ammirazione la Mercedes di Tanya. E subito dopo ha spostato lo sguardo su di lei, per cercare di far stare insieme quei due chilometri di femmina con una macchina del genere.

«In che senso?» ho chiesto.

«Nel senso che la donna castana non ha voluto dire ad Agostino chi era il collezionista. E non ha nemmeno lasciato il suo nome.»

«Ma il signore che abita nel castello avrà descritto alla polizia quella donna», ha aggiunto Tanya, al volo.

«A noi, al ristorante, Agostino l'ha descritta come una donna normale, sui venticinque anni, con le labbra sottili, senza trucco, con i sopraccigli fitti. Indossava un cappotto grigio, e portava gli stivali, nulla di rilevante...»

«Già, una persona qualunque», ho sintetizzato.

Non c'era più spazio per commenti significativi all'indagine.

Ci siamo salutati con affetto e abbiamo promesso che saremmo tornate come clienti e non come scienziate. Lui ha riso e ha eseguito un lieve inchino di testa.

Tanya ha affrontato la strada che piombava in discesa verso la pianura con la baldanza di una rallysta, indifferente alla burbera bellezza delle colline, ignorando le insidie costituite dalle curve angolate.

«Non abbiamo fretta», ho detto in modo distratto.

«Lo so. È per questo che vado piano.»

Non ho insistito e mi sono fidata della sua abilità.

«E anche questo giro non ha dato risultati...» ho mormorato, mentre valutavo la coltivazione dei noccioleti, la distanza fissa fra un arbusto e l'altro e soprattutto la qualità del terreno sottostante, del tutto libero da ogni forma vegetale, come un campo di terra battuta.

«Ma che cosa ti aspettavi, di preciso, Lola? Sapevi che la polizia aveva già seguito la pista della balestra», ha chiesto Tanya, calma, mentre scagliava la macchina su un ponticello a fondo valle con la prepotenza di una pantera e sterzando subito dopo per affrontare con grinta la curva a gomito che saliva verso il crinale successivo.

«I poliziotti non sono stupidi, Tanya. Hanno capito subito che gli attentatori hanno usato una balestra di così facile rintracciabilità soltanto per mostrare i muscoli, per far vedere che sono spavaldi. O per indurre gli inquirenti su una pista morta, dato che devono aver preso tutte le precauzioni per non fornire indizi. Anche il poliziotto che mi ha tirato in questo casino la pensa così. Ne ho dedotto che devono aver svolto l'interrogatorio ad Agostino con superficialità, come un atto dovuto, ma privo d'interesse, viste le premesse», ho spiegato.

Tanya ha lasciato passare qualche minuto, prima di rispondere. E quando siamo finalmente uscite dal labirinto dei noccioleti per imboccare la statale, mentre io ho tirato un sospiro di sollievo, lei ha ripreso, con la sua vocina a picchi acuti, da usignolo: «E infatti è andata proprio così. Non hanno lasciato tracce».

«No, Tanya, non è vero. È impossibile non lasciare traccia. Volevo parlare con il castellano perché avevo il sospetto che gli inquirenti, forti del fatto che fosse una perdita di tempo, non avessero scavato a dovere. Volevo chiedergli se aveva notato qualche dettaglio marginale, se la donna castana avesse un neo, se arrotasse la erre, se aveva le unghie curate, la fede, che ne so. Quei dettagli che si notano, che tutti cogliamo e che ci servono per classificare al volo chi abbiamo davanti, ma che non vengono mai considerati come dettagli identificativi. Se gli avessimo parlato, magari avremmo saputo qualche cosa di speciale, forse, e avremmo potuto dare la caccia a questa donna, chissà...»

In quel momento ho afferrato il cellulare e ho chiamato Guiscardo. Il suo telefono ha suonato. Non ha risposto, come da accordi. Avrebbe chiamato lui. E infatti, pochi minuti dopo, un ronzio da calabrone ferito ha rotto il silenzio. Tanya ha spostato lo sguardo, mentre il telefonino ondeggiava a balzelli sul cruscotto.

«Ciao, sbirro», ho detto senza guardare lo schermo.

Il silenzio interrogativo che ha sottolineato il mio saluto è stato chiaro.

«Sono Rinaldo, Lola.»

«Scusa, aspettavo una telefonata del poliziotto», ho detto.

Lui ha di nuovo taciuto. Poi ha ripreso: «Siete così in confidenza?» ha chiesto. Ho colto una punta di gelosia, nella sua domanda. Gelosia professionale, s'intende, dato che conosceva la mia scala di valori nel settore maschi, e sapeva bene di classificarsi molto in fondo.

«Che cosa vuoi?»

Ha capito che non era aria.

«Lola, ti ricordi i famosi filmati della Chiappero? Quelli del computer?» ha detto. La sua voce è diventata di colpo precipitosa.

«Certo, la rossa. Va' avanti.»

«Sì, la rossa con la parrucca, va bene. Ma c'è di più. Forse c'è molto di più», ha spiegato.

«Spara, veloce.»

«No, devi venire qui», ha ordinato. E ha chiuso.

Non ho fatto in tempo a posare il telefono che un nuovo ronzio, meno pastoso del precedente, dato che tenevo ancora l'aggeggio in mano, è risuonato.

«Dimmi tutto», ha chiesto Guiscardo, senza preamboli.

«Sono andata ad Arietullo per parlare con il proprietario della balestra», ho detto.

«Ci siamo già stati noi. Tempo sprecato», ha ribattuto, secco, a bassa voce. Sullo sfondo sentivo suoni di attrezzature e voci confuse. Era con altra gente.

«Lo so, ma non trascuro nessuna pista. E mi considero più intelligente di te», ho detto, cercando di far trasparire la nota ironica nella voce.

«Va' avanti», sempre più secco.

«Il castellano ha avuto un infarto poco prima che potessi parlargli. Non so in quale ospedale l'abbiano portato. Tu puoi scoprirlo, di sicuro. Vorrei sapere dov'è, come sta e se la faccenda è seria o se sarà dimesso fra due ore.»

«Ti mando un messaggio appena so qualcosa.»

E ha staccato, mentre Tanya, dopo aver attraversato il casello e assecondato la curva del raccordo, si è immessa sull'autostrada balzando subito sulla corsia di sorpasso e pestando ai centottanta.

«C'è il tutor per il controllo della velocità, su questa tratta», ho suggerito.

«La macchina è intestata a un dentista», ha risposto lei.

Dieci minuti dopo è arrivato il messaggio di Guiscardo. Comprendeva soltanto due parole: è morto.

20
Il ciondolo

«Come sarebbe a dire, è sparito?» ho urlato, furente.

Rinaldo ha chinato la testa e si è spostato dal raggio di sole a quadretti che disegnava un rettangolo obliquo sul pavimento, come se si sentisse sotto il fascio di luce della lampada da interrogatorio all'americana, con il buono e il cattivo.

«Non lo so, sono entrato e lui non c'era più», ha mormorato. Con il mento appoggiato allo sterno, ha continuato a stringersi i pugni e a guardare in ogni angolo per evitare il mio sguardo. Tanya, intanto, è corsa fuori a balzi da antilope nella speranza di trovare Bakko ancora nei pressi.

«Ti avevo detto di stare con lui, di tenerlo a bada, di dargli da mangiare, se aveva fame. Abbiamo chiuso il Caveau apposta per questo, e tu te lo sei fatto scappare, cazzo», ho insistito, mordendo aria e rabbia.

Ho sempre evitato di infierire su chi ha sbagliato. La disperazione per l'errore compiuto è la punizione più potente, per il colpevole. Rimproveri, sgridate e castighi riducono l'efficacia dell'afflizione e in un certo senso saldano parte del conto: ho sbagliato, mi hai punito, siamo a posto. L'assenza di ritorsioni verbali o fisiche, invece, costringe il cretino a cercare da solo il rimedio al suo errore.

Ma quando siamo tornate in corso Marconi e ho visto il divano vuoto non ce l'ho fatta a tacere. Ho coperto Rinaldo di insulti, anche se sapevo che in quel modo lo liberavo dalla colpa, in un certo senso. Ma non ho resistito. Bakko era la mia pedina più importante. L'avevano crocifisso con una balestra. E la ragione poteva soltanto essere una: si era avvicinato troppo a DIO. Aveva scoperto qualcosa. Quel qualcosa doveva essere il mio salvacondotto per la libertà. E Rinaldo se l'era fatto scappare.

«Sono andato un attimo in negozio», ha balbettato per giustificarsi, «perché mi era venuta in mente una cosa... Che poi in effetti ho trovato... Nei filmati della morta, voglio dire... Bakko stava dormendo, russava... Poi...»

Uno strano singhiozzo l'ha quasi soffocato. Un sussulto di gola dovuto all'agitazione gli ha squassato la voce. Ha tossito come un vecchio per cinque minuti.

«Va' avanti, coglione», gli ho abbaiato in faccia. «Non voglio tornare in galera per colpa tua.»

«Avevo bisogno di rivedere le scene... Volevo portare qui il computer, ma poi, per la fretta di sapere, ho acceso... Pensavo di metterci un minuto... Poi, però, ho rivisto tutto, ho capito che avevo ragione... Mi sono dimenticato di Bakko... E quando sono tornato, lui... Lui non c'era più... Stava riposando. E invece faceva solo finta, di sicuro...»

«Lascia perdere. Basta», ho concluso.

Sono uscita e sono andata verso il Valentino a pugni contratti. Tenevo le braccia tese, verticali, come barre d'acciaio, rischiando di infilarmi le unghie nei palmi delle mani. Ho pensato di saltare su uno dei taxi disposti in fila, come sempre, davanti alla scuola, e volare alla casa sulla Dora, per supplicare Bakko di darmi una mano, ma mi sono subito detta che lui non sarebbe stato così scemo da tornare là. Ho avuto la tentazione di chiamare Guiscardo e avevo già il telefono in mano, ma ho desistito all'istante. Che cosa gli avrei detto? Che Bakko era fuggito? Non sapeva nemmeno che l'avevo ritrovato.

Ho camminato per almeno mezz'ora, in riva al Po. E, quando le ombre degli alberi hanno cominciato a distendersi sull'acqua fin quasi alla riva opposta, sono tornata indietro.

«Eccoti qua», ha detto Tanya, accogliendomi in un abbraccio lungo e stretto che ho accettato senza pronunciare mezza parola.

«Dov'è quel babbeo?» ho chiesto.

«In negozio.»

«Fammi un favore. Vallo a chiamare. Digli di venire qui con il computer e una bottiglia di champagne.»

Tanya è balzata in aria a piedi uniti, come una cestista al tiro da lontano.

«Si festeggia», ha esultato. Ed è corsa via.

«Guarda bene, Lola. Ha un ciondolo appeso al collo.»

Ho accostato la testa allo schermo e ho visto il pendente. Era appoggiato quasi in orizzontale sulle sue tette abbondanti. Era una specie di cerchio bicolore, bianco e nero, simile al simbolo del Tao, delle opposizioni yin e yang.

«L'ho visto», ho confermato, tirando indietro la testa.

«Bene, tienilo a mente. Adesso guarda le altre.»

Le scene già viste decine di volte mi sono ripassate davanti agli occhi.

«Ha sempre il ciondolo addosso», ho detto, da valente scolaretta.

Rinaldo ha annuito. Poi ha aggiunto: «Non lo cambia mai. Ti sembra normale?»

«Non c'è una regola. Molte donne amano cambiare spesso i loro gioielli, ma è anche vero che ci si può affezionare a un oggetto, perché è un ricordo o per mille altre ragioni. Non è possibile generalizzare», gli ho spiegato.

«Giusto», ha replicato lui, «ma adesso guarda qui, e sta' attenta.»

Parlava con voce adulta, volitiva. Voleva cancellare l'immagine frignante che aveva lasciato nel mio ricordo.

Il clic successivo ha riproposto una delle scene già viste mille volte. Ho spinto di nuovo il collo in avanti. Ho seguito la scena.

«Ha inserito una chiavetta nel computer», ho commentato.

Rinaldo ha ricaricato la scena e prima di farla ripartire ha cercato il mio sguardo.

«Quando si gira verso il computer», ha detto, perentorio. «Cerca di scorgere il movimento delle mani. Segui la punta delle dita.»

Ho scosso la testa in segno di assenso, colpita dal suo tono autorevole. Ricordo di essere stata colpita dall'idea che avesse scovato in se stesso una predisposizione al comando che non gli conoscevo.

«Vai. Ci provo», ho detto. Ho seguito la scena con occhi da miope, a dieci centimetri dallo schermo.

«Il pendente non è un monile, ma una chiavetta», ho detto a voce alta, indicando a braccio teso il momento in cui Aldina Chiappero si voltava verso il computer. Pur ripresa di scorcio, avevo intuito che dapprima la candidata armeggiava a due mani davanti a sé. Subito dopo erano apparse le dita protese verso il computer, e fra pollice e indice spuntava un semicerchio nero munito di una sporgenza argentata che infilava nel vano usb.

«Già, il pendente è la sua chiavetta usb. E non se ne distaccava mai», ha detto Rinaldo, e ha impettito la postura. Nel tono della sua voce ho percepito un guizzo di orgoglio.

«Sì, però questo non dimostra granché...» ho provato a dire.

«Aspetta, non è tutto. Guarda qui», ha aggiunto. E con un colpo dell'indice, tenuto a uncino, ha dato l'avvio per la scena successiva. La figura di Aldina Chiappero, distesa nella bara, è apparsa sullo schermo. Come già sapevo, la foto era stata scattata da un cellulare nascosto in una tasca, o qualcosa di simile, data la visione per così dire di taglio, piatta, che riduceva il volto della donna a un mento tondeggiante e alle narici. Ma nonostante la qualità della foto fosse bassa e l'immagine risultasse sgranata, era abbastanza visibile, sul petto della morta, a pochi centimetri dalle dita intrecciate, il suo affezionato pendente.

«L'hanno seppellita con la chiavetta», ha sentenziato Rinaldo.

«Possono averlo scambiato per il suo ornamento preferito, dato che lo portava sempre», ho ribattuto, convinta.

«Certo, può essere. Ma credo invece che lì dentro ci siano molti segreti di Aldina Chiappero. Non se ne staccava mai.

Era una tipa tosta, a quanto pare. Se aveva ricevuto minacce, o se era in guerra con qualcuno, mi ci gioco la testa che ha trascritto tutto lì dentro», è stato il commento ovvio di Rinaldo.

Senza dire una parola, mi sono alzata dalla sedia e gli ho scompigliato i capelli con affetto, come si fa con i cagnolini. Quei capelli… Mi è sembrato di toccare la seta.

«Bel lavoro, Nureyev», ho detto.

Lui ha spento il computer ed è balzato in piedi con uno scatto.

«E allora, che si fa?» ha chiesto.

«Ci beviamo un bicchiere e pensiamo a come rintracciare Bakko», ho replicato, per pungerlo un po'.

«Che si fa con la chiavetta, volevo dire…» ha chiarito lui, ingenuo.

Mi sono alzata dalla sedia e ho acceso i neon. La luce bianca dei tubi ha creato la solita atmosfera da film di fantascienza. O da laboratorio chimico. Ho tirato le tende ai finestroni per escludere l'esterno e ho indugiato così, ferma, con una dannata voglia di piangere e con i lembi di stoffa artigliati davanti al mio naso, a pensare. Bakko era andato. Il castellano era morto. I soli indizi utili, almeno quelli somiglianti a uno straccio di prova e che avevamo in mano, erano la parrucca rossa della segretaria particolare e il ciondolo della morta. A volerli definire utili… E la scadenza era vicina. Allora, prima che un'ondata di rabbia e di dolore mi stringessero lo stomaco, ho preso la decisione.

Di spalle, a voce bassa, con il tono che non consente repliche, ho sentenziato: «Ce l'andiamo a prendere, quella chiavetta, Rinaldo».

Tanya, che aveva seguito tutta la scena rannicchiata sul divano con le gambe attorcigliate intorno al sedere come una gomena sul ponte, impegnata a mandare messaggi di scusa ai suoi clienti, ha alzato la testa.

«Chi? Quando?» ha balbettato Rinaldo.

«Io e te. Adesso», ho stabilito, voltandomi verso di lui e mostrandogli il muso più cattivo che avevo.

21
Al cimitero

A ogni curva, lo zaino con gli attrezzi mandava suoni irregolari di ferraglia sbatacchiata.

«Ma come farete, se succede qualcosa?» ha chiesto Tanya, mentre tagliava le curve all'inizio della collina, dopo aver girato a sinistra, al semaforo di corso Giovanni Lanza.

«Le persone a piedi allarmano meno. Una macchina ferma nei pressi del cimitero, in un borgo piccolo come Pecetto viene notata subito, se non è conosciuta. E ormai il mondo è pieno di telecamere», ho spiegato.

«Hai ragione», ha detto Tanya, «ma se qualcuno vi becca come fate a scappare?»

«Non ci beccherà nessuno, Tanya. E quando avremo quel maledetto ciondolo in mano usciremo dal cimitero tranquilli come due fidanzati dai gusti un po' macabri. Faremo un paio di chilometri a piedi e poi ti chiameremo», ho detto.

Rinaldo, seduto dietro, non aveva ancora aperto bocca. La prova a cui lo stavo sottoponendo era al di sopra delle sue possibilità. Ma non poteva opporsi. La fuga di Bakko era ancora lì, smisurata, ingombrante, fra di noi, appena bilanciata dal successo del ciondolo, sempre che quello fosse davvero un successo e non l'ennesimo fallimento.

Anch'io ero piuttosto tesa, ma ero abituata a prendere d'assalto le decisioni, quando non c'era altra via di uscita, e non permettevo alle esitazioni di tessere reti appiccicose e di imbrigliarmi. Perciò mi ero buttata nell'impresa della riesumazione del cadavere di Aldina Chiappero con forza, con dedizione. E anche con segreta allegria, con lo stato d'animo di chi marina la scuola.

«Su, andate», ha detto Tanya, «io resto in zona, Lola, così quando mi chiamate vi raggiungo in un minuto.»

«Bene», ho detto, «ma sta' attenta. Non passare due volte sotto le stesse finestre. Qui tutti hanno videocamere che registrano per giorni.»

Tanya ha unito pollice e indice e ha strizzato l'occhio. Sapeva il fatto suo, ne ero certa, ma non avrei mai voluto che anche lei finisse nei pasticci per colpa mia.

«Bene, i morti ci aspettano», ho pigolato.

Eravamo al centro del paese. Rinaldo e io siamo scesi. L'abbiamo salutata con voci gaie, sotto la luce gialla e potente di un lampione, dopo aver infilato sulla testa i berretti informi e spinto la visiera in basso. E mentre lei ripartiva ho controllato che la targa della Mercedes, che avevo sporcato ad arte, in precedenza, risultasse illeggibile. Poi, pochi metri dopo, proprio sotto un gigantesco albero obliquo, vicino al terrapieno di un bastione dai mattoni a vista, ci siamo stretti e abbiamo finto di baciarci. Chiunque ci avesse visto arrivare, persone o occhi elettronici, avrebbe dedotto con facilità che i nostri atteggiamenti non avevano nulla di furtivo. Dopo il bacio abbiamo ripreso il cammino. Sull'altro lato della via si aprivano varchi irregolari fra le case basse, dai quali apparivano scenari della pianura scura, in lontananza, puntinata dalle luci più aggregate dei paesi.

L'ora di cena era la migliore, per la nostra missione.

Abbiamo camminato mano nella mano, per non destare sospetti, fino alla fine del paese. Poi, quando la distanza fra i lampioni è aumentata e l'oscurità ha cominciato per lunghi tratti ad avere la meglio, lungo la strada per Trofarello, Rinaldo ha allungato un braccio davanti a sé e ha indicato una massa vegetale scura e compatta, geometrica.

«Ecco, quella è la grande siepe… A sinistra c'è il cimitero», ha detto. Si era documentato con l'immagine satellitare di Google Earth. La sua voce sembrava quella del fantasma che senza dubbio pensava d'incontrare fra le tombe.

«Bene, adesso ci si diverte», ho replicato, più per darmi forza che per stuzzicare la sua vigliaccheria.

I cimiteri sono luoghi poco protetti. Non c'è nulla da rubare, a parte il rame, forse, e i più hanno una paura porca dei morti. Il cimitero di Pecetto non fa eccezione. Il cancello era chiuso, come mi aspettavo. Ed era alto, con pochi punti di appoggio, tutti in basso. Non era facile da scavalcare. Senza dire una parola, e sempre ben attenta a notare se vi fossero apparecchi di ripresa in alto, ho sospinto Rinaldo avanti e abbiamo cominciato a percorrere il perimetro esterno del cimitero alla luce di una minuscola torcia elettrica a fascio lineare, simile a quella che esibiscono i detective sulla scena del crimine, quando è buio.

Lungo il lato più oscuro, dove la collina cominciava a scendere con maggiore pendenza, abbiamo trovato l'ingresso di servizio, un passaggio largo come una comune porta domestica, chiuso da un cancello non più alto di tre metri e soprattutto concepito per favorire gli arrampicatori, visto che la struttura metallica era costituita da barre che s'intrecciavano ad angolo retto, come una rete verticale.

«Mi arrampico io. Quando arrivo di là mi passi lo zaino e poi sali», ho ordinato. Rinaldo non ha risposto. Ho infilato i guanti, invitandolo a imitarmi, poi ho spento la torcia e l'ho passata al mio socio, mentre il buio scivolava su di noi come una colata di catrame. Ho aspettato un paio di minuti, immobile, gomito a gomito con Rinaldo, per riadattare gli occhi all'oscurità, e quando sono stata pronta ho espirato con forza, ho sistemato la borsa a tracolla, spingendola sulla schiena come uno zaino, e ho scalato la breve struttura senza problemi, arrivando alla barra superiore. Con due semplici mosse ho ruotato il bacino e, dopo aver gettato le gambe di là, ho cercato e trovato con facilità gli appoggi per i piedi.

«Eccomi fra i morti», ho detto con ironia a Rinaldo, quando sono giunta a terra.

Lui, muto, ha spinto lo zaino fra il montante di ferro del cancello e il pilastro di sostegno, appiattendolo qua e là, mentre a mia volta tiravo e smuovevo come se stessi facendo nascere un vitello. Alla fine lo zaino è passato e Rinaldo ha potuto eseguire il suo numero da scimmia senza problemi.

«Tutto bene?» gli ho chiesto, quando è tornato al suolo con un saltino.

«Credo di sì», ha bisbigliato.

L'oscurità mi permetteva d'intuire la sua figura, ma non potevo certo valutare il suo pallore. Gli ho passato lo zaino.

«Adesso dobbiamo cercare la candidata. Hai detto che l'hanno messa in un loculo, vero?» ho chiesto. Sapevo già la risposta, dato che ne avevamo parlato prima di partire, dopo la sua ennesima ricerca in rete, ma speravo che la mia voce lo tenesse vigile, attento ai vivi e indifferente ai morti.

«Sì, ma non ho trovato di più», ha risposto a voce ancora più bassa, avvicinandosi come un bambino che deve entrare nello studio del dentista. Puzzava di aceto e di cipolla, ma non avevamo neppure cenato e quindi quell'odore gli veniva dalla pelle, dalla fifa. Mi sono staccata da lui e ho acceso la torcia, tenendola bassa.

«Andiamo di qua», ho ordinato, e ho preso a sinistra, lungo un sentiero sterrato fra due ali di tombe di famiglia, dato che sulla destra sembrava aprirsi uno spiazzo a cielo aperto che portava verso le tombe interrate.

«Ecco, guarda là», ha detto Rinaldo dopo pochi metri. Ho girato la testa a caso e alla fine ho scorto, proprio davanti a me, una parete grigia, ampia, delimitata da una linea perfettamente orizzontale, sotto il cielo nero.

«I loculi», ho commentato. Compiuti pochi passi, la massa uniforme si è presentata a noi come una variegata rassegna marmorea di rettangoli a parete, su ognuno dei quali erano incisi nomi e numeri, affiancati da fotografie opache, lumini spenti, fiori muti. Rinaldo mi ha stretto il polso e mi ha trasmesso un tremore di lavatrice in piena centrifuga.

Ci siamo avvicinati e abbiamo cominciato a far scorrere la riga luminosa sulle lapidi più basse, correndo subito al nome e saltando con attenzione le fotografie che avrebbero dovuto restituire l'immagine dei vivi, mentre invece segnalavano il contrario. I vasetti conici che ospitavano fiori secchi, flosci o finti spostavano la curva della luce come rintocchi funebri visivi. Ci siamo spostati via via, settore dopo settore, senza dire una parola. Ho mosso la pila con calma e con rapidità su ogni scritta, mentre Rinaldo, ingobbito e tremante, leggeva via via il nome dell'ospite. Dopo l'analisi di tre livelli di loculi, Rinaldo ha emesso un rantolo ed è arretrato di un passo. Ho guidato il raggio di luce più a destra di una posizione, dove ho visto, ad altezza di un metro dal suolo, un loculo allestito di recente, senza lapide, ma chiuso da una serie di mattoni a vista, un po' rientrati. Ho ruotato il fascio luminoso intorno a quel buco rettangolare sigillato alla meno peggio, cercando di trovare una spiegazione e soprattutto chiedendomi se quella fosse la dimora della nostra Aldina. Ma non ho avuto tempo di formulare appieno questo pensiero, perché la voce graffiata di Rinaldo ha scavato un solco nel silenzio.

«È lei… Guarda lì…» ha detto. Ho spostato la pila in basso, nel punto indicato da Rinaldo con la mano, e ho visto una lapide appoggiata a terra, inclinata, vicino a un secchio da muratore con i bordi resi irregolari da gobbe grigie di calce. Era la lapide di Aldina Chiappero, con la sua brava scritta e le due date incise di fresco, ma senza foto. E a fianco c'era un foglio plastificato con le stesse scritte. Senza dubbio si trattava della scheda provvisoria lasciata davanti al loculo, a uso degli operatori.

Non c'erano più dubbi che quella fosse la nostra tomba.

«Qualcuno ci ha preceduto», ha detto Rinaldo, con un gemito sull'ultima sillaba e cercando di portarmi via da quel luogo con uno strattone.

Mi sono irrigidita e gli ho puntato la pila negli occhi.

«Ancora un gesto come questo e t'infilo in uno di questi giacigli», gli ho soffiato in faccia. Lui si è intrecciato in una posa da donna nuda beccata in un camerino e ha abbassato la testa.

«La lapide…» ha mormorato.

«Nessuno ci ha preceduto, deficiente», gli ho detto, ricordando altre tumulazioni, «questa è la procedura. Prima si posano i mattoni, poi si aspetta che la calce asciughi e soltanto dopo qualche giorno si piazza la lapide. La candidata è dietro quei mattoni. Un lavoro in meno per noi.»

Non mi è parso molto convinto, ma ormai era tempo di lavorare. Ho indicato la sua schiena e lui ha subito posato a terra lo zaino, poi, chino come un raccoglitore di tarassaco, ha prelevato a uno a uno i ferri necessari al lavoro e li ha depositati con ordine vicino al secchio.

«Adesso spacca quei mattoni, e fallo senza il minimo rumore», ho ordinato, posandogli le mani sulle spalle.

«Ho tutto ben chiaro in testa», ha replicato, non troppo convinto. Ha inspirato un paio di volte, a fondo, ma prima di cominciare ha afferrato i miei polsi come fossero le due estremità della cloche di un aereo e ha dato due scrolloni di buon augurio.

«Bene, io mi allontano, ma sono vicino. Vado dietro quella specie di mausoleo. Conviene essere separati, se qualcuno dovesse scoprirci», ho concluso, e sono scivolata via dal suo raggio d'azione.

Ormai gli occhi avevano domato il buio del cimitero e l'oscurità mi appariva graduata e sfumata come un affresco a colori. Rannicchiata dietro la tomba di marmo scuro, lucido, mentre cercavo di tenere d'occhio Rinaldo, è apparsa d'improvviso alla memoria la figura di mio padre che alzava la voce, incurante delle lacrime che mi correvano senza pianto sulle guance, e mi ordinava per la seconda volta, dato che avevo ormai compiuto sei anni, di scendere in cantina e di prendere la latta dell'olio. Avevo provato ad andarci, in quella maledetta cantina, su suo ordine, la settimana precedente, ma non ero riuscita a scendere. Ero rimasta paralizzata a metà della scala. Perciò ero tornata su, sconvolta, e mio padre aveva urlato e battuto il pugno sul tavolo, dicendo che non sarebbe finita così. Infatti, dopo giorni di ansia, l'incubo era tornato. Quella sera voleva che scendessi in cantina perché mancava il vino. Sapeva quale paura mi provocasse quella scala buia con i gradini di pietra, quale terrore provassi nello scendere verso quell'antro buio che emanava odore di terra umida, che angoscia sentissi nello scorgere quel corridoio nero come il fondo della gola che dovevo percorrere fino al termine per trovare la porta della cantina, alla luce smorta di una lampadina azionata da un interruttore che non riuscivo a raggiungere se non con uno sforzo enorme. Ma il suo braccio alzato verso di me mi aveva costretto a cedere. Mi ero assegnata una faccia cattiva, la più cattiva possibile, la sola capace di fare paura ai mostri che sapevo annidati in cantina, pronti a catturarmi, ed ero partita. Avevo sceso le scale a pugni chiusi, ripetendo una filastrocca stupida e digrignando i denti. Poi, oltre la porta della cantina, avevo cominciato a ululare come avevo visto fare agli indiani, in un western, e avevo sceso i gradini senza mai nemmeno respirare. Ero balzata sull'interruttore e la lampadina aveva creato ombre ancor più spettrali nel buio. Ero corsa in fondo e avevo aperto il lucchetto con mani tremanti. Quando quello aveva ceduto, finalmente ero entrata, avevo afferrato una bottiglia a caso, sullo scaffale di ferro, e mi ero lanciata con le mie gambette sottili lungo la strada infinita che avevo appena percorso. Avevo risalito i gradini a due a due e alla fine della rampa avevo chiuso la porta dietro di me appoggiandovi la schiena, spingendo con tutte le mie forze. Avevo il fiatone e per la prima volta avevo sentito un odore nuovo salire dal mio petto, un odore acidulo, come di limone marcio. L'odore della paura, m'ero detta fra me, e avevo salito le due rampe che portavano al nostro appartamento. Mio padre aveva strappato dalle mie mani la bottiglia e, senza un sorriso, mi aveva chiesto se avevo chiuso la porta della cantina. Avevo risposto di sì, pensando alla porta del pianerottolo comune, ma lui aveva specificato che parlava della porta della nostra cantina, quella con il lucchetto. Mi ero paralizzata, tremando, e avevo scosso la testa in segno negativo. Non avevo neanche spento la luce, avevo pensato. La sberla mi era arrivata di colpo, avevo sentito il cervello tremare ed ero caduta a terra. Se il suo obiettivo era stato quello di farmi crescere, ci era riuscito. Me n'ero andata nella mia cameretta e a nulla erano valsi i tentativi di mia madre per riportarmi a cena. Gli avevo giurato odio eterno.

Ho scacciato dalla mente quel ricordo orribile e mi sono allontanata dal sepolcro di famiglia, evocatore di orrori. Non ero mai andata sulla tomba di mio padre, e mai ci sarei andata, ma ecco che il suo fantasma si ripresentava a me, dentro un cimitero.

Sono tornata verso i loculi e mi sono avvicinata a Rinaldo. Chino sul lavoro come un saldatore, stava sgattando con uno scalpello tra un mattone e l'altro per rimuovere la calce. Era quasi alla fine e il mio arrivo l'ha spronato.

«Ora togliamo i mattoni e speriamo bene», ha sussurrato. E ha cominciato a smuovere quella parete divisoria ormai traballante. I varchi che aveva prodotto sono stati sufficienti a rendere l'operazione semplice e veloce, e alla fine, posata l'ultima fila a terra, ci siamo tirati indietro per ammirare il lavoro.

«Eccola», ho mormorato.

A quella vista, Rinaldo ha ripreso a tremare.

«E adesso?» ha chiesto.

«Adesso la tiriamo fuori e l'apriamo con l'avvitatore a batteria, non credi?» ho consigliato. E senza dargli il tempo di replicare ho infilato un braccio dentro la porzione libera del loculo e ho cercato un appiglio per tirare a me la bara.

«Aiutami», gli ho detto, con un ringhio di fatica più che di rabbia.

Lui ha ubbidito senza esitare, come se il lavoro generasse in lui una barriera quasi fisica all'immaginazione. Di tre quarti e con una spalla più bassa, ha infilato un braccio sul lato opposto e ha cercato, come me, una delle maniglie.

«Ce l'ho», ho quasi gridato, ghermendo un manico metallico.

«Sì, anch'io», ha detto Rinaldo.

«E adesso tiriamo, forza, senza mai smettere.»

In pochi secondi la bara è avanzata verso di noi. Sembrava una nascita, anziché un'esumazione, ma non ho voluto far correre la fantasia. Quando il feretro ha cominciato a sporgere nel vuoto per oltre metà della sua corsa, ho interrotto il lavoro.

«Fermo», ho detto, «se continuiamo cade in avanti. Adesso cerchiamo di accompagnarla a terra, mentre s'inclina.»

Rinaldo non se l'è fatto ripetere. Abbiamo impugnato le maniglie laterali della bara e soffiando come maratoneti siamo infine riusciti ad assecondarne la caduta fino a quando lo spigolo della base ha toccato il suolo.

«Ce l'abbiamo fatta», ho detto, e mi sono tirata indietro di un metro per vedere la bara di Aldina Chiappero disposta come uno scivolo, con la testa in su, a un metro di altezza, appoggiata al loculo e con i piedi sul piano del cimitero.

«Svita, veloce», ho detto a Rinaldo. Lui ha afferrato l'avvitatore elettrico e l'ha puntato in verticale sulle viti di chiusura del coperchio. I gemiti sordi e guizzanti dell'apparecchio hanno risuonato sulle lapidi con un'eco grave, come di gatti in calore.

«Fatto», ha replicato Rinaldo, sempre più frenetico.

«Non vedi l'ora di andartene, vero?»

«Facciamo solo in fretta», ha risposto lui.

«Su, allora, solleviamo al mio tre.»

Ho chiuso gli occhi, ho sussurrato rapida la serie numerica e ho spinto in alto con forza. Rinaldo ha eseguito il mio stesso gesto, dalla parte opposta, e il coperchio si è sollevato di venti centimetri, restando parallelo al piano della bara. Era meno pesante di quanto avessi immaginato. L'abbiamo tenuto sollevato sulla morta e siamo andati indietro in modo sincrono, fino a quando abbiamo potuto appoggiarlo a terra.

«Ci siamo, Rinaldo», ho annunciato.

Poi ho alzato la testa, ho stretto i denti, pronta a tutto, e ho puntato la pila sul cadavere che in quella posizione inclinata, quasi in piedi davanti a noi, sembrava alludere a un'imminente e terrificante resurrezione. Ho diretto il sottile fascio di luce direttamente sul petto del cadavere, alla ricerca della chiavetta da cui dipendeva la nostra sorte. Ma non ho scorto il pendente. Ho aggrottato la fronte, incredula. Ho agitato la pila indagando dalle parti del collo, e poi di nuovo in basso, verso le mani intrecciate, e infine ho visto il ciondolo bicolore, penzolante su un fianco. Mi sono avvicinata, rapida, alla chiavetta, ma ho esitato, trattenuta da una specie di pudore, come se non mi fosse possibile derubare una morta senza almeno averla vista in faccia. O come per assicurarmi che la padrona del ciondolo non fosse troppo scontenta della mia iniziativa. E allora ho alzato il fascio di luce verso il volto di Aldina Chiappero.

Ho fatto scorrere la luce bianca sui tratti flosci delle guance, ho percorso la curva della fronte, la linea delle sopracciglia, come per stabilire un contatto, un'intimità simbolica, un segno di riconoscimento in mancanza di voce, di vita.

E al termine di quell'esame accurato, sempre più dettagliato, ho spalancato la bocca, come se la verità robusta di quel volto morto stridesse con l'identità della candidata. Era lei, ma al tempo stesso non sembrava più lei. Non c'era più traccia della sua veemenza, in quella bocca ridotta a una foglia appassita, nemmeno parente di quell'organo impetuoso che nei filmati sembrava poter sputare fuori tutta l'energia della vita. Poi, dopo la bocca, ho fissato a lungo il grigio spettrale della pelle senza vita, una pelle inutile, che negava ai lineamenti il diritto di essere associati a un nome. Travolta da un'inquietudine sempre più forte, costretta ad ammettere che Aldina Chiappero era scomparsa anche con il corpo, ho grugnito di disgusto. Forse i morti dovrebbero restare davvero chiusi nel loro sarcofago, o dispersi con il fuoco, e non dovrebbero mai essere disturbati da noi, dai vivi. E chi osava trasgredire, scoperchiando la bara, veniva colpito dalla vendetta del corpo morto, che diventava irriconoscibile.

Sono rimasta lì, immobile, come ipnotizzata dal mistero di quella decomposizione, che cominciava dalla fisionomia stessa, dalle fattezze, prima ancora che dal disfacimento dei tessuti. E poi, trattenendo il respiro, mi sono girata verso Rinaldo, di cui ho intuito la figura compatta, nel buio. Ho puntato la pila su di lui, sulla sua nuca. Non aveva avuto il coraggio di guardare la morta ed era rimasto là, vicino al coperchio, ma di schiena, con le mani intrecciate sulla testa. Da lui non avrei davvero avuto conforto. Dovevo tenere per me il disagio di ammettere che i tratti dell'identità scomparivano molto in fretta, dopo l'ultimo respiro. Ho di nuovo tentato di stabilire un contatto con quel cadavere, senza sapere che cosa davvero mi spingesse a studiare l'enigma dell'assenza di vita su un volto, su occhi, naso, sopracciglia, gli organi che da sempre associavo alla vita e che su Aldina Chiappero sembravano essersi allontanati dal ricordo che avevo di lei, per quanto fosse un ricordo fornito soltanto da foto e filmati. Stordita dalla vista di quei tratti disorganizzati, sono indietreggiata di due passi, con i palmi alzati verso la bara, come se avessi dovuto proteggere gli occhi da una luce violenta e improvvisa.

«Rinaldo...» ho mormorato, in una forma sonora vicina alla richiesta di aiuto.

«Non... Non ce la faccio...» ha balbettato lui.

L'ho ignorato.

«Rinaldo, cazzo, guarda...» ho quasi gridato.

Lui ha cercato di girarsi verso il cadavere, ma tremava come un gattino appena nato.

Ho deglutito, ho respirato a pieni polmoni attingendo aria di lato per evitare quella putrida che usciva dalla bara e ho di nuovo puntato la pila su quel corpo, su quel volto, decisa a tutto. Avevo bisogno del parere di Rinaldo. Volevo sapere se anche lui, come me, alla vista del disfacimento delle fattezze umane provasse quella specie di capogiro che oltre a sbilanciarmi stava anche lavorando sul mio stomaco. Volevo che anche lui guardasse, per sentirmi meno sola.

«Rinaldo, per favore», ho insistito, «girati, guarda la faccia.»

«Va bene», ha detto, con un rantolo. E ha compiuto una torsione, restando con i piedi rivolti all'esterno e con mezza testa girata verso i loculi.

Ho tenuto salda la pila sulla pelle grigia del cadavere.

«Lola...» ha letto Rinaldo.

«Dimmi, Rinaldo, veloce», ho preteso.

«Lola... Mi fa senso... Ha una faccia... Una faccia gonfia...»

E ha ripreso la posizione precedente.

Non ho insistito. Del resto, il suo compito era assistermi nella riuscita del lavoro, non aiutarmi nello studio delle reazioni umane alla vista di un volto morto da più giorni. Ma non era più tempo di filosofia. Senza indugio, ho puntato la pila più in basso, ho disteso un braccio in avanti, ho preso il ciondolo a pieno pugno e ho dato uno strappo.

Stavo per voltare le spalle alla morta, dopo aver messo in borsa il minuscolo e prezioso bottino, quando un'idea improvvisa, più simile a un bagliore che a un ragionamento, mi è esplosa nella testa.

«Mi serve un pezzo di carta», ho detto quasi a bocca chiusa. Nello stesso tempo, rapida, ho infilato la pila in bocca e ho portato la borsa davanti a me, reggendola con il collo e lasciandola penzolare nel vuoto, come il becco molle di un pellicano. Poi ho orientato il raggio all'interno. Ho tolto i guanti e ho frugato in fondo, a due mani, come uno scoiattolo, fino a che ho trovato un paio di fogli piegati in quattro. Li ho aperti. Erano ricevute di versamenti bancari, con ampie porzioni libere da scritte. Ho stretto fra le dita uno dei due fogli, l'ho diviso in due seguendo la piega e ho cercato una biro. Poi ho rimesso i guanti e ripulito ciò che avevo toccato a pelle nuda.

«Voltati e piegati un poco in avanti», ho detto a Rinaldo. Lui ha ubbidito. Il mio tono non concedeva spazio a obiezioni. Ho usato la sua schiena come piano d'appoggio e ho scritto sul ritaglio privo di testo, usando la sinistra per ottenere una grafia sporca: QUESTA È LA VOLONTÀ DI DIO.

Un risolino cattivo è corso sulla mia bocca, mentre infilavo il foglio fra le dita del cadavere. Ho fatto un passo indietro per ammirare l'opera, poi ho detto a Rinaldo: «Ritira gli attrezzi, forza. Ce ne andiamo».

22
L'insulina

«Come sarebbe a dire? E chi l'avrebbe ucciso?» ho chiesto.

A quelle parole Tanya ha rallentato, come per favorire la mia concentrazione. Stavamo scendendo lungo la strada scura, senza illuminazione, che da Pecetto porta in città. La nostra complice bielorussa ci aveva raccolto pochi minuti prima, sotto il grande albero. Eravamo saliti in macchina e lei non aveva chiesto nulla. Aveva addirittura mosso una mano nell'aria quando avevo provato a darle un resoconto della nostra scorribanda al cimitero.

La telefonata era arrivata quasi subito, dopo che avevo riacceso il cellulare. Guiscardo aveva chiesto perdono per l'ora e io gli avevo detto che per lui ero in servizio attivo ventiquattro ore su ventiquattro. Aveva ringraziato e poi, senza preamboli, mi aveva sparato la novità: «Il castellano di Arietullo è stato ucciso. L'ho saputo poco fa dai colleghi di Asti».

«Ma come...» avevo balbettato.

E alla mia domanda, lui ha esposto i fatti con chiarezza: «Con un giro di telefonate ho accertato che era stato lasciato all'ospedale di Asti. I barellieri hanno compilato il modulo indicando crisi cardiaca, ma dalle analisi i sanitari hanno dedotto, dopo aver escluso altre cause, che è stato ucciso da una overdose di insulina. C'è voluto un po', ecco perché chiamo a quest'ora antelucana».

Il mio cervello ha iniziato a lavorare alla velocità della luce. Era possibile che qualcuno avesse ucciso Agostino per evitare che parlasse con me? O era stato fatto fuori per altre ragioni? Ma se la sua morte era collegata alle nostre indagini, allora c'era qualcuno che conosceva le nostre mosse, dato che aveva giocato d'anticipo. Qualcuno che ci stava controllando. Ho sentito un brivido di terrore correre lungo la schiena e ho dovuto chiamare a raccolta il mio decalogo del controllo del panico per dominare l'ondata emotiva. Ho inspirato per quattro secondi ed espirato piano, a bocca socchiusa, per altri otto, e ho atteso i cinquanta secondi necessari a far scendere il picco di adrenalina.

«Sei ancora lì?» ha chiesto Guiscardo.

«Sì, certo, scusa», ho risposto, «stavo pensando... Sembra quasi che sapessero che stavo andando da lui. Forse l'hanno fatto fuori per impedirmi...»

«Non essere precipitosa; non arrivare subito a conclusioni definitive», ha corretto lui, «ma in effetti è visibile un nesso. Sto aspettando che mi arrivino i tabulati telefonici per sapere a che ora è stato chiamato il 118 dal castello.»

Tanya ha affrontato una curva al suo modo deciso, sotto il cielo nero. Di colpo, compiuta la svolta, la città è apparsa come una visione irreale, là sotto, scintillante nel buio con le sue mille luci gialle disposte in sequenze che modellavano linee rette fino alle estremità oscure o che si addensavano a grumi luminosi più fitti intorno alle piazze e ai monumenti, nella zona centrale. Piazza Vittorio era lì, piena di luce, vasta come la paletta di un gigante, con il manico di via Po pronto per essere afferrato.

«E dunque, tutto gira intorno a quella balestra...» ho annunciato, per far parlare lui.

«Sì, adesso siamo a un cambio di velocità. Questo omicidio è il segnale che hanno paura. E tu a che punto sei? Hai novità?» ha detto Guiscardo, freddo.

«No, ho aperto qualche varco nei settori più attivi e occulti del mondo degli antagonisti... Si parla di hacker, di possibili attacchi ai sistemi informatici, ma non ho ancora nulla di serio in mano», ho raccontato con voce soave, cercando di allungare le vocali per ottenere effetti pastosi, caldi.

«Sei in macchina?» ha chiesto di colpo. Tanya aveva appena pigiato sul clacson per avvertire il moribondo che aveva davanti di muoversi. La voce di Guiscardo aveva cambiato tono ed era diventata meno scattante.

«Sì, sono in macchina. E tu?» ho risposto.

Ho sentito che deglutiva. Ha tardato un po' a riprendere la conversazione.

«Sei con qualcuno?» ha chiesto infine, senza rispondere alla mia domanda.

«Sì, con qualcuno… Non sto guidando io, perciò posso stare al telefono», ho spiegato, ad arte.

Un nuovo silenzio, più lungo del precedente, è sceso fra di noi.

«Bene», ha concluso lui, di nuovo distaccato, tecnico, «allora ci sentiamo domani per le altre novità.» E ha chiuso senza salutare.

«Buonanotte anche a te», ho detto all'aria, e ho infilato il telefono in tasca.

Ho guardato il cruscotto della macchina, le mille lucette rosse e blu, e poi ho accarezzato con gli occhi le mani bianchissime di Tanya, ben salde intorno al volante. Ho sentito il respiro affannato di Rinaldo, dietro, e il leggero odore di sottaceti che veniva da lui, dalla sua paura. E la sua voce a spigoli ne è stata la conferma: «Hanno ucciso il castellano, vero?» ha chiesto.

Non ho risposto. Non ce n'era bisogno. Ormai era tutto chiaro. Ed era evidente che la faccenda si era fatta maledettamente seria, per noi. Ci avevano messo nel mirino in modo definitivo. L'avvertimento a Bakko e l'esecuzione del collezionista erano segni più che eloquenti. Lo sbirro aveva usato me e Rinaldo come esche, aveva spinto avanti noi, e noi avevamo costretto gli assassini a compiere i primi passi falsi. Questa era una mezza vittoria, per lui. Ma era una totale disfatta per me e per Rinaldo. Eravamo ripiombati nella spirale della violenza, dell'illegalità. E io non ne volevo davvero più sapere dell'illegalità, dopo la galera, dopo i fatti del Covo.

«Perché non gli hai detto che abbiamo ottenuto la chiavetta segreta della candidata? Cazzo, sta tutto lì», ha detto Rinaldo.

Aveva ragione da vendere. Ma io ero fedele ai miei decaloghi, e fra tutti il decalogo della prudenza era quello al quale mi attenevo con la massima fermezza. Parlare il meno possibile, recitava il secondo punto. E soprattutto parlare soltanto dopo aver pensato molto. Il furto del ciondolo dal cadavere era ancora troppo vivo, in me. Ero ancora sotto l'effetto potente di quella vista.

Ma non avevo voglia di spiegare a Rinaldo il mio modo di lavorare. E se non l'aveva capito da solo, con l'intuito, allora non l'avrebbe capito nemmeno con un disegno. Perciò gli ho dato la risposta più banale: «Perché comunque abbiamo commesso un reato, io e te, bello mio. E non mi va di ficcare un altro asso nella manica dello sbirro».

«Hai ragione», ha commentato quel babbeo.

Tanya è entrata in Torino con un balzo e in quel momento, scendendo lungo via Villa della Regina, ha cambiato stile di guida e ha iniziato a muoversi nel traffico con la prudenza di una neopatentata.

«Adesso dobbiamo prenderci una pausa, dopo tutti questi spaventi. Che ne dite se andiamo in pizzeria?» ha detto.

«Va bene, Tanya», ho approvato, «ma prima voglio vedere che cosa c'è in questa chiavetta. Tanto i locali sono aperti fino a notte fonda, a San Salvario.»

Lei ha annuito e ha imboccato il ponte della Gran Madre. La superficie nera del Po era animata dalle luci riflesse dei lampioni, dai loro riverberi allungati, tremolanti come code di girini. Sembravano sintonizzati sul mio tremore interno, quei fantasmi d'acqua, quei chiarori gialli, illusori eppure veri, come fuochi fatui liquefatti. Sentivo che quella fottuta e forzata collaborazione con Guiscardo ci stava portando sempre più in fondo, sempre più vicino al punto di rottura, al momento dello scontro finale con DIO, uno scontro che prevedeva un solo vincitore e nessun prigioniero.

Per tentare di riprendere coraggio e di ritrovare la condizione mentale adatta alla guerra, ho elencato a bassa voce le tappe successive, partendo dal modo di affrontare con Guiscardo la questione della chiavetta sottratta al cadavere. Né Tanya né Rinaldo hanno osato interrompere il mio fraseggio, che aveva la sonorità di un rosario biascicato.

«Eccoci a casa», ha annunciato Tanya, fermando la macchina in corso Marconi.

«Tanya», ho sussurrato, posando una mano sulla coscia della mia amica, «da questo momento le cose possono peggiorare e non abbiamo la certezza di poterle controllare tutte. Perciò vorrei che tu tornassi a casa tua, al sicuro. Noi chiuderemo il Caveau per qualche giorno, con una scusa, e ti terremo informata.»

Lei è scoppiata in una risata.

«Lola, sei davvero unica», ha detto con la sua voce acuta come un laser.

«Che cosa significa?» ho chiesto.

Lei ha spinto la testa indietro, ha riso di gusto e poi ha spiegato, tornando seria di colpo: «Lola, tu sei mia amica, e io voglio restare qui, con voi, con te. Non succederà niente, vedrai».

«Speriamo...» ha mormorato Rinaldo, da dietro. Non ho risposto a quella meschina provocazione da vigliacco. Rinaldo era un analfabeta nell'arte del conflitto, che poi è l'unica arte che davvero esista. Del resto, non era cresciuto al Covo, come Tanya e gli altri. Era giunto da nemico, quella famosa notte, e aveva imparato qualcosa sul momento, stando in trincea, ma la sua ossatura era quella dell'impiegato senza palle. Non aveva la minima nozione del concetto di complicità, di patto, di unità nella condivisione del destino durante una battaglia.

Mi sono limitata a stringere forte il ginocchio di Tanya, per darle un segno del patto, appunto, che aveva appena deciso di firmare con noi. Poi siamo scesi dalla macchina, in silenzio.

«Io vado a preparare da bere, poi andiamo a cercarci un locale», ha detto Tanya, nell'androne.

«Ti raggiungiamo fra dieci minuti, Tanya», le ho detto, e ho spinto avanti il mio socio, indirizzandolo verso il lato destro del cortile, mentre Tanya tirava dritto in direzione del loft. Rinaldo era sempre più in ansia, a giudicare da come procedeva a culo stretto.

Meno di due minuti dopo siamo entrati nel Caveau, passando dal retro. Sotto la luce fredda del neon, Rinaldo ha infilato la chiavetta di Aldina Chiappero nel computer del negozio e ha cominciato ad analizzare il contenuto, aprendo a una a una tutte le cartelle.

«Delibere, proposte di legge, dichiarazioni, bozze di discorsi...» ha elencato. Concentrato, con una mano alla fronte, come un capo indiano che scruta l'orizzonte, ha alternato silenzi pensosi a lunghe trafile di termini burocratici.

«Documenti di lavoro, nulla più», ha soffiato.

«Tutto qui?» ho chiesto.

«Sembra proprio di sì.»

Ma non si è dato per vinto e ho visto dalla sua espressione rabbiosa che cercava di andare oltre la soglia esplicita di quell'archivio, scavando come una talpa alla ricerca di documenti occulti, mascherati o depositati ad arte in file di scarto. Ma a ogni guizzo degli occhi dovuto alla scoperta di una nuova traccia subentrava, poco dopo, un sospiro misto a un ringhio. La delusione si è dipinta a poco a poco su di lui, come un tramonto accelerato, passando dalla smorfia della bocca e trasferendosi poi alla schiena, sempre più china, e infine a tutto il corpo, che si è come afflosciato nel momento in cui si è arreso.

«Niente, Lola, qui dentro non c'è niente di utile. Abbiamo profanato una tomba, con i rischi penali che ne seguono, e non abbiamo tirato su una fava di niente», ha concluso.

«Insisti, Nureyev. Nessuno tiene al collo un archivio, e se lo porta perfino nella tomba, senza una ragione. Non cercare qualcosa che ti aspetti, ma trova ciò che ignori», ho detto.

Lui ha drizzato la schiena, ha posato le mani aperte ai lati del computer, come per misurare a palmi il vuoto, e ha alzato lo sguardo su di me.

«Non ho capito», si è costretto a dire.

«L'errore più comune, quando si cerca qualcosa, è aspettarsi un tipo di risultato. Tu frughi tra quei documenti e forse ti aspetti un testo preciso, qualche riferimento a minacce, ricatti, richieste di denaro, accuse politiche. E va bene, ma in questo modo, a causa del pregiudizio di attesa, probabilmente tendi a tralasciare e a trascurare tutto ciò che non conviene a quel campo d'indagine e che magari consideri banale. Se ascolti me, ripigli punto per punto l'esame di ciò che hai scartato e lo analizzi senza preconcetti, cercando soltanto di stabilire se un certo testo è coerente o no con la figura e con il lavoro di Aldina Chiappero.»

Rinaldo si è morso un labbro e ha stretto gli occhi. Ha aggrondato le sopracciglia, e la luce bianca del neon gli ha scavato ombre cicciottelle, da campo appena arato, sulla fronte.

Non era convinto. Ho insistito: «C'era una ladra, in carcere, che amava insegnare il mestiere alle pivelle. Quando entrate in una casa, diceva, non cercate soldi o gioielli, ma cercate e basta. Vale anche per te: cerca e basta».

«Ricomincio», ha biascicato, umiliato.

«No, adesso raggiungiamo Tanya. Porta con te la chiavetta. Lavoriamo più tardi», ho ordinato.

23
La burrasca

Sono uscita sul terrazzo ed è stata una visione. Le foglie verde pallido dei sette aceri giapponesi vibravano nell'aria fresca del mattino come migliaia di colibrì in volo, sospesi sul posto. Il sole era appena sorto, davanti a me, e non era ancora giallo, ma di un arancione carico, identico a uno smisurato tuorlo d'uovo. Era sbucato in silenzio, senza fanfara, facendosi largo a piccole porzioni nella massa verde della collina. La città, in basso, era ancora tranquilla, oppure il rombo del traffico di corso Moncalieri non arrivava fin lì. Ma non osavo sporgermi per guardare. Per me, abituata a vivere al piano più basso, sempre a contatto diretto con la terra o quasi, quell'altezza era tabù. Mi ero spinta appena un poco, con la testa, oltre la ringhiera, per guardare giù, e avevo visto tutto girare. Il terrazzo dell'attico di Tanya, grande come una piazza e verde come un parco, era diventato il nostro rifugio, quella notte, dopo che Tanya aveva scorto nel mio silenzio e nell'inappetenza di Rinaldo il turbamento, il terrore di aver lasciato tracce al cimitero o di esserci avventurati troppo in là. Senza darci il tempo di replicare, aveva deciso che eravamo troppo scossi, che avevamo bisogno di una pausa, di un nascondiglio sicuro, che doveva occuparsi di noi. Sicché ci aveva caricati in macchina, all'uscita della pizzeria, e ci aveva spinti a forza in alto, su da lei, all'ultimo piano di un palazzone moderno, lussuoso, che sorgeva come un granatiere al fondo di corso Moncalieri.

«Per adesso pensate soltanto a riposarvi. Domani mattina ci occuperemo di ricambi di vestiti e di tutto il resto», aveva detto, mentre ingranava la prima, bloccando così il mio desiderio di passare un attimo da corso Marconi. Ed era partita.

La notte era stata breve e mi ero svegliata presto, dopo un sonno poco tranquillo e faticando a ricordare dov'ero. Sono uscita per guardarmi intorno, per pensare, mentre l'alba colorava il mondo. Tanya e Rinaldo dormivano ancora, lei nella sua camera tutta bianca con il letto a baldacchino, e il mio socio in uno dei salottini speciali, quello con i futon. A me invece era stata assegnata una stanza spartana, con corde e manette appese alle pareti, e parrucche di ogni colore penzolanti da una rastrelliera.

Ma il conforto del riposo è durato poco. Non riuscivo davvero a riprendere sonno. E allora, piuttosto che contorcermi nella sala sadomaso, ho preferito avvolgermi nel lenzuolo, nuda com'ero, e uscire sul terrazzo per farmi distrarre dal mondo.

Gli aceri giapponesi erano piantati in cassoni di legno bianco e disposti lungo il lato che guardava verso la collina. Sul lato opposto era schierata una fila di bambù che sembrava rispondere con la tonalità verdegialla delle foglie al verde tenero dei dirimpettai. Sopra la mia testa, come un ponte capace di unire quelle due imponenti rive vegetali, s'intrecciava la fitta rete dei rampicanti, il glicine, l'akebia, la vite vergine, tutti magistralmente invitati ad avvolgersi sui tiranti di ferro che correvano in alto, orizzontali, per dare origine a un pergolato rigoglioso e pendulo. In mezzo, sul pavimento in cemento vetrificato, le poltroncine grigio scuro, in midollino, sembravano invitare chiunque a passare il resto della vita in quel paradiso urbano e pensile, in quell'ombra luminosa, dorata. Ho preso posto su una di quelle nicchie di comodità, ho appoggiato la guancia al pugno e ho chiuso gli occhi.

«È uno tsunami, Lola, un terremoto, presto, vieni a vedere», ha urlato all'improvviso Tanya, dall'interno. La sua voce, acuta come uno spillo, mi ha riportato di colpo alla realtà. Quanto tempo ero rimasta in quello stato di assenza? Avevo dormito? Non lo sapevo. Sono balzata in alto e mi sono fiondata nella grande sala azzurra, passando oltre la porta a vetri che per fortuna era aperta. Tanya era in piedi, avvolta in un accappatoio bianco e spesso, davanti al televisore al plasma. Lo schermo era occupato dall'immagine completa della bara obliqua, la *nostra* bara obliqua, appoggiata all'imboccatura del loculo. La voce fuori campo continuava a ripetere che quella foto doveva essere immediatamente eliminata, tolta dalla vista, per rispetto della morta e dei telespettatori. Ma era evidente che faceva il possibile per allungare i tempi.

«Il cimitero di Pecetto, Lola... Ne parlano tutti...» ha detto Tanya, «ovunque, su ogni canale. La foto della bara sta facendo il giro del mondo. I politici stanno tenendo conferenze e la polizia ha detto che useranno gli elicotteri e i cani per trovare i responsabili. Hanno fatto vedere un foglio firmato DIO...»

Le mie ginocchia hanno iniziato a tremare, ma ho stretto i denti e ho respirato a fondo. Sapevo che sarebbe successo. Là, nel cimitero, avevo previsto l'ovvia escalation dei fatti, quando la mattina dopo gli addetti avrebbero scoperto lo scempio. Ma l'impatto è stato duro. E, per evitare di ripiombare nel panico, ho subito ripetuto dentro di me le frasi precise, pensate fin dall'uscita dal cimitero e che avevo allestito come scudi per fronteggiare la paura che di sicuro sarebbe arrivata, incontrollabile, per quanto prevista. E allora, davanti alla televisione che urlava, ho cominciato a ripetere a bassa voce: «La polizia sta cercando DIO, la polizia sta cercando DIO... La tomba è stata profanata dagli assassini della candidata, la tomba è stata profanata dagli assassini della candidata...»

Dopo meno di cinque minuti ho ritrovato la calma. Il cuore ha preso a battere con minor ferocia, mentre Tanya ha continuato a saltabeccare da un canale all'altro, trovandosi sempre di fronte alla notizia del giorno. E a ogni nuovo servizio sembrava più disperata, non tanto per lei stessa, ma per me e per Rinaldo.

«Hanno trovato qualche traccia?» ho chiesto, come se parlassi del tempo.

Tanya si è girata verso di me e anziché rispondere ha spalancato i suoi occhi immensi.

«Sei nuda», ha detto, e ha riso.

Ho guardato in basso e ho riso anch'io. Sono corsa fuori, ho prelevato il lenzuolo dalla poltroncina e sono rientrata lanciando un lembo del mio provvisorio abito oltre la spalla, alla maniera dei *gaucho*, mentre una grande scritta rossa correva alla base dello schermo e diceva che la bara di Aldina Chiappero era stata aperta.

«Cazzo, l'hanno già scoperto?» ha chiesto Rinaldo, apparso sulla porta del salone con i capelli arruffati e gli abiti stropicciati. Sembrava uscito dalla centrifuga di una lavatrice. Aveva le palpebre gonfie, e un velo di barba sembrava colorargli di azzurro le guance. Il sorriso lunare con cui si era mostrato a noi gli si è smorzato all'istante, nel momento in cui ha spostato lo sguardo sulla tele.

«Si è scatenato un inferno, Rinaldo», ho detto.

In quel momento è sbucato sullo schermo il testone cubico del portaborse di Aldina Chiappero. Anche lui non si era rasato. Era senza cravatta e parlava davanti a una selva di microfoni. L'avevamo visto decine di volte, nei servizi pescati in rete. Lui e la rossa con la parrucca erano i tuttofare della candidata e anche i portavoce ufficiali del partito, dopo l'omicidio, per quanto riguardava i rapporti con la stampa.

«Com'è già che si chiama, quello lì?» ho detto.

«Terlizzi», ha risposto, rapido, Rinaldo.

«Ciò che è successo stanotte è un oltraggio, un'offesa alla memoria della candidata», stava dicendo Terlizzi, «e chiediamo che questo orrore sia immediatamente cancellato. Il corpo della povera Aldina Chiappero non può subire ulteriori offese. La salma dev'essere subito ricomposta e tumulata, perché questo atto suscita ribrezzo…»

Rinaldo ha portato le mani alla bocca ed è arretrato. Sembrava sul punto di avere un infarto.

«Siediti», ha suggerito Tanya, vedendo che si appoggiava alla cornice della porta.

«Siamo nei pasticci, Lola», ha guaito.

Tanya l'ha ignorato e ha sintetizzato i fatti per lui: «Uno degli addetti ha preso servizio prima degli altri perché doveva preparare una fossa entro le nove. Passando vicino ai loculi ha visto la bara aperta, appoggiata storta...»

«Era prevedibile che l'avrebbero trovata all'inizio del servizio», ho chiarito a Rinaldo.

«Ma questo clamore...».

«È il minimo che poteva succedere, Rinaldo. Ragiona... La tomba scoperchiata di una celebrità politica. Tutto grasso che cola, per i giornalisti. Ma non pensarci. Perché sei entrato con la faccia giuliva?»

La mia domanda l'ha riportato alla realtà. Poche ore prima si era ritirato nella stanza dei futon annunciando che avrebbe ripreso lo studio del materiale di scarto della chiavetta usb, usando il computer di Tanya. E probabilmente aveva tirato dritto fino a quel momento, senza chiudere occhio.

«Ci sono tre documenti che sembrano davvero poco coerenti con il suo lavoro», ha detto.

«Spara.»

«Indirizzi di cliniche e di centri benessere in Asia; un lungo file con preventivi di ditte svizzere specializzate in bunker antiatomici; una serie di foto di cani...»

«Ci si può lavorare», ho concesso, senza sapere davvero in che modo quelle informazioni potevano servire.

«Siamo nella merda», ha ripreso Rinaldo, tornando con gli occhi alle notizie, sempre più sbraitate.

«Tutto fumo», ho detto.

Ma era pure vero che l'eco prodotta dalla nostra azione premeva su di noi con una forza ch'era difficile prevedere. Insomma, avevamo superato la linea di confine. E non soltanto dopo l'assalto alla bara. Guiscardo mi aveva consegnato una bomba a mano e quella notte io e Rinaldo l'avevamo fatta esplodere. Ma la voragine, davanti a noi, si era già aperta, in silenzio, nel momento in cui il castellano era stato ucciso, poco prima della nostra visita ad Arietullo. E quell'esecuzione era stata motivata dal nostro interessamento al balestrino. Per quale ragione avevano voluto impedirci di parlare con il proprietario della collezione? Quali erano gli obiettivi degli assassini? E come avrebbero reagito dopo il nostro assalto alla salma della candidata? Si sarebbero allarmati? Intanto, i cronisti, in televisione, rimbalzavano di continuo la notizia, aggiungevano particolari o ribadivano i comunicati di agenzia.

Quando uno dei giornalisti ha interrotto il servizio in corso per dare la notizia che era stato rubato il pendente con cui la candidata era stata sepolta, Rinaldo ha emesso un gemito, come se avessero pronunciato il suo nome. Insomma, l'avevamo fatta grossa. Ho immaginato la faccia di Guiscardo, in quel momento. D'istinto, ho mosso il collo in cerca del cellulare. Ma non l'ho visto. Era rimasto nella stanza delle fruste. Sono andata di là sicura di trovare la sua chiamata, ma mi ero sbagliata. Eppure era già informato, come tutti, ormai, in Italia, del mistero di Pecetto. Con tutta probabilità aveva evitato di chiamare per ragioni di sicurezza. Aveva pensato che non era saggio, ormai, usare il telefono. Il livello di allarme era senza dubbio arrivato al massimo grado, con la notizia di Pecetto, ed erano scattate di sicuro mille misure d'indagine. Forse non voleva che i politici sapessero che si avvaleva di una ex galeotta per le sue ricerche. No, Guiscardo non avrebbe usato il telefono per contattarmi. Forse in quel momento stava volando verso il Caveau per cercarmi, per valutare la mia posizione, per accusarmi, nel caso in cui avesse attribuito a me la profanazione della tomba, o per darmi nuove istruzioni, se avesse creduto al segnale di DIO.

Ho indugiato ancora qualche minuto davanti al televisore, ma con la mente altrove. Poi mi sono riscossa. Avevo bisogno di agire. Dovevo farmi trovare da Guiscardo, e in fretta, per fugare le nubi che potevano addensarsi su me e Rinaldo. Se avesse trovato il negozio chiuso e se avesse suonato al mio appartamento senza trovarmi, avrebbe potuto dedurre che me l'ero data a gambe dopo aver scoperchiato la bara. E invece doveva pensare il contrario e considerarmi ancora più utile alle sue ricerche, ora che DIO aveva fatto saltare il tavolo.

«Tanya, Rinaldo, ascoltatemi bene», ho detto, e ho chiamato a me i due muovendo le dita nel gesto delle nacchere. Io e la bionda ci siamo sedute sul divano, mentre Rinaldo si è rannicchiato davanti a noi, come un bambino che aspetta le caramelle.

«Voi due restate qui, per adesso, e non vi fate vedere. Tu, Tanya, lascia la macchina in garage. Non dovrebbero averla notata, ieri sera, a Pecetto, ma non si sa mai. Ve ne state qui, in casa, e aspettate mie notizie.»

Non stavo parlando con persone amiche. Stavo diramando ordini di guerra. E infatti loro due si sono limitati ad annuire.

«Torno al Caveau, lo apro, mi faccio vedere in giro, tranquilla. Tutto nella massima normalità. Se viene Guiscardo dirò che tu, Rinaldo, sei in giro per consegne. E aspettiamo sviluppi. Prima di mezzogiorno vi chiamo. Se potete, non usate il cellulare. È tutto chiaro?» ho concluso.

«Ti accompagno, Lola. Mi sembra di essere tornata ai vecchi tempi», ha frinito Tanya, mentre Rinaldo ha mostrato la faccia seria, preoccupata e un po' smarrita di chi deve entrare in sala operatoria.

«No, stai qui. Prendo un taxi. Quando la burrasca sale, bisogna stare fermi», ho aggiunto, cercando di avere il tono oracolare di Bakko.

24
L'incontro

«E ti hanno scortato fino all'aeroporto di Dallas per appurare che te ne andassi per sempre dall'America?» ho detto, senza riuscire a interrompere il flusso di risate che ormai da un paio di minuti fluiva da me come il getto di petrolio nei fumetti.

Era ancora sopra di me, dentro di me, spompato e calmo, come una volta. Ridevo, e i sussulti di risa vibravano al mio interno producendo nuove piccole scosse di piacere. Lui si limitava a sorridere, appoggiando i gomiti sul pavimento. L'avevo portato in casa e avevo lasciato che agisse a modo suo o, meglio, l'avevo invogliato a sfogare su di me il suo ardore tecnico, privo di fiocchi, il suo modo brutale e diretto di accoppiarsi, selvaggio e svelto. Del resto, conoscevo bene la tecnica amorosa di Sandiego. Me l'aveva mostrata proprio il mio primo giorno di libertà, all'uscita dal carcere, quell'11 settembre 2001 che per tutti gli altri occidentali era stata la data dell'orrore e che per me aveva significato il ritorno alla vita.

L'avevo incontrato davanti alla sua palestra, quel giorno di quattordici anni prima, statuario, fasciato in una maglietta bianca, aderente, che faticava a contenere bicipiti e pettorali. Gli avevo chiesto di quei suoi tatuaggi originali. Aveva risposto a monosillabi, restando a braccia conserte e con lo sguardo tagliato, sonnolento. Gli avevo domandato se potevo vedere il suo centro di fitness, ed ero entrata con lui, all'interno della struttura, in corso Vittorio, vicino al monumento. Mi aveva mostrato la sauna, e lì ci eravamo posseduti con l'impetuosità placida e instancabile delle maree d'oceano. Mi aveva anche chiesto i soldi, alla fine, dato che il suo mestiere era soddisfare le carampane. Gli avevo riso in faccia, e lui non aveva replicato. Avevo ventidue anni, i muscoli scolpiti da anni di ginnastica praticata in cella, i capelli corti, neri e sparati. E gli occhi verdi. Me l'ero portato al Covo, qualche tempo dopo, e aveva fatto parte della nostra bizzarra banda fino alla tragica notte della sparatoria.

«Sono stato in America, dopo quella notte», mi aveva detto poco prima.

Me l'ero trovato davanti al Caveau, a gambe larghe, piantato di fronte alla vetrina come un totem. Avevo appena aperto il negozio ed ero uscita per vedere se c'era gente in giro, se Guiscardo si stesse avvicinando, come avevo immaginato fin dal momento in cui avevo lasciato l'attico di Tanya.

Sandiego era lì, fermo, a metà del marciapiede. Non ero riuscita a credere ai miei occhi. Avevo farfugliato le tre sillabe del suo nome e l'avevo invitato a entrare.

«Lola», aveva mormorato.

Ci eravamo guardati a lungo, tra il frigo dello champagne e lo scaffale d'acciaio del paté. Gli avevo preso le mani e stretto i polsi, sorridendo. Lui, come sempre, aveva preso la sua espressione da sonnambulo, con le palpebre abbassate a mezzo. Non avrebbe mai parlato, ne ero certa.

«Non possiamo restare qui», avevo detto all'improvviso, temendo l'arrivo dello sbirro. Avevo chiuso la porta dall'interno e messo il cartello di attesa. Poi l'avevo guidato verso il retro, tenendolo per un dito. Eravamo usciti in cortile, avevo sbarrato la porta e me l'ero tirato dietro come uno slittino, fino al loft.

Appena dentro, l'avevo piazzato al centro e l'avevo guardato per lunghi minuti, poi avevo di nuovo scandito il suo nome, e mentre ripetevo quelle tre sillabe, ridendo, l'avevo scalato, letteralmente, come una scimmia; mi ero aggrappata a lui, con le gambe attorcigliate al suo bacino, e avevo stretto forte. Poi ero balzata giù e l'avevo spinto sul divano.

«Raccontami tutto», gli avevo ordinato. E lui aveva snocciolato la sua storia senza fronzoli, senza enfasi, a mezza voce.

«In America ho continuato il mio lavoro con le fiche secche», aveva detto, guardando avanti e tenendo le braccia allungate sulla spalliera del divano, mentre io mi ero accoccolata come un gatto al suo fianco, ripassando quel suo profilo da eroe greco.

«Il gigolò specializzato nelle donne in avanzato stato di putrefazione», avevo detto, sghignazzando.

Lui non aveva risposto.

L'avevo guardato o, per dire meglio, studiato.

Non era cambiato. Come ai vecchi tempi, era del tutto privo di senso dell'umorismo. E perciò mi ero limitata a quella battutaccia becera e da quattro soldi, adatta ai maschi.

Aveva proseguito: «Fra le mie clienti c'era la moglie di un senatore. Una vecchia incartapecorita e gentile, con i capelli tinti di un violetto tenue, da zucchero filato di Disneyland».

«E te la sei lavorata», avevo aggiunto, dopo una pausa infinita.

«È morta sotto di me, a Santa Monica, in una villa tutta bianca, davanti all'oceano. Prima avevo dovuto succhiarle l'alluce.»

Avevo spalancato la bocca ed ero arretrata con la schiena, senza volerlo.

«È morta di piacere», aveva sottolineato lui. «Urlava, e piangeva, e rideva. Ed è morta.»

«Cazzo, che storia», avevo detto.

Lui aveva sollevato le spalle.

«E poi?»

«E poi non sapevo che cosa fare. C'era la scorta, sotto. Loro sapevano tutto. Li ho chiamati. Hanno esaminato la scena, hanno osservato la vecchia, nuda. Hanno chiamato l'FBI, o qualcosa del genere. Hanno pensato a tutto loro. E alla fine mi hanno portato a Dallas e mi hanno imbarcato su un aereo, avvertendomi che, se di quella faccenda fosse uscito anche un solo nome dalla mia bocca, mi avrebbero fatto fuori, ovunque mi fossi trovato. Poi mi hanno detto che non sarei mai più potuto tornare in America. Mi hanno chiesto dove volevo andare. Ho detto che volevo tornare in Italia e che avevo bisogno di un favore.»

Aveva taciuto, a quel punto.

«Che cosa hai chiesto?»

«Di avere tue notizie», aveva risposto, voltando di scatto la testa verso di me.

«Mie notizie?»

«Sì, tue notizie. Non sapevo dove andare, in Italia. Mi sei venuta in mente tu. Volevo rintracciarti per chiederti che cosa avrei potuto fare, una volta tornato.»

Un vortice di pensieri era scoppiato all'improvviso nella mia testa. Il passato, questo maledetto passato che tornava sempre, che non ti mollava mai... Non che l'arrivo di Sandiego mi avesse turbato. Al contrario. Ma a tormentarmi era l'idea di come la storia tracciasse linee, relazioni e legami incancellabili. Detestavo l'impossibilità di azzerare tutto, odiavo l'impossibilità di riprendere davvero, senza pastoie. C'era sempre quel maledetto passato, e tornava a bussare alla tua porta quando gli faceva comodo. Il mio passato di ex galeotta aveva etichettato la mia esistenza ed era appena tornato a chiedermi parte del conto, per mano dello sbirro. E il ritorno di Sandiego era su quella stessa linea, sebbene con molta più felicità da parte mia.

«Hai chiesto di me agli americani?» gli avevo domandato di colpo, ripensando alle sue parole.

«Sì, ho detto loro come ti chiamavi, nome e cognome. Mi hanno portato in una stanza privata dell'aeroporto e mi hanno lasciato lì tre ore, in compagnia di uno di loro. Poi sono tornati con un foglio in mano. Me l'hanno fatto leggere, senza darmelo. C'era questo indirizzo. Poi mi hanno imbarcato su un aereo. Ed eccomi qua.»

Una nuova vertigine mi aveva scosso da dentro. Gli americani, da laggiù, erano arrivati a me nel giro di poche ore. Non ero soltanto schedata qui da noi, dunque. Ero segnalata alle polizie di tutto il mondo. Non so se ho storto la bocca in una smorfia di disgusto o se ho emesso un sibilo di sconforto, al pensiero di avere addosso un marchio eterno. Ma forse, più di ogni altra cosa, pativo l'idea di essere controllata, pedinata.

Sono scesa dal divano e mi sono seduta sul pavimento.

«Se non puoi aiutarmi va bene lo stesso», aveva detto lui, come un automa, «e se ti dà fastidio, me ne vado subito.»

Per tutta risposta ero balzata in piedi come una molla e in pochi gesti veloci ero rimasta nuda davanti a lui, con le mani sui fianchi. Senza la minima esitazione, Sandiego si era sfilato maglietta, sneaker e jeans scoloriti. Ci siamo distesi sul tappeto, e un secondo dopo lui era già dentro di me, impegnato a spingere con dedizione e con ritmo crescente, ma restando impassibile, muto, con la faccia rivolta in alto e l'espressione distante, assente, proprio come un robot. E ha continuato così, senza smettere, senza svanire al primo cambio di velocità, fino alla fine dei miei sussulti: possente come una pressa, dirompente come un'armata.

Nulla di meglio al mondo, giuro, ma proprio nulla.

Dopo, siamo scoppiati a ridere. E abbiamo ripreso la conversazione.

«Ho aperto il Caveau con Rinaldo», gli ho detto. Lui ha stretto gli occhi. Ricordava che avevamo combattuto contro di lui, quella notte. Ma non sapeva che Rinaldo stesso era stato vittima degli affaristi. Ed era all'oscuro di come l'avessi lavorato ai fianchi, e per certi versi spinto dalla mia parte, prima di quella notte.

«E ti fidi?» ha detto. Non ho risposto. Era il nostro vecchio modo di confermare la sostanza delle cose senza sperpero di parole.

Poi gli ho detto che avevo ritrovato da poco Tanya, e non ha fatto una piega. Ma quando gli ho raccontato di Bakko e della sua metamorfosi, lui si è limitato al solito vecchio commento: «Quella mezza sega».

Stavo per rispondergli che forse Bakko era l'unico a essere riuscito a scrollarsi di dosso il passato, rinunciando a una buona parte di se stesso, ma non ne ho avuto il tempo, perché il cellulare ha cominciato a ronzare come un moscone contro il vetro. Sono sgusciata malvolentieri da sotto i muscoli di Sandiego e ho agguantato l'aggeggio. Sullo schermo c'era un numero sconosciuto.

«Sono qui da mezz'ora», ha detto Guiscardo.

«Ciao, sbirro. Dove sei?» ho replicato, cercando di dare una nota annoiata alla mia voce. Aveva usato un altro telefono. Uno di quelli non individuabili, senza dubbio. Ma ero riuscita a non esitare troppo tra la sua frase d'attacco e il riconoscimento della voce.

«Davanti al Caveau, al tuo posto di lavoro. Ma è chiuso, a quanto pare. Eppure dovrebbe essere orario di apertura, ormai», ha ripreso lui. Cercava di tenere un tono ironico, ma sentivo il freddo nelle sue sillabe.

«Ho chiuso un attimo per rientrare in casa. Arrivo subito. Sono da te fra tre minuti», ho risposto, vaga.

Ha taciuto, sorpreso. Non aspettava quella risposta.

«Non è che per caso sai qualche cosa del cimitero di Pecetto?» ha intonato, mellifluo.

Se aveva pensato di prendermi alla sprovvista, si era sbagliato. La mia risposta è partita prima ancora che avesse terminato di pronunciare l'ultima parola.

«So tutto, invece», ho detto. La mia voce giuliva, da prima della classe che aveva in mano la ricerca svolta nel migliore dei modi, l'ha spiazzato.

«Allora ci avevo visto giusto.»

Aveva parlato più per sé che per me. Come se la mia risposta avesse soltanto confermato un suo sospetto.

«Non so che cosa hai visto, ma so che sono volata in casa proprio per quel motivo, per seguire in televisione questa storia del cimitero, dopo che una signora mi ha dato la notizia, quando ho aperto.»

Guiscardo non ha saputo ribattere a tanta soave freschezza di toni.

«Sei ancora lì?» ho aggiunto, floreale.

«Sì, sono qui», ha risposto, tetro.

«Ti raggiungo fra cinque minuti. Questa faccenda mi ha fatto sudare come una maratoneta. Devo darmi una rinfrescata», ho cantato, sottintendendo che avevo riguardo per lui. E ho messo giù.

Sandiego, seduto con la schiena contro la base del divano e con le ginocchia abbracciate, ha seguito le mie rapide evoluzioni senza muovere una palpebra. Ho eseguito una velocissima vestizione, dopo aver catturato dall'armadio vestiti finalmente puliti.

«Come mi trovi?» gli ho chiesto, civettando davanti a lui ed esibendo una camicetta grigia, aderente in vita e morbida sulle tette, tenuta fuori dai calzoni neri, larghi.

«Vai bene», ha commentato, distaccato. Da lui, del resto, era impossibile pretendere una pur minima forma di fervore.

«Puoi stare qui fin che vuoi, se non hai un posto dove andare», gli ho detto, uscendo.

«Grazie, Lola», ha mormorato.

25
La rivelazione

«Sì, signora, le assicuro che quello champagne è davvero buono. A mio parere addirittura più buono di quelli più famosi. Non sempre la notorietà è sinonimo di qualità», ho detto.

La signora ha spinto in su, poggiandoli sulla sommità della testa, gli occhiali dalla montatura verde, vistosa, e ha avvicinato l'etichetta ai suoi occhi appuntiti.

«Non l'ho davvero mai vista», ha commentato.

«Si fidi», ho insistito.

Lei ha riposizionato le lenti sul naso e ha poggiato la bottiglia sul piano di vetro.

«Grazie, allora faccio volentieri la prova. Mando Zhou a prenderne un paio di bottiglie, nel pomeriggio. Intanto gliele pago», ha risposto la signora, smuovendo nell'aria un profumo di rosa. Poi è stato il turno della spilungona che cercava le acciughe di Collioure.

Guiscardo, in camicia bianca inamidata, con un gomito appoggiato allo scaffale d'acciaio cromato, aspettava che le clienti finissero di ordinare e che se ne andassero. Erano arrivate al Caveau, come lui, poco prima, e si erano chieste stupite perché fosse ancora chiuso, a quell'ora. Gli avevo lanciato un piccolo, tenue sguardo complice, strizzandogli appena l'occhio. Lui aveva cacciato un sorriso mediocre, di pura convenienza, come se sentisse il dovere di tenersi sulle sue. Robe da maschi.

«Eccoci a noi, finalmente», ha detto, quando il negozio si è svuotato.

Sono uscita dal mio posto dietro il bancone e ci siamo salutati in modo imbarazzato, con mani impacciate che ondeggiavano nel vuoto, indecise se stringersi, come tra rappresentanti di commercio, se allargarsi in un abbraccio mimato o se portarsi a livello di spalla per favorire lo sfiorar di labbra a bordo guancia. Non avevamo ancora un codice di confidenza tattile. Certo, ci eravamo baciati, in riva al fiume, ma era stata una sorta di digressione senza conseguenze. Non avevamo stipulato patti di alleanza, di fiducia. E perciò c'era troppa confidenza, fra noi, per stringerci banalmente la mano, e troppo poca per attuare riti più affettuosi. Insomma, non sapevamo come salutarci perché c'era stato un briciolo di intimità fisica senza un minimo di intimità mentale.

«Andiamo a bere un caffè?» ho proposto, spingendo i pugni sui fianchi. Lui ha annuito. Ho appeso all'interno del vetro il cartello a ventosa di momentanea assenza e siamo usciti.

«Hai un luogo particolare da proporre?» ha chiesto lui, continuando a specchiarsi nelle vetrine di corso Marconi.

«Preferirei andare un po' fuori zona», ho risposto, senza spiegare se volevo allontanarmi per eludere pettegolezzi di quartiere su di me o se cercassi di non farmi vedere in giro con lui a causa della sua faccia da sbirro.

«Allora forse era meglio restare nel negozio», ha obiettato lui.

«Hai ragione», ho ribattuto, «mi ero lasciata attirare da questo bel cielo azzurro, ma forse staremo più tranquilli da me, nel retro.»

«Deduco che tu sia molto conosciuta, da queste parti.»

Non ho replicato alla sua allusione, equivoca come la mia, ma venata da una punta di veleno. Appena rientrati al Caveau, ho richiuso la porta e siamo passati di là dal bancone senza dire una parola.

«Di nuovo uno di fronte all'altra, come la prima volta», ho detto, sedendo al tavolo bianco.

«Parlami della bara», ha detto, dopo aver poggiato le mani sul piano, parallele, a dita unite.

«Vedo che hai indossato la divisa.»

Lui ha abbassato lo sguardo sulla camicia e ha messo un punto interrogativo sulla fronte.

«Era un modo di dire», ho dovuto spiegare. «Mi riferivo al tono. Quando fai il burbero sembri Walter Matthau.»

La mia breve risata, equivalente a un buffetto sul naso e al tempo stesso segnale di pace, l'ha irritato ancora di più. Ha disteso in su gli indici, li ha volti verso me e ha preso a spingerli avanti e indietro.

«Lola, smettiamola di giocare. Stanotte hanno scoperchiato la bara di Aldina Chiappero. Ne sai qualcosa?» ha soffiato.

«So tutto, te l'ho già detto. Ho acceso la tele appena l'ho saputo», ho risposto. Non avevo nessuna intenzione di confessare un reato che avrebbe significato, per lui, un aggiuntivo debito pendente sulla mia testa, velato o meno che fosse. E perciò mi sono spinta con il busto verso di lui, e ho fronteggiato i suoi indici minacciosi. Ci siamo guardati con rabbia. Ha abbassato lui lo sguardo per primo.

«E il castellano è stato ucciso per evitare che parlasse con me», ho aggiunto, quando la tensione è scesa. La manovra diversiva è stata utile. Guiscardo ha assunto di colpo un'espressione mite e quasi sofferente, come se avesse all'improvviso colto, nei due fatti, il legame che mi escludeva. Ha lasciato passare un tempo lungo, e non l'ho disturbato.

«Hai ragione... Forse hai ragione...» ha mormorato al soffitto.

Ho agitato una mano.

«Sono qui, non lassù», ho detto.

Si è come riscosso e ha sorriso, finalmente. È tornato a essere presente. E soprattutto più morbido.

«Scusami...» ha sussurrato, opaco, «mi sono fatto trasportare... Sono esacerbato...»

«Non sarai contagioso...» ho ironizzato. Ha riso con il naso.

«Mi stanno pressando da ogni lato e non ho ancora portato risultati. Scusami...» ha continuato, e ha spinto una mano in avanti, sul tavolo, come per cercare la mia. Gli ho picchiettato il dorso con l'indice a uncino. Poi mi sono alzata e gli ho detto, ispirata: «Sveglia, Ciccio. Di' al tuo capo che i risultati ci sono, e come. Hai spinto gli assassini a mettersi in gioco. Mi hai chiesto di aiutarti, l'ho fatto, e loro hanno dovuto ammazzare il collezionista. E poi sono corsi a scoperchiare la bara. Tappano i buchi alla meno peggio, ma sai meglio di me che ogni gesto lascia tracce. Sono in difficoltà, è evidente».

Ho tenuto la mia arringa passeggiando nel breve spazio fra il tavolo e la porta del retro. Lui ha continuato a seguirmi con lo sguardo, orientando la testa secondo le mie evoluzioni.

«Sì, hai ragione. Ho pensato la stessa cosa, un attimo fa. Hanno paura di qualche cosa. Forse cercavano qualcosa. Oppure hanno voluto lanciare un segnale di sfida possente, dimostrare che non hanno paura di nulla», ha detto. Era tornato dalla mia parte, era tornato lo sbirro complice.

«Credo che sia proprio così», ho confermato, tenendo le mani dietro la schiena, nella posa a testa bassa di chi ragiona camminando.

«Sì, e forse c'è di più», ha replicato, alzandosi in piedi e cominciando a passeggiare in quei pochi metri quadrati. Movimento e pensiero sono collegati, mi sono detta, e il movimento sblocca sempre le paralisi psicologiche.

«In che senso?» ho chiesto. Ci siamo incrociati, in quell'angusta danza da bugigattolo, spostando di volta in volta i nostri corpi per lasciarci spazio.

«Nel senso che forse hanno ucciso il castellano per un'altra ragione. Forse stanno semplicemente eliminando tutti coloro con cui hanno avuto a che fare per eliminare le tracce», ha ipotizzato.

«Quindi potrebbe essere un caso, se l'hanno ucciso proprio mentre io ero lì.»

«Sì, potrebbe essere un caso, Lola. In un'indagine bisogna evitare le suggestioni della deduzione, occorre impedire a se stessi di trarre conclusioni sulla base di dati che sembrano collegati.»

L'investigatore era entrato in azione a pieni giri e con il piglio di chi la sa lunga.

«Ma certo», ha continuato, «come potevano sapere che tu stavi andando da lui?»

«Non lo sapeva nessuno. Forse nemmeno io ero così sicura di andarci.» E in effetti era così. Eravamo andate ad Arietullo senza averlo deciso con chiarezza e senza farne parola. Quell'omicidio restava davvero un mistero, e la versione di Guiscardo lo dissipava in parte.

«L'errore era vedere un collegamento fra te e l'omicidio del collezionista. Sembra tutto collegato. Poi scoperchiano la bara... Bisogna pensare ad altro, per individuare nuovi sviluppi in un caso», ha detto.

«Credo che tu abbia ragione», ho confermato. La mia frase è giunta proprio nel momento in cui ci siamo trovati di fronte, in piedi, tra la sedia bianca e la piccola cucina a gas. Ci siamo guardati. Nei suoi occhi scuri, incavati, brillava una luce di eccitazione mentale. Ho sentito la forza del suo lavorio. Era arrivato per accusarmi della profanazione della tomba ed era passato alla piena fiducia in me. E alla ritrovata stima di sé.

Poi gli ormoni hanno fatto il resto. E il suo profumo di agrumi, come di buccia di mandarino essiccata su una stufa, ha avuto la meglio su di me.

Dopo quello scambio di sguardi, intenso e lungo come il migliore degli eccitanti, mi ha afferrato la nuca e si è scatenato in un bacio assiduo, meticoloso, che ho ricambiato senza esitare. A differenza della volta precedente, non ha interrotto la sua mossa a metà, non è stato bloccato dagli scrupoli, ma ha accompagnato la sua azione labiale con una profonda perquisizione, degna del più abile maresciallo di pattuglia. In pochi secondi, lo sbirro scientifico si è trasformato in uno sbirro esploratore. Ha ficcato le mani sotto la mia maglietta e ha cominciato a lavorare di carezze e di sfioramenti. Poi è sceso sotto e dietro la cintura, con competenza e professionalità. Gli ho aperto la camicia per annusare l'agrumeto che si portava addosso, e un minuto dopo eravamo avvinghiati sul pavimento, svestiti, accaldati. Mi aspettavo un assalto all'arma bianca, degno di un guerriero, ma Guiscardo ha continuato con la sua tecnica di tenerezze tattili, di moine e di tocchi leggeri, come se fossi stata di cristallo. Ho dato un po' di energia all'azione, adoperando i muscoli, ma lui non ha inteso, e si è lanciato in un lento lavoro di gesti protettivi, misto a cinguettii e frasi sdolcinate. Insomma, dopo dieci minuti era ancora lì che cincischiava con le mie varie dotazioni, ma senza mai decidersi all'affondo. Ho pensato che fosse di quelli che vanno pazzi per i preliminari, e mi sono rassegnata all'attesa. Un minuto dopo non ho più avuto dubbi: era davvero uno di quelli che si sentono obbligati a farla lunga con smancerie e attenzioni, come se dovessero precisare, con delicatezze e con parole da fidanzatini sussurrate all'orecchio, che il sesso è meno importante del sentimento, quando invece, visto che si sta svolgendo proprio una roba di sesso, dovrebbero pensare soltanto a spingerlo dentro con vigore e concentrarsi sul dosaggio della potenza. Comunque, ormai speravo che la faccenda si concludesse in fretta, dato che tutte quelle lungaggini mi avevano fatto passare la fregola. Ma alla fine lui si è deciso a ficcarlo con vigore, proprio mentre riflettevo sullo stravagante imprevisto per il quale, dopo anni di astinenza, me n'erano capitati due in meno di mezz'ora. Ed eravamo finalmente sulla strada buona, quando un suono percussivo, martellante, si è aggiunto ai nostri mugolii.

«Il telefono», ha bofonchiato Guiscardo.

«Scatena la bestia e poi rispondi. Ce la puoi fare», gli ho consigliato. Non ha obiettato. Ha dato un paio di colpi più veloci, ha emesso un gemito in falsetto e un secondo dopo è scivolato via da me, rotolando su un fianco come un sacco male appoggiato. Poi ha pescato il cellulare frugando nell'ammasso dei calzoni.

«Mi dica», ha risposto, affannato. E subito dopo ha aggiunto: «Sto battendo la pista... Sì, sto correndo... Forse ho qualche novità... Sì, dica pure. Ascolto». Poi, dopo una lunga pausa, ha mormorato: «Non è possibile... No, non è possibile...»

Ho drizzato le orecchie, ma non ho potuto seguire la conversazione, perché anche il mio telefono ha cominciato a ronzare. Mi sono alzata e ho risposto, mentre mi spostavo, nuda, in negozio per non disturbare lo sbirro, accoccolato sotto il tavolo, nudo anche lui, in ascolto del suo capo o qualcosa del genere.

Mi sono rannicchiata dietro il bancone e ho scorto due clienti ferme, davanti alla vetrina, in attesa della riapertura.

«Cazzo», ho detto, abbassando la testa.

«Una nuova forma di saluto?» ha scherzato Rinaldo, dall'altra parte.

«Scusami... Parla, veloce, ho da fare.»

Lui non ha nemmeno respirato: «Lola, la morta nella bara non è Aldina Chiappero», ha detto in un fiato. Ho taciuto e ho voltato la testa nei due lati, come per constatare che nessuno avesse sentito. Un tremore incontrollabile ha scosso la mia schiena e ho dovuto cambiare posizione. Da accovacciata com'ero, dietro il bancone, come se stessi pisciando dietro un cespuglio, ho dovuto girarmi e mettermi in ginocchio, piegando poi la schiena e restando per così dire quasi a quattro zampe, con una mano a terra, come un animale, e l'altra all'orecchio, con il cellulare. Se mi avessero dato la scossa con due cavi elettrici avrei reagito con meno terrore. Ho inspirato, ho contato fino a dieci. Ho cercato di trattenere un urlo di rifiuto. Ho espirato con molta calma e alla fine ho potuto chiedere: «Perché dici che non è lei?»

«La cicatrice...» ha detto Rinaldo.

«La cicatrice?»

«Sì, Lola. Ho studiato a fondo il volto della candidata, lo sai, durante la ricerca in rete. E so che aveva una cicatrice che le tagliava il labbro superiore. Piccola, a volte mimetizzata con il trucco, ma c'era...»

«Va' avanti», ho detto.

Lui ha proseguito: «Non c'era... La cicatrice non c'era».

«Dove, non c'era? Rinaldo, spiegati bene, cazzo», ho insistito, con un soffio di rabbia e voltandomi a ripetizione.

Lui ha ripreso, con calma forzata: «Sulla bocca della morta, stanotte. La cicatrice non c'era, Lola. Ce l'ho stampata in mente, quella scena, quella faccia. Ci ho pensato a lungo. Ho riguardato tutte le foto della candidata. La ricordo bene, quella cicatrice. E stanotte, invece, non c'era nessuna cicatrice, su quella bocca. Quella che hanno sepolto le somiglia molto, ma non è lei...»

Era stato tecnico, preciso, freddo come un anatomopatologo. E alla fine del discorso aveva taciuto, dando al suo silenzio la corposità dell'atto definitivo, indiscutibile.

«Sei sicuro?» ho chiesto a bassa voce.

«Lola, i dettagli... Ho imparato la lezione.»

Ho capito che potevo fidarmi. E non soltanto per come aveva preso a cuore l'invito a notare i dettagli. Conoscevo abbastanza bene pregi e difetti del mio socio e l'avevo scelto, all'inizio dell'avventura del Caveau, proprio perché ero sicura delle sue poche sicurezze. Titubante e indeciso per natura, aveva sviluppato nel tempo un linguaggio secco e un tono preciso per caratterizzare le comunicazioni di cui era del tutto certo. E in quei casi non sbagliava. Mai.

«Bene, Nureyev, sei sempre prezioso», ho concluso.

Ho posato il telefono a terra e mi sono girata, sedendo contro la parete corta del mio budello di lavoro e guardando nel vuoto. Poi sono scattata in piedi, sentendo Guiscardo, di là, che salutava. Mi sono lanciata verso il retro a testa bassa, avendo cura di restare china per non farmi vedere, nuda e scarmigliata, dalle eleganti signore in attesa di entrare. Ma nello slancio sono finita dritta, con la testa, sulla chincaglieria dondolante dello sbirro, che a sua volta stava correndo verso di me.

«Torna indietro», gli ho intimato, temendo che lo vedessero, da fuori. Aveva la faccia stravolta.

«Lola», ha mormorato, prendendomi le mani e fissandomi. La sua pausa, necessaria a riprendere fiato, mi ha permesso di parlare a mia volta, pressata dal bisogno di dare a Guiscardo quel boccone succulento, spacciandolo per il lavoro di analisi di Rinaldo, che aveva confrontato il volto della morta, comparso sui media, con quello arcinoto della candidata. Perciò l'ho guardato e nello stesso istante in cui lui ha aperto bocca ho detto: «Hanno sostituito il cadavere».

Ma le mie parole sono rimbalzate come contro un muro sonoro, dato che lui ha parlato sulla mia stessa voce, con voce polverosa: «DIO si è fatto vedere di nuovo, Lola».

L'ho guardato a testa piegata.

«Come lo sai?» gli ho chiesto.

«Me l'hanno appena detto. C'era uno zaino abbandonato, su una panchina, davanti al Cambio, in piazza Carignano. Qualcuno ha avvertito la polizia. Nello zaino c'erano le mappe e gli itinerari dei percorsi di Aldina Chiappero, giorni, ore, luoghi, con le date relative a un mese prima dell'omicidio. E la solita firma in fondo. In pratica la stavano seguendo. Forse volevano rapirla, in un primo momento. Devo galoppare sul posto. Stamattina la bara scoperchiata... E adesso i nuovi messaggi.»

Ci siamo guardati a lungo, inquieti, tenendoci per i polsi. Non mi ha chiesto che cosa gli avevo detto. Forse non aveva nemmeno sentito le mie parole, tanto era preso dalle sue.

«Rivestiamoci, ci sono clienti davanti alla porta. Esci dal retro», ho detto veloce, alla brutta, mentre mi pentivo di aver agito in quel modo impulsivo. Non per ragioni strategiche, ma perché da sempre ero attenta a non parlare troppo, specie quando ero in agitazione. Ma prendere iniziative quando si è sotto il peso di un'emozione, avevo sempre consigliato a tutti. E invece io per prima ero corsa da lui a dirgli che nella bara non c'era la candidata. Per fortuna non aveva sentito.

«Lola...» ha balbettato, mentre sistemava la camicia nei calzoni. Gli ho posato un indice sulle labbra.

«Ci sentiamo più tardi», gli ho detto. «O anche mai più, se vuoi», ho aggiunto, per tranquillizzarlo. E gli ho fatto l'occhiolino. Ha guardato l'ora, ha soffiato di lato, si è afferrato le mani.

E allora l'ho spinto fuori.

26
Il discorso

Seduto sul davanzale interno della finestra, con una gamba ciondoloni e l'altra tenuta su, a triangolo, Rinaldo ha guardato in alto, verso il cielo. Incorniciato da un'aureola di luce dorata, grazie a quell'ammicco di sole che riusciva ormai a scendere fin giù, dopo mezzogiorno, lungo la parete del loft, e farsi largo all'interno, sembrava davvero una divinità nordica. Non aveva mostrato molta eccitazione per Sandiego, entrando, e l'aveva salutato con un misero cenno del mento. Ma la sua non era stata una manifestazione di ostilità. Era soltanto angosciato. Portava ancora sulla faccia il terrore causato dalla sua stessa scoperta.

Poco prima, l'avevo preso in disparte e l'avevo abbracciato a lungo, per instillargli coraggio, per ringraziarlo del suo lavoro, per allontanare da lui l'immagine della morta senza nome. Poi, tornato di là, si era chiuso in sé e si era appollaiato su quel confine reale e simbolico fornito dalla finestra.

Tanya, invece, appena arrivata, si era buttata sull'americano e l'aveva abbracciato come se avesse ritrovato un fratello. Lui aveva sorriso al suo modo inespressivo e non aveva ricambiato l'abbraccio, ma aveva manifestato la sua gioia sfregandole lento i capelli un paio di volte, come si fa con i cagnolini, per poi riportare le braccia lungo il corpo, immobili.

«Manca soltanto Bakko», ha detto Tanya, finiti i convenevoli, a occhi chiusi e ancora raggiante per ciò che percepiva come un gioioso conclave di famiglia. Rinaldo ha emesso un vocalizzo di distacco, una specie di sputo sonoro. Non ho aggiunto una parola. Ho lasciato che effusioni e bronci si placassero su un'onda comune e neutra.

«Ci meritiamo un buon pranzo, che ne dite? Tanya, servi lo champagne», ho proposto. Poi ho indicato la tavola apparecchiata per le grandi occasioni, con tovaglia bianca, ampi sottopiatti e la serie di bicchieri previsti dalla regola. Tanya si è esibita in un salto di esultanza, a gambe unite e braccia in alto, ed è corsa verso il frigo. Rinaldo, ancora segnato in volto dalla fatica e dalle emozioni della notte, ha sorriso ed è sceso dal suo nido. Sandiego ha mimato un applauso senza rumore. Ho messo i due uomini ai lati corti del tavolo, mentre io e Tanya abbiamo occupato le due altre postazioni. Dopo due giri di champagne siamo diventati tutti più sereni, più disponibili all'unità d'intenti.

«Voglio chiedervi un piccolo aiuto», ho detto all'improvviso, mentre sporgevo in giro l'insalata di puntarelle con le acciughe. «Come sapete, io e Rinaldo siamo stati chiamati a un lavoro particolare, senza possibilità di scelta.»

Tutti hanno annuito.

«Stanotte c'è stata una svolta», ho continuato. «O, meglio, più svolte.» E ho raccontato del ritrovamento dei documenti che attestavano il pedinamento di Aldina Chiappero. Rinaldo, che ne era all'oscuro, come tutti, ha girato di scatto la testa e ha emesso un grido rauco. Ogni novità, in quella faccenda, gli costava una fitta e rappresentava forse per lui un ulteriore passo verso il baratro.

«Ora, il nostro sbirro, per quanto sia forse riuscita in parte ad ammorbidirlo», ho aggiunto, senza spiegare quale tipo di ammorbidente avessi usato, «è preso in mezzo. Deve portare risultati, se vuole salvare il culo. E non sa da che parte cominciare. Come sapete, ha messo me e Rinaldo al lavoro. E alla resa dei conti, con i suoi superiori, se non gli avremo dato qualche buon bocconcino, bilancerà il suo fallimento portando me e Rinaldo in galera, come trofei di ripiego. Sono certa che nel momento in cui dovrà decidere se sacrificare se stesso o noi non avrà esitazioni, morbido o meno che sia diventato.»

Tanya ha interrotto il silenzio seguito alle mie parole passando a turno il piatto con le frittate di gianchetti che avevo comprato in gran fretta alla gastronomia di quartiere, poco prima di convocare tutti da me. Sebbene improvvisato, avevo studiato il migliore menu, in quel negozio. Avevo voluto le migliori prelibatezze per quel pranzo che sentivo come un importante rito di aggregazione.

La prima bottiglia di champagne era finita, e con un cenno degli occhi ho dato incarico a Rinaldo di stappare la seconda. Poi mi sono alzata in piedi, con la coppa in mano, e ho ripreso il mio discorso.

«In questo momento, io e Rinaldo abbiamo un grande vantaggio sullo sbirro. Sappiamo una cosa che lui non sa. Ma è un vantaggio che potrebbe avere poca durata e che bisogna sfruttare al volo, se vogliamo uscire indenni da questa storia. Perciò ho deciso di giocare questa carta in un modo speciale.»

Non ho parlato della sostituzione del cadavere, di cui soltanto Rinaldo era al corrente. E nemmeno del progetto che avevo in testa e che era soltanto mio. Non volevo che gli altri fossero depositari di un segreto che avrebbe potuto pesare su di loro. Rinaldo ha apprezzato la mia scelta assumendo finalmente un'espressione autorevole, da condottiero.

«Insomma, ho preso una decisione. E la metterò in atto domani mattina», ho dichiarato senza enfasi. «Ma preferisco non dirvi di che cosa si tratta. Non voglio coinvolgervi. Voglio tenervi tutti al di qua, Rinaldo compreso, di una linea rossa che voglio attraversare da sola.»

Tanya ha lanciato un grido acuto e ha portato le mani alla bocca, come se avessi annunciato una missione suicida.

«Tanya, per favore, lasciami finire», ho detto, levando in alto una mano. «So ciò che faccio e ti assicuro che non correrò rischi inutili. Però ti assicuro che è giusto così. Voi ne dovete stare fuori. Soltanto in questo modo mi potrete aiutare, se sarà necessario. Quindi, tu, Tanya, se hai voglia, resterai in negozio, ma dovrai tornare al tuo attico, la sera. Potrai ridurre l'orario, se vuoi, arrivando anche più tardi, la mattina. E dovresti darmi una parrucca bionda e uno dei tuoi documenti d'identità.

Tu, Nureyev, dovresti tornare nella casa di Bakko, sulla riva destra della Dora. Devi rintracciarlo e convincerlo a dirci tutto ciò che sa su DIO. Se avesse abbandonato quel luogo, come credo, potresti riprendere la ricerca dal Barrikadero, il centro sociale vicino a Stupinigi. Trovi l'indirizzo in rete. Chiedi di lui come del 'senza nome'. O di Edo, se non capissero. Se ottieni un contatto, anche indiretto, puoi dire che lo cerchi a nome mio. Non ci sono pericoli.»

Ho interrotto la mia orazione e ho servito l'insalata di ceci, tonno e cipolla. Poi ho ripreso: «Sandiego, tu puoi stare qui, se vuoi. C'è una stanza libera, laggiù. E ti assicuro che mi faresti un piacere, perché sarei contenta di sapere che tieni d'occhio la mia tana. Ma soprattutto, mi piacerebbe che tu restassi con noi, in qualche modo, quando questa storiaccia sarà finita».

Mi sono seduta, infine, e con aria distratta ho cominciato a mangiare. Per molti minuti non si è udito altro, fra noi, che i tintinnii irregolari delle posate sui piatti, in un silenzio da convento.

«Ma tu dove vai? Perché non ce lo vuoi dire?» ha strillato di colpo Tanya, affannata.

«Preferisco non coinvolgervi», ho ribadito, «ma ti assicuro che non mi espongo ad alcun pericolo. Voglio soltanto che lo sbirro non sappia come e dove mi sto muovendo, non voglio dargli alcun vantaggio.»

Tanya e Rinaldo si sono guardati per un lungo istante e poi hanno detto, all'unisono: «Ma noi non siamo sbirri».

Ho sorriso, mesta, guardando lontano, oltre la finestra. Sapevo che a quel punto avrei dovuto spiegare l'ovvio, ma speravo di non doverlo fare.

«Tacere è l'unico modo per impedire che lui sappia. Nessuno, oltre me, dev'essere al corrente delle mie mosse.»

«Allora non ti fidi di noi», ha detto Rinaldo, come mi aspettavo. C'era una nota di risentimento, nella sua voce. Ho replicato di rimando, senza prendere fiato.

«Rinaldo, tu forse non conosci tutti i miei decaloghi. Uno di questi riguarda il dire e il tacere. Ebbene, al primo punto di quella lista c'è un semplice precetto: 'Se vuoi impedire che una persona sappia una certa cosa devi tacerla con tutti'. Potrà sembrarti eccessivo, ma ti assicuro che invece è soltanto logico. Appena pronunciata, una frase vive di vita propria, si sposta nel mondo e raggiunge in breve tempo la persona che dev'esserne all'oscuro. E non è colpa di nessuno, credimi. Ognuno di noi, anche il più oculato, pur credendo di tacere, non si rende conto, parlando, di quanto gli sfugga. Solo cementando le cose dentro di sé si può essere certi del silenzio. Purtroppo funziona così; questa è la semplice fisiologia del segreto. La sola concessione che posso fare è dare notizie di me ogni due o tre ore, telefonandovi o usando i messaggi, e sperando che nessuno, anche per sbaglio, ci intercetti.»

Ho lasciato scorrere lo sguardo su ognuno di loro, con estrema compostezza, premendo le dita sul bordo del tavolo. Non li avevo convinti del tutto, com'era prevedibile, ma almeno non c'erano state obiezioni.

«E adesso è il momento della terza bottiglia, e del fritto di pesce», ho concluso, quando mi sono resa conto che, a conti fatti, forse tutti loro erano perfino più contenti di starne fuori.

27
La matita

«Mi dispiace, ma non si può entrare senza il *pass*.»

Ho fissato con aria stupefatta il gigante in mimetica e ho spinto in alto gli occhialoni da sole, sopra la cascata di capelli biondi e ondulati della parrucca ch'ero andata a prendere a casa di Tanya. Ma lui ha ignorato le mie mosse ed è rimasto fermo, di guardia, davanti all'androne signorile e lucido di cera, sotto i portici bruniti di piazza Statuto.

Avevo tentato di entrare usando la vecchia tecnica del passo sicuro e dell'aria assorta, ma lui non ci era cascato. Imbracciava un mitra e parlava senza guardare negli occhi gli stolti che osavano rivolgergli la parola. Con uno così non servivano i trucchi dozzinali. E nemmeno le tecniche da femmina, i sorrisi, le moine, le boccucce a cuore. E in ogni caso, il mio sobrio abbigliamento da mezza stagione, composto di calzoni bianchi e camicetta verde scuro, di taglio maschile e senza orpelli, non si prestava a ruoli da seduttrice. Sapevo che la sede torinese del partito era stata posta sotto sorveglianza armata, dopo l'omicidio della candidata, e non mi aspettavo certo di riuscire a entrare al primo tentativo. Ma ero abituata a procedere rispettando la scala delle difficoltà. Avevo preparato un vasto repertorio di trucchi per riuscire ad arrivare ai piani alti. Si trattava soltanto di passare al numero due della lista.

«Sono una collaboratrice ausiliare della Digos», ho detto, «e devo parlare con il dottor Terlizzi. Ho una certa urgenza.»

Non avevo mentito del tutto, dato che lavoravo sotto incarico di Guiscardo. E l'avrei tirato in ballo, se necessario.

«Mi dispiace, ma non si può entrare senza il *pass*.»

Il gigante, che in realtà doveva essere un robot, non aveva mosso un solo muscolo, parlando.

«Allora mi dovrebbe dire come posso ottenere il *pass*, per favore.»

Anziché rispondere ha parlato nel polso e ha mormorato una sigla. Mezzo minuto dopo sono apparsi dall'interno dell'androne due figuri in giacca e cravatta, filiforme l'uno, compatto l'altro, e mi hanno preso in consegna. Mi hanno scortato fino al primo piano e mi hanno indicato un ufficio spoglio, con un bancone alto, da agenzia di assicurazioni. Lo smilzo è passato dall'altra parte, mentre il più robusto si è piazzato dietro di me a gambe larghe.

«Due documenti», ha fatto il primo.

«Due?» ho chiesto stupita.

Non ha risposto e ha atteso. Erano preparati, decisi, operativi. Gente con i controcazzi, per dirla come si deve. L'idea dei due documenti era davvero buona. I delinquenti, in genere, anche i più smaliziati, se ricorrono ai documenti falsi si limitano a un solo tipo. Ho stretto in modo virtuale le loro mani, poi ho rovistato nella borsa, ho trafficato con il portafoglio e ho posato sul banco la carta d'identità che avevo avuto da Tanya e che mostrava la foto di una donna bionda dal nome esotico di Zoya Kotova.

«Niente patente?» ha chiesto il magro.

«Niente patente. Mai avuta», ho risposto, «problemi di vista.» In realtà la mia vista è sempre stata perfetta. Ma la patente, quella, non l'avevo. Non ho mai saputo per quale ragione non l'avessi presa. Ho sempre rinviato, per qualche motivo ignoto, quel passo. E, in ogni caso, non avrei potuto mostrare una patente a nome Zoya Kotova, anche se ne avessi avuta una.

«Tessera sanitaria? Codice fiscale? Servono due documenti, mi spiace», ha detto il deperito.

Sono rimasta bloccata un attimo, poi ho tentato il colpo. Ho ritirato la carta d'identità e ho posato la borsa sul bancone.

«Porto sempre un documento solo, in città, per paura degli scippi», ho detto.

«Mi spiace, non può passare», ha ribadito lo scagnozzo.

«Possiamo fare così», ho ribattuto, «le lascio tutta la borsa, portafoglio compreso. La tiene lei, in ostaggio. Me la riprendo quando esco.»

E ho deposto il fardello sul piano, spingendolo verso di lui e aprendolo davanti al suo naso. Dentro avevo davvero il portafoglio, ma i miei veri documenti erano al sicuro, in corso Marconi. Però potevano esserci altri pericolosi indizi, la tessera del supermercato o qualcosa di simile che non ricordavo, ma con il mio vero nome. Era un rischio che dovevo correre, pensando che se avessero accettato la sfida non avrebbero mai osato frugare dentro.

«Perché vuole vedere il dottor Terlizzi?» ha chiesto il cerbero, spingendo a sua volta la borsa verso di me.

«Sono al servizio della Digos. Compiti riservati. Ho una comunicazione urgente da fargli», ho detto, pratica, mentre lui batteva sulla tastiera di un computer e inseriva in chissà quale archivio i dati che aveva trascritto poco prima. Se saltava fuori che Zoya era una puttana, già fermata e trattenuta più volte, ero spacciata. Ho pensato che forse avrei dovuto chiedere a Tanya se Zoya era incensurata, prima di assumerne l'identità.

«A posto. Ma sarà accompagnata dal mio collega e guardata a vista», ha detto quel solerte guardaspalle.

«Posso andare?» ho dedotto.

«No, prima mi serve in dettaglio il motivo del colloquio.»

«Ho notizie importanti sul caso di Pecetto, legate a una controversa questione di medicina legale. Il dottor Terlizzi capirà», ho spiegato.

La mia frase era molto vaga e senza riferimenti concreti, ma aveva la lunghezza, il ritmo, la forma e le parole adatte a sembrare chiara e seria, vaga e profonda. E lo stesso Terlizzi, quando gliele avrebbero riferite, doveva sentire quella frase come portatrice di benefici, di dati utili alla sua causa.

«Bene. Adesso salgo dal dottor Terlizzi. Attenda qua.»

Avevo pensato a lungo alla forma da dare a quella frase, e lo sforzo, fino a quel punto, era stato premiato.

Due minuti dopo, un trillo sgangherato, a venti centimetri dalla mia nuca, mi ha strappato un rantolo di spavento.

«Sì, va bene», ha detto il muscoloso alle mie spalle. «Mi segua», ha aggiunto, rivolto a me. Ho afferrato la borsa e mi sono accodata.

Lo staff del partito era al secondo piano. Dopo aver percorso le due rampe di scale che mandavano odore di cera, siamo stati accolti da un secondo sbarramento armato, sul pianerottolo, ma è bastato un cenno d'intesa tra il mio angelo custode e l'energumeno di sentinella per ottenere il via libera. L'ufficio di Terlizzi era al fondo di un corridoio lungo il quale si aprivano altre stanze piene di gente, in un susseguirsi di suoni umani e di telefoni che squillavano. Dai manifesti appesi alle pareti, la faccia seria e tonda della candidata Aldina Chiappero vegliava sul lavoro dei suoi scudieri. Tutte le lampade erano accese, anche nelle stanze in piena luce, in un innaturale sfolgorio da vigilia di Natale.

«Prego, la stanno aspettando. Io resto qui fuori.»

«Grazie», ho risposto.

Sono entrata a passo deciso e con il braccio dritto, disteso in avanti e tenuto basso, con la mano obliqua pronta per essere stretta.

L'ufficio di direzione del partito era grande, dominato da due bandiere issate e pendenti ai lati di una grande scrivania di legno, vegliata alle spalle dal volto gigantesco di uno dei padri fondatori di quel gruppo politico, incorniciato d'argento.

Terlizzi non era alla scrivania, ma seduto su una delle due poltrone rococò che creavano una specie di piccolo salotto, sulla destra, vicino alla finestra protetta da tende color pistacchio. Teneva la cravatta allentata sulla camicia azzurro chiaro, aperta sul collo. Il sudore gli disegnava sotto le ascelle due macchie scure che sembravano sostegni di stampelle. Gli occhiali spessi rendevano le sue pupille assenti, puntiformi e distanti.

L'altra poltrona era occupata dalla famosa assistente particolare della candidata, l'onnipresente tuttofare: la signora con la parrucca rossa. Dava l'idea di essere altissima, sebbene fosse seduta. Indossava jeans come nuovi e una camicia bianca perfetta, con i polsini aperti. Teneva sulle ginocchia un portadocumenti e mordicchiava una matita appuntita.

«Le prendo una sedia», ha proposto Terlizzi, cortese, dopo lo scambio di saluti, ciondolando come una mongolfiera verso la scrivania.

«Ecco, si metta qui. Scusa, Sandra», ha detto Terlizzi, tenendo la sedia davanti a sé, come un domatore.

Mi sono sistemata davanti a loro, al vertice più acuto di un triangolo isoscele. Mi avevano lasciato la vista sulla finestra e sulla piramide irregolare e pietrosa del monumento ai caduti del Fréjus.

«Dunque, lei lavora per la Digos», ha esordito la signora Sandra, sorridendo con freddezza. Ho subito notato il suo pallore celato sotto un trucco elegante. Anche le occhiaie, mascherate dai cosmetici, restavano visibili. L'attaccatura dei capelli era perfetta, ma sapevo di sapere, e il dettaglio delle tempie, non del tutto parallele, era rivelatore. Che cosa c'era, in quella donna, di enigmatico? Ero sicura che mi mancava un passaggio, un punto di arrivo capace di tenere insieme quei particolari che sentivo ancora slegati.

Ma non potevo fissarla troppo a lungo. Ho abbassato lo sguardo e ho detto, piano: «In realtà sono una sensitiva. Ho collaborato anni fa con la Digos... Non si dovrebbe sapere, ma a voi posso dirlo...»

Ho esitato, su quelle parole, come se temessi di sbilanciarmi troppo.

«Avanti, parli», ha tagliato corto Terlizzi.

Ho mostrato i palmi aperti e ho abbassato il mento, deferente, poi ho proseguito, inventando a manetta: «Quando gli investigatori brancolano nel buio e non sanno più quali pesci prendere, si avvalgono talvolta di metodi per così dire poco scientifici... Mi avevano chiesto una consulenza su un caso di sequestro di persona...»

La facciona color formaggio stagionato di Terlizzi si è come contratta. Occhi, naso e bocca si sono raggrumati al centro e spinti avanti. Ha tolto gli occhiali e ha obiettato d'impeto: «Allora non è venuta qui su indicazione della Digos».

La sua voce sabbiosa si è sfilacciata sulle ultime sillabe. Ho accavallato le gambe e ho replicato, veloce, parlando a raffica, senza dar loro il tempo di intervenire: «No, mi sono mossa da sola. Ma è molto importante che voi sappiate. Stamattina, quando ho visto il telegiornale, quando hanno mostrato quella bara scoperchiata, sono andata in *trance* e ho avuto una visione. Ho tremato per almeno mezz'ora, dopo. Ho visto... Ho visto il volto della salma e ho sentito, non chiedetemi come, che in quella bara non c'era la dottoressa Chiappero, ma un'altra persona».

Le bocche di Terlizzi e di Sandra si sono schiuse allo stesso modo e nello stesso istante, e con lo stesso suono liquido. Nessuno di noi tre ha abbassato lo sguardo. L'atmosfera è diventata all'improvviso rovente. Il silenzio era quello che precede i duelli, nei film western.

«Lei ci sta prendendo in giro», ha detto Sandra, dopo il primo momento di stupore.

Non ho risposto.

«Come ha potuto chiedere di me, sotto, con il mio nome, se non la mandano i servizi?» ha domandato Terlizzi.

«Il suo nome era su tutti i giornali, e l'hanno ripetuto mille volte in televisione», ho balbettato ad arte.

«Lei ha mentito al servizio d'ordine», ha insistito Sandra.

«Le assicuro...» ho provato a ribattere. Ma lei si è alzata in piedi, svettando come l'asta di una bandiera. Ha tirato su le maniche della camicia e ha sibilato, picchiettandomi con l'indice sulla testa, come fossi una scolaretta disattenta: «Lei è una mitomane che vuole ritagliarsi il suo stupido quarto d'ora di notorietà. Vuole farsi pubblicità sulla tragedia di una grande donna. Adesso chiamo la sorveglianza».

E con una determinazione felina ha compiuto in due passi la diagonale della stanza, scagliandosi verso la porta. Ma ormai avevo visto i suoi avambracci. E avevo ottenuto la risposta al mistero delle sue sembianze tormentate. Certo, non avevo previsto una reazione così diretta e rabbiosa.

«La prego, mi dia ancora un secondo», ho implorato, alzandomi in piedi e tirando indietro la testa, come una medium. Lei ha bloccato la sua corsa a un passo dalla maniglia e mi ha lanciato uno sguardo gelido, criminale.

«Non abbiamo molta pazienza», ha intimato, con una smorfia di disgusto. Ma aveva ceduto.

«Mi può prestare la sua matita?» ho detto sottovoce.

Lei ha corrucciato la fronte e ha guardato Terlizzi.

«Sandra, dalle la matita», ha ripetuto lui, mostrando una mano ad artiglio. La sua espressione segnalava l'intenzione di offrirmi ancora una chance. E per la prima volta sembrava che fosse lui a comandare.

Sandra è tornata indietro e mi ha consegnato la matita. L'ho stretta fra le mani giunte, dopo essermi di nuovo seduta, e ho chiuso gli occhi. Sono rimasta così, immobile, sul bordo della sedia, per più di un minuto. Poi ho cominciato a gemere piano, come se ripetessi una nenia monocorde a labbra chiuse. Ho cominciato a muovere la schiena avanti e indietro e infine ho lanciato un mezzo urlo, ho spalancato gli occhi, ho fissato Sandra e ho detto con una voce roca, bronchitica: «Lei ha il cancro».

Ho lasciato cadere la matita dalle mani e mi sono accasciata in avanti, come priva di forze e prossima a svenire. Terlizzi è balzato in piedi sporgendo le braccia, per evitare che cadessi a terra, ma ho subito rialzato la schiena.

«Scusate», ho mormorato.

«Che cosa sa di me?» ha detto Sandra, spaventata.

I suoi lineamenti si sono contorti ed è stato come se le avessi visto il teschio.

«Quando mi ha appoggiato l'indice sulla testa...» ho risposto, «è stato un attimo... Ho visto... Ho avuto come... Ho visto le sacche della chemioterapia... L'ospedale...»

Non le ho detto che avevo visto i segni rosso scuro dei prelievi di sangue all'interno degli avambracci. E che quei segni clinici avevano chiuso il cerchio, unendo la parrucca, il pallore e le occhiaie in un unico punto.

Il silenzio che ha accolto le mie ultime parole è rimbombato sulle pareti dell'ufficio come un'ondata di ultrasuoni.

Se avesse avuto una pistola, Sandra l'avrebbe usata per liberarsi di me, per mettere a tacere chi mostrava di vedere in maniera così nitida ciò che lei cercava di nascondere in qualunque modo. E credo che stesse per scagliarsi in ogni caso contro di me, quando Terlizzi ha alzato un braccio verso di lei, ha mostrato la mano aperta e l'ha mossa in cerchi irregolari, come chi passa la spugnetta su una lavagna.

Sandra ha bloccato il suo impeto e si è trattenuta.

«Dovremmo rivedere le sue affermazioni circa la candidata», ha detto Terlizzi. Il suo tono era diventato freddo, tecnico.

Sandra mi ha fissato come se le avessi lanciato una maledizione.

«Io volevo soltanto...» ho ripreso a voce bassa. «Ho queste visioni, ogni tanto... Quando ho un'emozione forte... Stamattina ho visto la tele e... Mi sembrava giusto che foste voi i primi a...»

«Ha fatto bene a venire da noi. Ha ragione», ha replicato lui. Sembrava che volesse impedire alla sua collega di prendere decisioni affrettate, motivate da stati d'animo alterati.

«Ecco», ho aggiunto, «ho fatto ciò che sentivo. Ho compiuto il mio dovere. Ora, se volete...»

Ma non ho concluso la frase.

Non volevo certo andarmene. L'obiettivo vero della mia missione era mettere le mani sull'agenda privata della morta e venderla a Guiscardo in cambio della nostra libertà, mia e di Rinaldo. Con quel documento fra le mani lui sarebbe stato senza dubbio in grado di risalire il fiume dei segreti di Aldina Chiappero, avrebbe potuto conoscere tutto di lei e dei suoi traffici, dei suoi legami, scoprire a chi aveva dato fastidio e magari afferrare un segreto legato al suo corpo sostituito, esaminare la mappa dei suoi itinerari e poi magari si sarebbe interessato alle ore della sepoltura o a quelle precedenti, durante le quali il corpo di Aldina era all'obitorio o all'Istituto di Medicina Legale, dove potevano aver sostituito la salma. Poteva scoprire infine dove fosse finito il cadavere della vera Aldina Chiappero.

Per raggiungere quell'agenda, cartacea o elettronica che fosse, avevo deciso di agire nel momento stesso in cui Rinaldo mi aveva annunciato la sua scoperta. Avrei spacciato alle persone intime della candidata la sostituzione della salma come un prodotto delle mie doti di sensitiva. Poi avrei cercato di diventare una persona di fiducia e di entrare a far parte del loro staff.

I due palloni gonfiati che avevo davanti erano caduti nella trappola come gonzi. Si erano bevuti le mie panzane. Avevo ottenuto la loro attenzione. Il passo successivo era andare oltre, entrare in confidenza, fare in modo che richiedessero il mio aiuto su un piano più privato. Così, grazie a loro, sarei entrata in profondità nei segreti della morta, avrei frugato nei suoi cassetti.

«Non se ne vada, la prego», ha detto Terlizzi.

Gli tremavano le mani.

E ha aggiunto subito dopo: «Se lei ha ragione… Se lei ha ragione forse può aiutarci a… Se nella bara non c'è Aldina… Allora… Voglio dire, allora dov'è il corpo di Aldina? Forse lei potrebbe…»

Ho abbassato la testa per nascondere l'imbarazzo. Ma intanto gongolavo. Mi stava portando al punto che volevo.

«No, davvero… Sono sforzi che costano molta fatica… Si possono perdere i sensi…» ho balbettato.

«La prego», ha insistito Terlizzi, «abbiamo bisogno di lei. Faremo in fretta. Andremo a casa della defunta… Abbiamo le chiavi… Le diamo un suo oggetto personale e lei lo stringe, e forse riesce a vedere…»

Ho scosso la testa in segno negativo.

«Ci devo pensare», ho detto nello stesso tempo.

Ho portato le mani al viso e ho coperto gli occhi. Dopo un minuto mi sono alzata in piedi e ho annunciato, con tono grave, maschile: «Proviamo. Ma non garantisco nulla».

«Bene», ha detto lui, «resti qui, non si muova. Noi andiamo a prendere la macchina. Poi Sandra tornerà qui e scenderete insieme.»

28
Le scarpe

«Passiamo da sotto, da Moncalieri, per evitare fotografi e giornalisti», ha risposto Terlizzi, dopo aver svoltato a destra, in corso Re Umberto, anziché procedere dritto lungo corso Vittorio e puntare verso la collina.

Gli avevo chiesto per quale ragione non si fosse diretto verso il Po, dato che la villa della candidata era a Pecetto. Il suo ragionamento filava. Certo, conveniva passare inosservati alla stampa. Ma ho insistito: «Fotografi e giornalisti?» ho chiesto alla nuca di Terlizzi, incuriosita.

«Da quando c'è stato l'attentato girano intorno alla casa di Aldina come api sul miele.»

O mosche sulla merda, ho pensato.

Io e Sandra ci eravamo sistemate dietro, all'interno della grande automobile dai vetri oscurati. Sembrava che avessimo l'autista, ma Sandra aveva deciso così.

«E comunque, tu hai cominciato come autista, no?» aveva detto al suo socio, ridendo e prendendo posto vicino a me. Sandra aveva voluto che restassimo vicine, che le parlassi dei miei poteri, delle mie visioni. Si era scusata a lungo, poco prima, per aver usato parole dure contro di me.

«Siamo tutti sotto pressione», aveva concluso, «ma quando mi ha detto della malattia...»

Non avevo risposto e mi ero limitata ad abbassare la testa.

«Che cosa succede, quando ha quei... quelle percezioni...» ha chiesto Sandra, mentre ai lati scorrevano i platani di piazza d'Armi.

«Soffro molto, quando ho visioni di quel tipo, quando vedo il male...» ho sparato.

«Cancro al seno», ha detto, sistemandosi la parrucca.

«Lo so», ho risposto, a occhi bassi. Poi le ho posato una mano sul polso e ho mormorato: «E vedo anche i risultati dell'ultima TAC...»

Sandra ha stretto la faccia, chiudendola in un grumo simile a uno straccio appallottolato.

«E quindi ha visto le metastasi...»

Ho mosso la testa in segno affermativo e le ho stretto più forte l'avambraccio. Non credevo fosse così facile far credere di avere il potere divinatorio. Mi era sempre sembrato troppo scoperto il gioco della chiaroveggenza. Era chiaro che bastava stare su formule generali, partendo da dati oggettivi, per indurre i gonzi a credere alle facoltà magiche. Ma ero convinta che fossero soltanto trappole per sempliciotti. E invece le mie banalità profetiche avevano trasformato la rocciosa e agguerrita Sandra in un agnellino.

«Dal cancro si guarisce», ho detto, ispirata, afferrandole entrambi i polsi e tirando la testa indietro, come una cretina da baraccone.

«Non lo so», ha replicato lei, seria, «ma di sicuro rende coraggiosi, dopo la prima fase di paura. Manzoni sbaglia quando dice che il coraggio uno non se lo può dare, parlando di don Abbondio. Te lo puoi dare, il coraggio. Ma devi trovare le parole giuste, dentro di te, per sfidare il nemico. Magari non si vince, ma grazie a quelle parole si combatte con cattiveria, con vitalità, senza paura.»

Ho annuito. Aveva ragione da vendere. Non sapevo di Manzoni, ma sul coraggio e sulla paura avrei potuto tenere un corso. E forse avrei cominciato con le stesse parole di Sandra, magari pure citando Manzoni, visto che ormai avevo imparato una cosa nuova.

Abbiamo continuato a bisbigliare, lì dietro, con l'ombra lunga di Aldina Chiappero che incombeva fra noi.

«Ma come ha fatto ad avere la visione di Aldina Chiappero, se non ha toccato nulla di suo?» ha chiesto Sandra all'improvviso, mentre Terlizzi, superata piazza d'Armi, s'immetteva in corso Unione Sovietica.

«Le ho già detto che non lo so. A volte accade anche senza contatto. Molto di rado, ma accade.»

Un silenzio pastoso, vibrante di attese, è sceso fra noi.

Ho voltato la testa verso il finestrino. I vetri oscurati davano un colore di miele alla città. Superata la FIAT, la macchina ha puntato dritto verso Stupinigi.

«Ma adesso mi parli di lei», ha riattaccato Sandra, infervorata, sussurrando, «mi dica, quando ha scoperto di avere questi poteri? Da bambina? Da adulta? Che cosa ha provato, quando ha capito che poteva vedere oltre?»

Ho sorriso e ho mosso una mano come per scacciare quella domanda. Ma lei si è sbilanciata verso di me, ruotando il bacino e avvicinandosi fin quasi a distanza di bacio. Le nostre due parrucche, la rossa e la bionda, si sono sfiorate. Lei ha scosso la testa per indicare Terlizzi e ha sollevato le sopracciglia, come per dire che lui non avrebbe dovuto sentire le nostre confidenze, che li voleva tutti per sé, i miei segreti.

E allora ho cominciato a buttare giù un po' di balle su esperienze misteriose avute da bambina, su morti che mi sono sembrati fantasmi, su persone scomparse che all'improvviso si mostravano a me, distese in una fossa o rannicchiate senza vita in uno stanzino buio, in flash rapidissimi e incontrollabili, nella più banale sequenza di fantasie da veggenti che potessi allestire.

«Siamo arrivati», ha annunciato all'improvviso Terlizzi, sterzando oltre un cancello a sbarre sottili, azionato a distanza. Ho guardato fuori. Mi ero distratta e non avevo una nozione chiara di dove fossimo. Ho cercato di orientarmi, di intuire i rilievi della collina, ma non ci sono riuscita. La villa bianca, bassa, con veranda all'americana, era là, oltre il cancello, posata su una collinetta artificiale, circondata dal verde di un prato curatissimo. Un muretto chiaro, intonacato a calce grezza e dal profilo a onde, delimitava la proprietà.

L'auto ha aggirato l'edificio a passo d'uomo, in prima. Ha percorso un breve sentiero in terra battuta ed è scesa lungo una rampa asfaltata che portava al garage ricavato sotto la casa. Una saracinesca, in fondo, si è aperta al nostro arrivo.

«Scendete pure», ha ordinato Terlizzi, spegnendo il motore. Senza una parola abbiamo lasciato i sedili. C'era spazio per altre quattro macchine, là dentro.

«Le faccio strada», ha detto Sandra, indicando una porticina metallica al fondo del garage. «Da qui saliamo direttamente in casa, senza passare per l'esterno.»

L'ho seguita nella penombra. I neon impolverati sembravano rendere più acuto l'odore misto di cemento e gasolio.

«Un modo comodo di rientrare in casa», ho commentato, risalendo una scaletta di servizio fino al pianerottolo. Terlizzi si è affiancato a noi e ha premuto una serie di tasti sul piccolo numeratore posto vicino alla porta. Subito dopo, quando un ronzio acuto ha confermato che l'antifurto era sbloccato, ha aperto e ci ha invitate a entrare. Ho seguito Sandra lungo un piccolo corridoio ingombro di scarpe fangose, di stivaloni e di attrezzi da giardino. Al fondo, Sandra ha spinto rapida una seconda porta.

«Eccoci», ha detto, mentre le tapparelle a tutta parete, subito azionate da Terlizzi con un telecomando, si sono sollevate in perfetta sincronia. Lo spazio è stato inondato di luce, svelando un salone a tre ampie vetrate, dominato da un enorme divano grigio, ad angolo, che occupava una buona fetta dello spazio. Al centro dell'unica parete senza vetri era sospeso un enorme televisore al plasma, piatto e nero. L'insieme era primitivo e costoso insieme, come se fosse del tutto mancata ai padroni di casa la capacità di arredare. Ricordava il set improvvisato di un film di bassa qualità. Ma soprattutto sono stata colpita dall'assenza di carta. Nel mio immaginario, la casa di una personalità politica è sempre stata ingombra di giornali, riviste, libri, magari accatastati su piani diversi o disseminati alla rinfusa su sedie e ripiani di ogni tipo, in un disordine vivo, capace di trasmettere il segno dell'alacrità. Invece, quel salone diffondeva la stessa aria congelata di un negozio di arredamenti.

Non so se esista davvero il tocco femminile. Non ho mai saputo se le donne abbiano davvero, più degli uomini, l'attitudine a rendere armonico e gradevole uno spazio, come ho spesso sentito ripetere. Ho sempre temuto le generalizzazioni, in ogni loro forma, e ho sempre cercato di resistere anche a questa apparente verità. Ma gli angoli troppo vuoti di quel salone pomposo e sciatto mi hanno portato subito a ragionare sulla presunta superiorità del gusto femminile. E nello stesso tempo ho avuto la sensazione che, se questa prerogativa femminile esisteva, allora in quella casa non era mai passata una donna.

Ho cercato di pensare ad Aldina Chiappero come a una persona molto impegnata, poco incline a occuparsi dell'arredo e dell'estetica di un interno, indaffarata nella strenua attività elettorale. Ma poi, dopo essermi spinta avanti di un passo, ho notato due scarpe sportive che giacevano scomposte, distanti fra loro, sul tappeto di stile moderno che galleggiava fra il divano e il vuoto. Una calza di spugna se ne stava poco più in là, dispersa sul pavimento come la pelle abbandonata di un serpente.

Erano scarpe e calze da uomo. Come erano da uomo le calzature che avevo scorto poco prima nel corridoio di accesso.

No, in quella casa non era mai entrata una donna. Mancava per così dire l'odore di femmina.

Ho incrociato le braccia sul petto e mi sono fermata di colpo.

Ormai era tutto chiaro.

«Questa è casa sua, vero?» ho detto, voltandomi verso Terlizzi.

29
Le vetrate

«Sì, grazie. È stato gentile ad avvertirmi. Aldina Chiappero non meritava certo questo ulteriore oltraggio. Grazie ancora, e a buon rendere.»

Terlizzi ha lanciato il cellulare sul divano e ha mostrato il pollice alzato a Sandra.

«Tutto a posto?» ha chiesto la donna, stando in piedi, con la schiena appoggiata alla vetrata. Era senza parrucca, e il cranio tondo e liscio, colpito dalla luce potente del giorno, mandava un riflesso splendente.

«Il magistrato è davvero un amico», ha continuato Terlizzi, andando avanti e indietro. Aveva la faccia paonazza. In quell'interno così luminoso, le lenti fotocromatiche erano diventate scure. Non riusciva a stare fermo. La pancia molle, strizzata nella camicia troppo stretta, ballonzolava a ogni cambio di direzione.

«L'hanno chiusa?»

«Sì, hanno richiuso la bara. La scientifica non aveva più rilievi da fare. Ma, soprattutto, abbiamo fatto bene a lanciare quel comunicato stampa in cui il partito chiedeva l'immediata chiusura per rispetto della vittima. Il magistrato mi ha fatto capire che era d'accordo con noi e che ha dato indicazione di fare in fretta. E vorrei vedere che non lo fosse... Ora le indagini punteranno sul ciondolo che è stato rubato.»

Li ho osservati, seduta sul divano, loro prigioniera. Avevo le mani legate dietro la schiena. Sandra mi aveva chiesto scusa, mentre passava il nastro da pacchi intorno ai miei polsi. Poi, senza parlare, ma spingendo piano sulle clavicole, mi aveva invitato a prendere posto sul divano e si era allontanata.

A causa delle tre grandi vetrate, la luce del sole irrompeva nel salone con un'intensità accecante. Era inutile avere una casa, se era impossibile proteggersi da tutta quella violenza. Ai tempi della galera pensavo che la vera tortura fosse segregare i carcerati in celle dalle quali era impossibile godere della luce del giorno, del colore del cielo. Ma in quel momento, ostaggio di quei due figli di puttana e costretta in una prigione inondata di sole, ho rivalutato l'ombra e ho capito come l'eccesso di luce possa far impazzire o quasi.

«Devo andare in bagno», ho detto, rivolta a Sandra.

«Prima ci devi dire a chi hai detto della tua visione», ha gridato Terlizzi, mangiandosi le sillabe e soffiando come un cobra.

Non ho replicato. Sapevo che lo scatto d'ira degli obesi è sempre pericoloso. Era una generalizzazione, certo. Ma era una delle credenze più note, in carcere, anche se non l'ho mai ritenuta molto fondata. La diceria era che i panciuti hanno quasi sempre la pressione alta. E quando le loro guance superano la tonalità rosa intenso e virano al rosso acceso, svelando improvvise chiazze violacee, allora è segno che hanno superato il punto di non ritorno e stanno per vedere il picco splendente dell'ira, argenteo, come un'aura epilettica. Da quel momento possono sfogare quell'eccitazione in qualunque maniera, purché eccessiva e violenta, simile a un'eruzione vulcanica. Possono sparare, se sono armati, o colpire cose e persone con tutto ciò che trovano.

Nel dubbio, davanti alla frenesia di Terlizzi, ho lasciato passare più di un minuto, prima di rispondere.

«Non l'ho detto a nessuno», ho scandito sottovoce.

«E chi ce lo garantisce?» ha urlato lui, dandomi sulla voce.

Ho tirato le gambe sul divano e mi sono appoggiata al bracciolo, cercando di assumere una posizione da salotto, pur con le mani legate dietro la schiena.

«Io vivo sola», ho detto piano, «e cerco di limitare i contatti. Devo proteggermi dalla gente. C'è sempre qualcuno che vuole sapere… Credono che io sia una specie di bancomat della chiaroveggenza, ma non è così. Non so quando accade, non so perché accade. Ho le visioni, ma non le controllo, non le governo. E quando mi arrivano questi flash, faccio di tutto per cancellarli. Non voglio vedere l'ignoto, soffro troppo… Però, quando ho visto che nella bara non c'era la signora Chiappero, ho pensato che dovevo dirlo almeno a voi, ai suoi amici. Tutto qui.»

«E ha fatto bene. Vogliamo crederle», ha commentato Sandra.

Mi sono voltata verso di lei e ho sorriso. Terlizzi ha cominciato a torcersi le mani, rosso in volto. Respirava a bocca aperta.

«Questa storia è troppo pericolosa, Sandra», ha urlato. «Se questa va in giro a dire che nella bara non c'è Aldina succede un casino. Devono riaprirla, fare le analisi. E fra poche settimane si vota. Dobbiamo sfruttare la morte di Aldina come trampolino elettorale per il nuovo candidato. Se viene fuori questo casino dello scambio di cadaveri siamo fottuti, l'eredità politica di Aldina si disperderà in mille polemiche e supposizioni. Cazzo, Sandra, dobbiamo tenere tutto tranquillo, adesso, e sfruttare la profanazione, trattandola da atto politico. Non possiamo permetterci di lasciare andare questa stronza.»

Sandra ha abbandonato la sua posizione e ha raggiunto la borsetta che aveva posato sul divano. Ha cercato il cellulare e l'ha agitato in aria come si agita il fazzoletto alla stazione per salutare. Terlizzi ha aperto la bocca e alzato gli occhiali sulla fronte. Ha allentato ancor più il nodo della cravatta e ha allargato il colletto della camicia. Poi è andato verso il fondo del salone e ha spinto a due mani su uno dei vetri, che si è alzato con un movimento basculante. L'aria fresca dell'esterno ha reso meno rovente quel forno.

«Non ho mai detto che la lasciamo andare, cretino. Adesso chiamo l'ambulanza», ha detto Sandra. Si è allontanata e senza dire una parola ha portato il telefono all'orecchio, dopo aver picchiettato sui tasti.

«È questo che volevo sentirti dire», ha mugolato Terlizzi, e ha allargato la bocca in un riso silenzioso, cattivo, mentre colpiva l'aria, in alto, con un pugno.

Sandra ha parlottato al telefono, dandomi le spalle, e poi ha detto a voce più alta: «Sì, qui a Vinovo. Fra dieci minuti? Bene, vi aspettiamo».

Non ho avuto bisogno di altre parole. Stavano per simulare un incidente mortale e io avrei svolto il ruolo della vittima. Mi sono subito resa conto che ero andata troppo in là, che avevo giocato davvero troppo pesante. Ero riuscita a far credere che ero una sensitiva, rivelando che nella bara c'era un'altra, ma non avevo previsto che le ragioni elettorali sarebbero state più importanti della sostituzione di cadavere. Aldina Chiappero serviva loro come immagine, come strumento di pressione politica, ma non come persona, come corpo. A loro non interessava sapere quale mistero ci fosse all'origine di quello scambio di cadaveri. Al contrario, la mia scoperta ingarbugliava la faccenda, sporcava l'immagine della morta e diventava un ostacolo ai fini della sua santificazione politica. Perciò, quando li avevo informati, loro avevano pensato semplicemente di eliminare l'ostacolo, con la scusa di condurmi a Pecetto.

«Stanno arrivando?» ha chiesto Terlizzi.

«Sì», ha risposto Sandra.

Hanno puntato i loro occhi criminali su di me.

Li ho guardati in faccia decisa, dura. Ho esaminato i loro visi e i loro corpi. Le loro espressioni erano determinate, certo, ma uno era flaccido e ansimante, e l'altra, sotto chemio, non poteva certo essere nel pieno delle forze. Inoltre, aveva i tacchi alti.

I due, come azionati da un telecomando, hanno cominciato ad avanzare piano verso di me. E io, a mia volta, ho iniziato a viaggiare con la testa, ma a velocità tripla.

E ho pensato che potevo farcela, pur con le mani legate.

Dovevo abbandonare la mia borsa, era ovvio, ma in quel momento la posta in gioco era la vita. E poi, lì dentro c'erano i documenti di Zoya Kotova.

Con un colpo di reni, nonostante le mani legate, mi sono spinta in avanti, sono balzata a piedi uniti sul tappeto e sono rimasta così, immobile e storta come una scimmia, per un decimo di secondo, soffiando rabbia e immaginando di essere il drago che ad ali ripiegate sputa fuoco davanti a sé.

Dato che non erano preparati a quel mio salto verso di loro, Sandra e Terlizzi sono stati colti di sorpresa e hanno fatto un passo indietro.

Ormai in equilibrio, ho assunto la posizione a ginocchia flesse e sono scattata di lato, puntando dritto il varco aperto nella vetrata.

Loro non hanno avuto la prontezza di capire le mie intenzioni e sono rimasti immobili per il tempo sufficiente a darmi un leggero vantaggio.

Correre alla massima velocità con le mani legate dietro la schiena è complicato. Bisogna compensare gli sbilanciamenti con movimenti del bacino e spingere i piedi in fuori per tenersi in equilibrio. Ma tutto diventa facile, quando ti vogliono accoppare.

«Cazzo, prendila», ha gridato Sandra.

Ho voltato la testa di quel tanto necessario a capire le loro azioni. Lei era rimasta ferma sul posto, a gambe unite, al centro del tappeto. Non aveva nemmeno provato a muoversi. Terlizzi, invece, ubbidiente, si era lanciato al mio inseguimento. Goffo e dondolante, incapace di gesti fisici possenti, si spingeva in avanti agitando le braccia a caso, come chi annaspa e poi affonda nell'acqua alta. Così, quando ho spiccato a piedi uniti il salto oltre la barriera della vetrata aperta, lui non aveva ancora superato l'ostacolo del divano.

Appena fuori, sul prato tagliato all'inglese, ho potuto aumentare la velocità e nei primi venti metri sono riuscita a dargli un distacco significativo. Ed ero sicura di poterlo aumentare. A metà percorso mi sono anche presa il gusto di decidere la direzione, scegliendo fra quella del cancello, che avrei potuto scavalcare posando i piedi sulle barre orizzontali, e quella del muretto bianco, più basso e forse ancor più facile da oltrepassare, con le mani legate. Nel primo caso, però, sarei atterrata a pochi metri dal ciglio della strada e sarebbe stato più facile attirare l'attenzione di qualche macchina, mentre nell'altro caso mi sarei trovata sul terreno incolto, con almeno trenta metri da percorrere per raggiungere l'asfalto.

Ho scelto la prima soluzione e sono volata verso il cancello. Anni di esercizio fisico e l'abitudine al costante allenamento mi sono serviti. Appena arrivata all'obiettivo, mi sono appoggiata al lato del muretto nel quale erano piantate le staffe di sostegno e ho posato un piede sulla prima barra orizzontale del cancello. Senza esitare mi sono spinta in alto portando in su il piede più basso e spostando il peso del corpo in avanti, obbligandomi a strisciare in alto lungo le sbarre. Per evitare di cadere all'indietro mi sono anche appoggiata di peso al supporto laterale costituito dal muretto. In quel modo sono riuscita a issarmi, trascinando la spalla lungo l'intonaco. Poi ho raggiunto la seconda barra con l'altro piede, quello che era in risalita, e ho compiuto lo stesso movimento, arrivando alla sommità del cancello. Mi sono spinta in su, mi sono protesa in avanti e mi sono gettata di testa, oltre le punte delle barre verticali, incurante del rischio di restare agganciata. Nemmeno una scimmia sarebbe riuscita a compiere quell'acrobazia con tanta agilità e con le mani legate. Ma ci sono riuscita.

Mentre volavo nel vuoto, al di là del cancello, ho avuto cura di ruotare il bacino a caso, come una tuffatrice, per cercare di cadere in modo obliquo e sottrarmi così al rischio di picchiare la testa sulla terra battuta.

Il gran colpo ricevuto sull'omero mi ha indicato che ero riuscita a cadere su un fianco. E non sono svenuta, sbattendo al suolo. Spinta dallo slancio e dalla gravità, però, sono rotolata verso l'esterno di alcuni metri, cozzando con la tempia qua e là. Ma pur nella sequenza di colpi che stavo ricevendo ho avuto la certezza di essere viva e soprattutto di essere pronta a riprendere la fuga, non appena mi fossi fermata.

Durante quelle giravolte, sempre più lente, ho visto la figura massiccia di Terlizzi dietro il cancello, con le mani aggrappate alle sbarre, come un galeotto. Aveva ovviamente rinunciato a seguirmi nella scalata del cancello. E forse non aveva con sé il telecomando per aprirlo. Perciò era rimasto lì, a vedere come ne sarei uscita.

Aveva sulla bocca una smorfia che poteva anche essere un ghigno.

Quando le mie giravolte a terra si sono interrotte, ero ormai ad almeno dieci metri dal cancello. Davanti a me avevo la strada, i campi, lo spazio aperto, le villette a un piano e i capannoni isolati, posati sull'orizzonte pallido.

Ce l'avevo fatta, ero sfuggita a quei maledetti.

Mi sono rimessa in piedi, senza fatica, dopo aver raccolto le gambe nella seduta all'indiana e aver spinto con forza sui malleoli. Ottenuta la postura eretta, ero pronta a volare via, lontano, a caccia di una macchina da fermare sbraitando, o anche gettandomi sotto le ruote per farla frenare, se necessario. Ma dopo soli due secondi, appena riconquistata la posizione verticale, ho capito che le botte alle tempie che il terreno mi aveva inflitto, mentre ruzzolavo, non erano state del tutto innocue.

Tutte le villette e i capannoni hanno cominciato a vorticare intorno a me, e poi hanno smesso di girare perché la vista si è annebbiata.

E poi tutto è diventato nero, di colpo, e sono caduta di nuovo al suolo, priva di sensi.

30
La partenza

«Forse ha perso questa, saltando dal cancello», ha detto Terlizzi, con una vocina da castrato, nel momento in cui ho riaperto gli occhi.

Era fermo, con un braccio disteso davanti a sé, e reggeva in mano, come fosse stata la testa della Medusa, la mia parrucca bionda.

Mi trovavo su quello stesso divano dal quale ero scappata.

Ho girato la testa di scatto, ma un dolore acuto e pulsante che partiva dalla nuca e s'irradiava a tutta la testa mi ha impedito di compiere quel movimento repentino. Se non mi ero causata una lussazione alle vertebre cervicali, volando giù e rotolando a terra, di sicuro c'ero andata vicino.

«La sensitiva ballista è tornata fra noi», ha sottolineato Sandra, seduta sul bracciolo.

Ho guardato la parrucca e ho cercato di sorridere.

«L'ho messa per solidarietà con lei e con il suo cancro. Ma visto che lei se l'è tolta…» ho detto.

Non potevo mostrarmi debole. Rilanciare sempre, a oltranza, senza mai arretrare, era la prima regola di ogni combattimento, se si era costretti a entrare in battaglia.

«Ma lei ha ancora tutti i suoi bei capelli neri e lucidi, amica mia», ha replicato Sandra, soffiandosi sulle dita, come se avesse appena disteso lo smalto sulle unghie.

«Vado a prendere la macchina», ha detto Terlizzi.

Mentre si avviava ha dato un calcio a una delle scarpe abbandonate in giro e ha alzato le braccia al cielo fingendo l'esultanza del calciatore andato in gol.

Sandra ha annuito, poi si è avvicinata a me, si è seduta di tre quarti e ha disteso un braccio lungo la linea dello schienale, mentre tirava su le gambe a ruota, dietro di sé, come una coda doppia.

«Lei è venuta da noi, in ufficio, e ci ha detto che era della Digos. Poi ha detto che era una sensitiva. E portava una parrucca bionda. Lei crede di essere furba, vero?» ha detto, costellando di pause quelle poche parole. E ha ripetuto il gesto di soffiare sui polpastrelli.

«Che fine ha fatto l'ambulanza? Avete cambiato programma?» ho chiesto, tranquilla.

Anziché rispondere, lei ha avvicinato ancor più la sua faccia alla mia. Ho notato che la sua cornea tendeva a un lieve colorito giallo.

«Mani gelate. Occhi gialli. Metastasi al fegato, vero?» ho mormorato, indicando con il mento la zona sottostante il suo seno destro.

«La chemio rende insensibile la punta delle dita. E il fegato è intaccato, sì. Ha ragione, sono messa abbastanza male. Ma per poco che debba ancora vivere, vivrò più di lei», ha detto, e si è alzata in piedi di scatto.

«Sono costretta a smentirla, se devo credere alle mie sensazioni», ho provato a ribattere.

Sandra non ha risposto. Ha passeggiato davanti a me per qualche secondo, guardando l'orologio e scrutando in continuazione il cellulare, come se aspettasse qualche cosa.

Il doppio trillo di un messaggio ha punzecchiato l'aria. Lei ha posato gli occhi sullo schermo ed è tornata a occupare il divano nella posizione di poco prima, calma, rilassata, quasi sorridente.

«La smetta con la commediola della sensitiva», ha detto, tranquilla. «Sappiamo benissimo che lei lavora davvero per la Digos. Forse non sa che abbiamo amici fidati, in tutti gli ambienti, e che lo scambio di informazioni, ai nostri livelli, segue altri percorsi, non del tutto istituzionali. Sappiamo che lei lavora per il dottor Guiscardo, per esempio. Che sta indagando su DIO, che ha fatto ricerche intorno alla balestra. Perciò non sprechi energie in inutili teatrini.»

Il colpo è stato forte, inaspettato.

Tutto il mio castello di difese è crollato all'improvviso. Se sapevano del mio ingaggio al servizio di Guiscardo, forse erano al corrente della mia attività, e in quel caso anche Tanya e Rinaldo, al Caveau, erano in pericolo. Quel pensiero ha paralizzato per lunghi secondi la mia capacità di reagire. Non potevo sopportare l'idea di aver messo nei guai i miei amici.

Ma non dovevo lasciarmi contaminare dalla colpa. Non potevo favorire lo sviluppo di ipotesi tragiche, per quanto stessero affollando la mia immaginazione. Ho resistito all'irruzione dei pensieri neri e degli scenari cupi che discendevano dalle parole di Sandra. Per un attimo ho immaginato Tanya e Rinaldo intrappolati, legati, usati contro di me, minacciati di morte, ma ho interrotto e atrofizzato quella proliferazione di congetture. Ancora una volta ho cercato soccorso nell'azione, bloccando ogni fantasticheria.

«Certo, lavoro per la Digos», ho detto, cavalcando l'onda, «e ho informato i superiori del mio progetto. Sanno che sono qui. E aspettano mie notizie.»

Ha sorriso in modo sforzato, con aria indifferente.

Un colpo breve di clacson ha perforato il silenzio e ha prodotto una piccola eco in quel salone troppo grande, troppo spoglio. Sandra ha sollevato un braccio e dato un cenno all'esterno. Ma non si è mossa e ha replicato calma alle mie parole: «Purtroppo per lei, la Digos non avrà mai più sue notizie. E non ci prenda per imbecilli: nessuno può sapere dove si trova in questo momento, dato che abbiamo preso la decisione di venire qui all'ultimo istante, prima di salire in macchina. Al massimo i suoi capi sanno che è venuta alla sede del partito. Ma le nostre guardie di sorveglianza, in piazza Statuto, confermeranno che l'hanno vista uscire».

Ho ignorato le sue parole e ho atteggiato la bocca a un sorrisino di superiorità, guardando altrove. E per caricare di disprezzo le sue affermazioni ho sbadigliato con gusto, ho assunto una posizione più comoda, sul divano, quasi sdraiata, e ho chiuso gli occhi.

Dentro, ero invasa dal terrore.

«Mi svegli quando ha novità più interessanti», ho borbottato.

«La novità è che adesso si parte. Non possiamo permetterci, a poche settimane dalle elezioni, di far trapelare la notizia che nella bara di Aldina Chiappero c'è il corpo di un'altra donna. Se qualcun altro, oltre a lei, ne è al corrente, la sua vita diventerà merce di scambio. Ecco perché abbiamo mandato via l'ambulanza e gli addetti al pronto soccorso, quando sono arrivati», ha concluso lei.

Stavo per proporre una trattativa, quando un odore improvviso e pungente, un odore di ospedale, mi ha costretto a spostare la testa. Ma nonostante il mio slalom, l'odore è rimasto molto vicino a me. Troppo vicino a me.

Un secondo dopo, infatti, quell'odore è penetrato con forza nel mio naso, aiutato da un batuffolo di cotone umido, freddo, che qualcuno mi ha pressato con forza sulla bocca.

Ho provato a dimenarmi, ma ero trattenuta saldamente da un braccio che partendo dalla mia spalla sinistra si serrava su quella destra e mi schiacciava contro lo schienale del divano.

La mia resistenza è durata pochi secondi, poi ho visto tutto girare e infine ho perso i sensi.

L'EPILOGO

31
La tigre

«Ma guardi che ci sono soltanto io, qui dentro, e sto benissimo», disse la donna bionda che svettava, alta e sorridente, dietro il bancone.

Il ragazzo in divisa arancione con in mano la valigetta del primo soccorso si guardò intorno e poi posò lo sguardo su un aggeggio munito di display.

Era entrato poco prima e aveva chiesto dov'era la persona che stava male.

«Eppure qui è molto chiaro», aggiunse, «c'è l'indirizzo, c'è tutto: donna bionda, a terra, priva di conoscenza nel negozio denominato Le Caveau, corso Marconi eccetera.»

Tanya rise forte e gettò la testa indietro.

«Ah, sì, sono proprio io. Tutto giusto. Ma c'è un errore. Io non sono priva di conoscenza.»

«Aspetti un attimo. Vado a controllare», riprese il giovane. Poi voltò la schiena a Tanya e uscì dal negozio zoppicando in modo vistoso.

«Partita di calcio?» gli gridò dietro Tanya, allegra.

Il ragazzo, sulla porta, si voltò verso di lei, serio: «Deformazione congenita del piede».

Tanya abbassò lo sguardo e tacque.

Un minuto dopo, il giovane tornò. Spinse la porta d'ingresso del Caveau con la schiena, poiché aveva entrambe le mani impegnate nell'atto di sollevare un attrezzo orizzontale che Tanya faticò a classificare come una barella.

«Eccoci qui», fece, tranquillo.

L'altro capo della barella era tenuto da un suo collega, alto e magro, abbigliato come lui e munito di un cappello rigido dal cui varco, sulla nuca, spuntava un lungo mazzetto di capelli tenuti insieme con un elastico scuro.

Prima ancora che Tanya potesse ribadire l'assurdità di quel loro intervento in negozio, i due posarono a terra il loro carico. Il più vicino alla porta d'ingresso, quello col codino, si voltò e chiuse a chiave.

Poi, a un cenno dello zoppo, i due balzarono dietro il bancone.

Tanya capì la situazione con un attimo di ritardo, ma ebbe il tempo di lanciare un urlo, prima che i due le fossero addosso.

La immobilizzarono torcendole dapprima un braccio e poi spingendola nel retro.

«Ancora un grido e sei morta», minacciò quello con il codino.

«Dov'è Lola?» chiese d'istinto Tanya, terrorizzata.

«È impacchettata, inoffensiva. Adesso ti portiamo da lei», sghignazzò il suo aggressore.

Tanya vide spuntare l'ago di una siringa dalla mano dello zoppo e si paralizzò. La costrinsero a sedere su una delle due seggiole. Il barelliere con il codino la tenne ferma stringendole i polsi riuniti dietro lo schienale. L'altro le si avvicinò con calma, di lato, per evitare i calci. Teneva la siringa fra indice e medio, con il pollice in basso, sullo stantuffo.

«No, per favore», gridò Tanya, nonostante le minacce. Pur da seduta, agitò le gambe con una foga da ballerina di can can. Il tavolo traballò, si ribaltò e cadde su un fianco con il rumore di un'esplosione. Ma fu tutto inutile. L'ago le si conficcò profondo nel muscolo della spalla.

«Fra un minuto dormirà», dissero i due, nello stesso istante, e risero.

Tanya, bloccata nella stretta robusta del suo assalitore, si dibatté ancora per qualche stante, come una trota nelle mani del pescatore, poi abbassò di colpo la testa sullo sterno e crollò nel sonno artificiale.

«Bel lavoro», commentò lo zoppo.

Stettero in ascolto per stabilire se il breve tafferuglio avesse richiamato l'attenzione di qualcuno, ma tutto taceva.

«Ci hanno visti entrare?» chiese il giovane con il codino.

«Se anche fosse, adesso ci vedranno uscire con la ragazza in barella. Tutto regolare. In ogni caso, a quest'ora del pomeriggio c'è poca gente, in giro», rispose lo zoppo.

«Bene, allora portiamola di là e carichiamola in barella.»

Non avevano ancora iniziato le manovre di trasporto del corpo privo di sensi di Tanya, che un miagolio possente e prolungato, tenuto su un tono basso, ringhioso, vibrò nell'aria e bloccò il lavoro dei due barellieri.

Si fermarono entrambi nella posizione in cui si trovavano, chini e con le braccia protese verso le rispettive estremità di Tanya, come inseguitori di galline resi perpetui da un'istantanea.

«Che cos'è stato?» chiese lo zoppo, a bassa voce.

«Direi un gatto», rispose l'altro.

Ma sebbene la risposta fosse plausibile e soprattutto rassicurante per entrambi, i due mantennero l'immobilità.

«Un gatto, certo, ma con un verso da tigre, tanto era forte.»

Rispettarono ancora per qualche istante la consegna del silenzio, poi decisero di riprendere le azioni. Ma prima di ghermire Tanya per le ascelle, lo zoppo andò verso la porticina che dal retro dava accesso al cortile e appoggiò l'orecchio all'anta di legno.

«Che cosa fai?» chiese il suo socio allampanato.

«Zitto, mi assicuro che non ci sia nessuno, qui dietro», sussurrò l'altro. E restò in ascolto.

In quel momento, di colpo e senza preavviso, le due ante della porta si spalancarono con un boato, spinte dall'esterno come per l'irruzione di uno tsunami. Lo zoppo, rannicchiato contro l'anta di destra, fu spinto all'indietro, barcollò, si aggrappò al nulla nel tentativo di tenersi in piedi e piombò a terra avvitandosi su se stesso come fosse stato risucchiato da un mulinello. Si accoccolò sul pavimento, terrorizzato, e usò il piano del tavolo, verticale dopo la caduta, come scudo, alla maniera degli avventori durante una sparatoria in un ristorante. La fronte e gli occhi emersero da dietro quella barriera di fortuna e un nuovo urlo, più motivato e serio, uscì dalla sua gola.

Una figura statuaria, a petto in fuori e a braccia conserte, strizzata nella maglietta bianca, si stagliò in controluce nel riquadro della porta, una figura umana, maschile, di proporzioni esagerate, incorniciata dalla luminosità calda del pomeriggio.

La figura non si mosse, ma restò piantata sulla soglia, a gambe larghe.

«Spostati da lei», intimò al tizio dal codino.

Il barelliere era rimasto nella posizione iniziale, con le mani protese verso Tanya, pronte ad afferrarla.

«Ci hanno chiamati... C'era un'emergenza... Questa signora...» balbettò il giovane, che diede l'idea di continuare la sua azione e di procedere verso le caviglie di Tanya.

«Allontanati da lei», barrì il nuovo arrivato.

Lo zoppo sollevò appena la testa e disse, mentre il suo compare rialzava la schiena: «Siamo stati chiamati... La signora era priva di sensi... Cercavamo di rianimarla...»

«Due minuti fa quella signora stava benissimo», annunciò una voce bassa, senza inflessioni, metallica, come quella di un robot.

La voce proveniva dalla zona di vendita del locale.

«L'avevo chiusa a chiave, quella porta», frignò quello con il codino, guardando lo zoppo.

Dalla porta che univa il negozio al retro apparve il possessore della voce baritonale. Era completamente calvo, indossava una camicia bianca stirata alla perfezione su calzoni grigi in fresco di lana dalla linea impeccabile. Teneva le mani dietro la schiena.

I due barellieri lo fissarono.

Il calvo si rivolse allo zoppo e disse: «Abbiamo le chiavi del negozio».

Poi, senza aggiungere una parola, portò le mani davanti a sé e le pose bene in vista. Erano fasciate nella zona compresa tra i palmi e i pollici, ma le dita erano disponibili, libere. Nella mano sinistra impugnava una balestra.

I due posarono su di lui quattro occhi spaventati.

«C'è geometria anche nella realtà, non soltanto sui banchi di scuola», sentenziò il calvo, enigmatico, mentre abbassava le mani.

«Non ci fai paura, coglione. Abbiamo la tua amica bruna. Se non torniamo con la bionda, lei morirà.»

L'uomo armato di balestra non rispose. Lanciò uno sguardo al suo muscoloso complice, ancora fermo nella cornice della porta. Lo squadrò come se lo stesse sottoponendo a una radiografia.

«Credo che sia vero. L'hanno detto a Tanya prima di addormentarla, Bakko», spiegò l'altro.

Il volto di Bakko assunse un colore verde. Strinse l'impugnatura della balestra con la stessa energia che stava applicando alle mascelle. Guardò Sandiego.

«Per Lola, Sandiego?» chiese Bakko.

«Per Lola», confermò Sandiego, annunciando una devastante alleanza fra i due.

«Bene. Allora tappa la bocca a quello stronzo, Sandiego», disse Bakko con difficoltà, come se faticasse a trattenere il bisogno di azione e gli scappasse la terra sotto i piedi.

«Va bene», rispose Sandiego, e balzò all'interno della piccola stanza. Dopo aver richiuso le ante con un giro di chiavistello, spostò il tavolo con due dita e si chinò sullo zoppo, che mugolò qualche sillaba, mentre si agitava come una rana in un bicchiere. Ma fu tutto inutile. Sandiego si pose alle sue spalle, gli mise una mano sulla bocca, trattenendogli la gola con l'altra, e lo tenne nella posizione stabilita.

«Così va bene, Bakko?» chiese.

«Mettilo seduto, a gambe distese», aggiunse Bakko, con un cenno del mento.

Sandiego non ebbe difficoltà a rendere docile lo zoppo.

«Perfetto. Non ti muovere. Se questo stronzo fa un gesto stringigli la gola. Con l'intenzione di uccidere, ovviamente.»

Lo zoppo cominciò a tremare, dentro la presa di Sandiego. Tentò di parlare, ma ottenne soltanto il misero risultato di lasciar gorgogliare alcune bolle di saliva tra le dita di Sandiego.

Bakko posò la mano destra sulla tibia dello zoppo e puntò la balestra contro il ginocchio. La molla scattò con un rumore secco, simile a quello del becco di una cicogna quando batte. Il dardo di ferro s'infilò dietro la rotula e squarciò l'articolazione.

Il grido del malcapitato si frantumò in un grugnito misto a schiuma dentro il palmo della mano di Sandiego.

«Questa è per la freccia alla mano destra», disse Bakko, piano. Ricaricò la balestra e con una seconda freccia colpì l'altra gamba, nello stesso punto.

«Questo è per quella della mano sinistra», aggiunse.

Il nuovo fremito di sofferenza dello zoppo fu soffocato dalla presa indiavolata di Sandiego. Ma se la voce del giustiziato non poté liberare le grida di sofferenza, tutto il resto del suo corpo fu percorso da tremori violenti, incontrollabili. I talloni dello zoppo presero a battere sul pavimento come martelli pneumatici, mentre le braccia scuotevano l'aria lungo i fianchi, come se scrollassero l'acqua dalle dita.

Poi svenne.

«Non camminerà mai più», disse Bakko.

E issò la balestra davanti a sé, come elevandola al cielo e offrendola a un immaginario dio della vendetta.

«È stato lui a crocifiggerti?» chiese Sandiego.

«Sì, l'altro faceva il palo. Non potevano sapere che la casa sulla Dora è una catapecchia tecnologica, dotata di microtelecamere.»

«E quando l'ambulanza si è fermata in corso Marconi li hai riconosciuti?»

Bakko annuì.

«Ma ho storpiato questo pezzo di merda per Lola, non per le mie mani. Io, di me, me ne frego», disse.

Poi, pratico, aggiunse: «Sandiego, benda in qualche modo le zampe di questo coglione, per favore. Usa i suoi vestiti, quelli che ha sotto la divisa arancione. Se hai voglia, prima di bendarlo, estrai le frecce. Ma se ti fa schifo lasciale lì».

Poi si rivolse all'altro, che aveva assistito alla scena senza riuscire a dire una parola, e disse: «Ti do cinque minuti per risvegliare la bionda. Se non ci riesci la prossima freccia è per te. E non mirerò alle gambe».

Il giovane con il codino scoppiò a piangere, si distese a terra, su un fianco, e si portò le mani al volto.

Bakko avanzò di un passo e gli sparò un calcio in faccia. Rovesciato a pancia in giù, il disgraziato sputò un paio di denti sporchi di sangue e lanciò una nuova serie di lamenti acuti.

«Non si entra in guerra se non si hanno le forze per sopportare le sconfitte e il dolore», spiegò Bakko.

L'altro biascicò alcuni suoni incomprensibili, ma Bakko lo colpì di nuovo alla faccia con un secondo calcio, potentissimo.

«Ti sono rimasti quattro minuti», ringhiò, selvaggio.

Il poveretto si sollevò a fatica e tentò di avvicinarsi a Tanya, ma Bakko lo fermò: «Prima vai al lavandino e ti lavi la faccia e le mani. Se sporchi questa donna con una sola goccia del tuo sangue schifoso ti infilzo».

Ubbidiente, dolente, in lacrime, il giovane eseguì l'ordine. Poi, dopo essersi asciugato, disse, sputando grumi di sangue e masticando le sillabe: «Le abbiamo iniettato una dose bassissima di narcotico... La dose sufficiente a trasportarla in ambulanza... Si sveglierà da sola fra poco».

«Bene», disse Bakko, indicando la valigetta del primo soccorso, «allora prendi una siringa uguale a quella che hai usato con lei, con la stessa dose, e appena lei si sveglia te la inietti.»

La faccia del ragazzo si trasformò in una maschera deforme. Dalla sua bocca sdentata e sfranta uscì un guaito, ma non si mosse, restò sul posto, paralizzato dall'orrore.

Bakko lo incalzò, gli si parò davanti e gli puntò la balestra armata davanti a un occhio, senza dire una parola.

«Subito, subito...» balbettò quello, schiacciandosi contro la parete. Poi, barcollando, si spostò di due passi, si chinò sulla valigetta e frugò all'interno per qualche secondo.

Quando si rizzò aveva in mano la siringa.

«Togli la giacca e siediti a terra», sibilò Bakko.

Ormai incapace di opporsi, il giovane si sfilò la divisa da barelliere e si schiantò a terra. Guardò Bakko, ma non trovò in lui il più piccolo segno di moderazione. Sollevò la manica corta della maglietta e attese, con la siringa tenuta verticale come un gelato.

Dopo alcuni minuti, che per il ragazzo con il codino dovevano essere sembrati secoli, Tanya si agitò sulla sedia, scuotendo la testa, lenta. Nel movimento, rischiò di perdere l'equilibrio. Bakko la sorresse, lasciando che lei appoggiasse la tempia contro il suo fianco.

«C'erano due che...» mormorò Tanya, e ricadde nel sonno a testa pendula, in avanti.

«Tranquilla, è tutto a posto», disse Bakko.

E le accarezzò la liscia chioma di capelli paralleli.

Poi puntò uno sguardo di fuoco in basso.

Il ragazzo capì, piantò con forza l'ago nella sua stessa coscia e premette lo stantuffo.

Nel giro di mezzo minuto si piegò di lato, ondeggiò un poco e cadde su un fianco.

«Anche questo è sistemato», disse Sandiego.

«Hanno preso Lola. Dovevano portarmi da lei», gemette Tanya, riavendosi.

Bakko non commentò. Concentrato come un cardiochirurgo all'opera, esaminò ogni millimetro della scena.

«Va' fuori e porta qui l'autista», ordinò all'improvviso, rivolto a Sandiego.

«Dammi un minuto.»

Sandiego scavalcò gli arti feriti dello zoppo, le pozze di sangue, i brandelli di vestiti usati per le bende e passò dall'altra parte. Rientrò poco dopo portando con sé, in braccio, tenendolo come un bambino annegato, l'autista dell'ambulanza.

«Ha fatto resistenza?» chiese Bakko.

«No, nessun problema. Ho detto che mi mandava il suo collega zoppo, perché c'era bisogno del suo aiuto, in negozio. Poi, appena entrati, l'ho reso inoffensivo con un piccolo colpo sulla nuca, per evitare che gridasse o facesse storie.»

«Hai fatto bene. Posalo lì», disse Bakko, indicando la sedia libera, nell'angolo.

Sandiego adagiò il corpo inerte e lo sorresse.

Bakko si chinò sul volto dell'autista e ne scrutò da vicino i lineamenti.

«È una donna.»

«Chi?» replicò Sandiego, guardandosi intorno.

«L'autista dell'ambulanza. È una donna. Non ha peli nelle orecchie e non ha il pomo d'Adamo rilevato.»

Sandiego aggrottò la fronte, si grattò la testa e per sicurezza decise d'infilare una mano sotto la giacca arancione.

«Ha le tette. È una donna. Ma cosa cambia?»

«Nulla. Ma è una donna travestita da uomo.»

Sandiego verificò le parole di Bakko e chiese: «Che cosa ti ha insospettito, di lei?».

«Chi guida per professione si fa la barba con il rasoio elettrico, e il rasoio elettrico lascia un'ombra grigia sulle guance. Lei ha le guance lisce. Per sembrare un uomo si è limitata a non truccare occhi e labbra, a tenere le sopracciglia folte e a portare i capelli raccolti», spiegò Bakko. Il suo era il tono dell'esperto.

«E che c'entrano i peli nelle orecchie?» chiese Sandiego, divertito.

«I peli nelle orecchie sono come la barba. Li hanno soltanto i maschi», rispose Bakko.

Sandiego atteggiò la bocca all'ingiù e mostrò i palmi al soffitto, come per segnalare stupore e stima con un solo gesto. Poi aggiunse: «Ma dove le prendi queste informazioni?»

«Memorizzo soltanto le cose serie», rispose Bakko, enigmatico.

In quel momento, Tanya si contorse sulla sedia ed emise un suono modulato, a metà fra un vagito e un vocalizzo da corista.

Bakko le diede un paio di buffetti sulle guance.

«Quei due… La siringa…» gemette lei.

Aveva ripreso del tutto coscienza.

«Ormai è tutto finito, Tanya. Non è successo niente», disse Bakko.

Tanya drizzò la schiena e tenne la testa dritta. Si guardò intorno e spalancò la bocca: «Per non essere successo niente...» biascicò, e fece scorrere lo sguardo sui tre corpi e sul pavimento ridotto a un piano da macellaio.

«Quando siamo usciti di qui», spiegò Bakko, per tenerla sveglia, «abbiamo visto arrivare un'ambulanza. Ha fermato prima dell'angolo. Abbiamo guardato. Sono scesi due in divisa da pronto soccorso. Li ho subito riconosciuti. Erano i due che mi hanno bucato le mani. Abbiamo visto lo zoppo entrare da te. Siamo corsi in casa, abbiamo preso le chiavi del negozio e io ho afferrato la mia balestra. Mi segui? Sei sveglia?»

«Sì, continua», disse Tanya, con un filo di voce.

Sandiego, immobile, portò l'indice davanti al naso e sorrise all'autista che, incredula, si era svegliata e scrutava inorridita la scena.

«Ci siamo appostati dietro la porta del cortile e abbiamo ascoltato per un istante. Abbiamo sentito che ti minacciavano. Ho detto a Sandiego di miagolare forte, di entrare con prepotenza e di tenere a bada i due, mentre io facevo il giro. Li abbiamo sistemati in un attimo. Sono dilettanti. Sono già morti.»

«Fottiti», sillabò la voce sottile dell'autista.

Bakko ghermì la balestra, la armò e la puntò ruggendo sulla faccia della donna. Si fissarono a lungo e per tutto quel tempo lei non abbassò lo sguardo. Ma gli occhi quasi senza vita di Bakko, la forma della sua bocca, contratta dalla determinazione, furono sufficienti per indurla a limitare la sua dichiarazione di coraggio al confronto visivo.

Il giovane con il codino, sul pavimento, si mosse ed emise una serie di mugolii. L'effetto del narcotico stava già scemando. Bakko lo scosse con un piede. Quello tremò. Bakko gli spinse una scarpa sotto lo zigomo e gli sollevò la testa con il collo del piede. Un rivolo di bava colò dall'angolo della bocca del malcapitato.

«Io non sapevo che...» bofonchiò.

«Tu, stronzo», gli disse Bakko, palleggiando appena la testa, «adesso ti alzi e carichi il tuo socio zoppo sulla barella.»

Con movimenti da bradipo, il lungagnone si sollevò su un gomito e disse: «Non posso muoverlo così. Prima devo occuparmi delle ferite».

«Dunque, siete davvero addetti al primo soccorso», disse Bakko.

«Sì, tutti e tre», confermò lui.

«Hai tempo un paio di minuti», concesse Bakko.

«Gli ha spappolato le ginocchia. Non camminerà mai più...» disse lo smilzo, rivolto alla sua collega.

La donna indossò una maschera di freddezza e incrociò le braccia. Ma la sua pelle aveva assunto il colore della cenere.

Mentre il ragazzo agiva sul ferito, sotto lo sguardo neutro, a palpebre abbassate, di Sandiego, Bakko, senza dare spiegazioni, afferrò i calzoni e la giacca arancione dello zoppo, che Sandiego aveva appoggiato sul fornello a gas, e li indossò.

Tanya provò a levarsi in piedi, poggiando entrambe le mani sul piano del mobiletto bianco.

Come parlando a se stessa, mormorò: «Se tu e Sandiego non foste arrivati in tempo... Se per caso l'ambulanza fosse arrivata un po' prima o un po' dopo...»

Bakko si avvicinò a lei.

«La fortuna conta sempre, e molto. Ma è l'attitudine alla guerra che fa la differenza», sentenziò.

Tanya non replicò.

«Ecco, almeno le ferite sono disinfettate e bendate bene», disse a gola strozzata il ragazzo col codino. La sua voce tradiva il desiderio di mettersi agli ordini del più forte.

Con un cenno della balestra, Bakko ordinò all'autista di aiutare il complice a trasportare lo zoppo sulla barella, rimasta nella zona vendita. I due ubbidirono. La giovane autista piantò di nuovo i suoi occhi castani in quelli di Bakko, cercando forse un contatto, ma lui non raccolse l'invito.

«Bene, adesso abbiamo finito di scherzare», annunciò invece, davanti alla vetrina dello champagne. Lo zoppo era sulla barella, avvolto nella coperta color caffelatte.

Un silenzio bianco calò nel negozio. Poi Bakko si rivolse al perticone: «Tu adesso pulisci il retro dal sangue. Tanya e Sandiego, sorvegliatelo. Acqua fredda e candeggina».

Il trio si allontanò. Cinque minuti dopo, il lavoro era concluso. Bakko dettò i nuovi ordini: «Ora diventiamo operativi. Tanya, tu resti qui, ma chiudi il Caveau, vai in casa di Lola e aspetti nostre notizie. Appena torna, devi dire a Rinaldo che se ne stia a casa sua, calmo, in attesa. Noi partiamo, andiamo a smaltire questi pezzi di merda da qualche parte».

Tanya scosse più volte la testa dall'alto al basso. Teneva le mani premute sul petto, a bocca semiaperta. Poi disse: «Tienimi informata... Facci sapere di Lola...»

Bakko non ritenne importante quella richiesta e continuò: «Adesso io e questo smidollato portiamo il ferito in ambulanza. Sandiego, fai strada e porta l'autista con te. Ricordale che ho la balestra sotto la coperta».

Sandiego annuì, sorrise, si affrettò ad aprire la porta. Poi, rapido, preciso, il corteo sanitario si mosse. Quando il gruppetto sbucò sul marciapiede, Sandiego eluse i pochi curiosi che cercarono di avvicinarsi indicando il proprio cuore con l'indice e la persona distesa sulla barella con un breve scatto della testa.

In un attimo raggiunsero l'ambulanza. L'autista aprì il portellone e lo zoppo fu infilato dentro. Con un guizzo, Bakko si riprese la balestra, la infilò sotto la giacca di servizio e invitò l'altro barelliere e Sandiego a passare all'interno, con il ferito.

«Se qualcuno fa storie puoi eliminarli a mani nude», disse.

E richiuse.

«Tu guidi», intimò poi all'autista, e le indicò la portiera, tenendo le chiavi in mano. Lei salì e impugnò il volante. Bakko girò intorno al mezzo, prese posto a fianco della donna e le consegnò le chiavi.

«Vai», disse.

«Dove?»

«Sulla riva destra della Dora.»

32
Il viaggio

«Ferma qui. Sali pure con due ruote sul marciapiedi», disse Bakko.

La donna ubbidì senza un commento.

«Hai già visto questa scena, vero? Li hai aspettati qui, quando mi hanno crocifisso, vero?» chiese Bakko.

Lei non rispose, spense il motore e attese, in silenzio, guardando davanti a sé come un automa.

«Adesso dammi le chiavi dell'ambulanza e non muoverti.»

Bakko scese, girò intorno al muso del mezzo e aprì la portiera del posto di guida.

«Giù», le ordinò. Lei ubbidì.

Si avviarono insieme costeggiando il caseggiato fino alla casa bassa, di mattoni a vista. Raggiunsero la minuscola porta marrone ed entrarono nella stanza usata come stireria. Lui estrasse da sotto la blusa arancione la balestra, la posò sull'asse da stiro e intimò alla donna di prendere posto sulla seggiola. Senza mai distogliere lo sguardo da lei, si liberò della divisa dello zoppo e si avvicinò al sostegno degli abiti stirati. Scelse una cravatta stretta, nera, e l'annodò alla camicia. Poi indossò la giacca dal taglio magistrale di colore grigio chiaro, quasi lucente, che accompagnava i suoi calzoni. Afferrò una borsa di pelle mascelluta e spaziosa, da medico, vi infilò la balestra e con un colpetto del mento indicò al suo ostaggio la porta di uscita.

«Adesso portami da loro», disse Bakko all'autista, quando furono di nuovo sull'ambulanza.

Aveva parlato con una voce così calma che all'autista tremarono le tempie.

* * *

Il lago Maggiore, sulla destra, rifletteva porzioni geometriche di cielo. Rivelazioni azzurre, chiare, ricomprese fra i triangoli verde scuro dei monti che si specchiavano sulla superficie dell'acqua.

Da quando avevano lasciato la città, Bakko e l'autista non avevano aperto bocca, nemmeno durante le due soste agli autogrill. Lui si era limitato a registrare su un quadernetto estratto dalla borsa di pelle il percorso compiuto. Le sue labbra si erano appena contratte, quando l'ambulanza aveva superato il confine.

«È tutto finito, vero?» chiese all'improvviso l'autista, quando furono in vista di Ascona.

Bakko non rispose. Lasciò che il mezzo attraversasse Locarno e piegasse a destra, al cartello che indicava la strada per Lugano. Poi chiese, di colpo: «Come ti chiami?»

Aveva apprezzato il lungo silenzio di quella donna, la sua capacità di accettare la sconfitta senza mostrare segni di debolezza e senza tentare negoziati. E aveva deciso che meritava un microscopico segno di umano interesse.

«Teresa», rispose lei.

Bakko ringraziò con un lieve movimento della testa.

«Io sono senza nome», disse, in cambio.

Teresa non ribatté, come se quella risposta fosse normale.

«Non mi hai chiesto dove siamo diretti. Non mi hai chiesto chi siamo, che intenzioni abbiamo», disse di colpo Teresa, in fretta, mangiandosi le sillabe.

Bakko incrociò le braccia sul petto. La sua voce divenne metallica, sabbiosa, cattiva. La nota neutra e quasi amichevole di un minuto prima scomparve.

«Tu sei troppo stupida, siete tutti troppo stupidi per capire», disse dopo qualche minuto, con un tono annoiato.

«Non sai niente di me», si difese Teresa.

«E non voglio sapere niente», sussurrò lui, «né di te né di nessuno. Non voglio nemmeno sapere dove mi stai portando. Voglio conservare le energie necessarie per uccidervi tutti.»

Teresa sbiancò.

Bakko voltò la testa verso destra, cercando con gli occhi la piatta distesa del lago.

«Potrei dirti come è cominciato tutto questo», propose Teresa.

La testa di Bakko scattò verso di lei. Dalla sua bocca uscì una risposta possente, articolata: «Silenzio. Non voglio sapere niente. Come te lo devo dire? Non m'interessa sapere chi siete. Devo solo arrivare là e dare fuoco a tutto. E basta».

Teresa non replicò. Quell'uomo era troppo lontano, per lei.

Dieci minuti dopo, Bakko estrasse un foglio dalla borsa panciuta e lesse a mezza voce: «Non voglio immaginare scenari o predisporre strategie. Voglio essere aggredito dalla realtà ed essere costretto a reagire d'impeto, contando soltanto sull'istinto. Voglio agire senza avere il tempo di pensare, senza far riferimento ad azioni pianificate o a sviluppi ipotizzati. Voglio essere costretto a uccidere per mancanza di informazioni. L'azione pura è il contrario della tattica e deve erompere dalla necessità, dalla minaccia. L'azione pura deve esplodere con un bagliore. Voglio essere preso alla sprovvista, per poter rispondere al nemico con violenza assoluta, definitiva».

«Ho capito», annuì Teresa. Bakko ripiegò il foglio e lo ripose nella borsa.

«Non sono parole mie», disse, «ma lo sono diventate.»

Teresa non fiatò, ma rallentò, gravata dall'incendio mentale che quei dialoghi stavano alimentando dentro di lei. Strinse forte il volante, poi rilasciò la presa, scossa da tremori che voleva a tutti i costi controllare.

Poco dopo, Bakko si rivolse a lei con un tono carezzevole, fraterno: «Se vuoi sembrare un uomo devi trovare il modo di avere i peli nelle orecchie», disse, come se la sgridasse con bonarietà.

Teresa accolse quell'informazione assurda senza fare una piega, come se si trattasse di un'ovvietà. Ma la sua espressione mostrò per un attimo i segni dello stupore.

Come prima, quando lui le aveva chiesto il nome, fu rapida a cogliere nelle parole di Bakko il germe di un'intimità. Decise perciò di riprovare a sintonizzarsi con lui, fornendo una prima indicazione di viaggio: «Stiamo andando a Lugano. Secondo gli accordi, ho preso la costa occidentale del lago, quella di Verbania, per entrare in Svizzera con discrezione, lungo la via che conduce a Locarno, anche se gli eventuali controlli sono alquanto improbabili nei confronti di un'ambulanza».

Bakko osservò il profilo di quella donna seria, essenziale, che forse avrebbe definito sassosa.

«Sì, è tutto finito», disse Bakko, ignorando quelle affermazioni e rispondendo alla prima domanda di lei. «Avete perso, tu e tuoi capi, chiunque siano. Avete perso perché siete deboli, senza forza. Non so chi siete, non so che cosa volete da Lola, non so che ruolo abbiate affidato a DIO, ma avete perso. Non sapete combattere. Non siete in grado di andare fino in fondo. Avete deciso di crocifiggermi, ma avete avuto paura di esagerare e mi avete bucato la pelle anziché spappolarmi le ossa della mano. Certo, volevate soltanto darmi una lezione, non sapendo chi ero, ma le lezioni, in guerra, devono abbagliare, devono essere lampi devastanti di luce bianca. Mi avete attirato in una guerra che non è mia, Teresa, e avete sbagliato, perché vi ucciderò tutti. E poi scomparirò di nuovo, perché io non esisto.»

Teresa strinse di nuovo il volante con tutta la forza contenuta nelle sue mani e soffocò un improvviso senso di vomito.

«Avete sempre usato l'ambulanza, per i vostri traffici? Per seguire Lola e poi crocifiggermi?» chiese Bakko, poco dopo, con un tono più accademico che inquisitorio.

«L'ambulanza è il più anonimo dei mezzi. Se un'ambulanza ti segue, tu non penserai mai che stia dietro a te. Se invece ti segue un'anonima macchina grigia, la noti, la ricordi e la tieni d'occhio», rispose Teresa.

E poi aggiunse: «Ma il fatto di essere stati tutti e tre addetti di primo soccorso ha favorito la scelta».

Bakko annuì.

Lugano era vicino, ormai. Teresa rallentò a un incrocio.

Mentre il sole del pomeriggio si appoggiava a un picco alpino, la donna trovò il coraggio di gettare uno sguardo su Bakko.

«Hai ragione», disse piano.

Lui posò su di lei uno sguardo interrogativo. Notò una lacrima lenta che le scendeva verso la bocca. Ignorò quella lacrima e tornò a guardare avanti, indifferente.

«Sì, è tutto finito», ripeté Teresa, «perché ciò che è iniziato male può soltanto finire male...»

Bakko non commentò.

L'ambulanza entrò in città e scese verso il centro, per risalire poi un poco verso l'alto. Il lago, davanti a loro, brillava di riverberi mobili. Dopo un paio di curve e una repentina discesa verso la riva, Teresa imboccò una strada a sinistra e passò sotto un monumentale arco giallo. Le grosse lettere posizionate in verticale, bianche, affiancate da una teoria di stelle, annunciavano il nome e la classe dell'hotel.

Il mezzo procedette a passo d'uomo sui lastroni di pietra che costeggiavano il giardino curato e luminoso, con vista sul lago, e frenò poco più avanti, nel parcheggio a poca distanza dall'edificio giallo davanti al quale due enormi *cachepot* traboccanti di ortensie sorvegliavano, come sentinelle fiorite, la doppia porta d'ingresso in stile Art Nouveau.

«Dove siamo?» chiese Bakko, con voce scialba, mentre estraeva la balestra dalla borsa e la puntava verso di lei, tenendola bassa.

Teresa si voltò di tre quarti e disse: «Dovevamo portare qui l'amica bionda dell'investigatrice».

«Da chi?»

Teresa respirò a fondo e poi rispose: «Da mia madre. Sono nella suite al quinto piano, qui nell'hotel».

Bakko tacque per qualche secondo, poi chiese: «Basta salire o bisogna annunciarsi?»

Teresa guardò Bakko con espressione leale.

«Bisogna dire alla reception che gli eredi del professor Montoya sono attesi dalla contessa Tarkowska.»

Bakko registrò la frase mentalmente e fissò a sua volta Teresa. Non avevano più bisogno di parlare.

«C'è anche Lola, nella suite?» chiese Bakko.

«Intendi dire la bruna del negozio, la detective?»

«Sì, lei», confermò Bakko.

«Sì, è con loro. Sono partiti un'ora prima di noi, più o meno.»

«Spiega.»

Teresa inspirò, si voltò verso Bakko e parlò come un fiume in piena: «Quando siamo arrivati a Vinovo con l'ambulanza, la tua amica era distesa sul divano, priva di sensi, cloroformizzata, con mani e piedi legati. Dovevamo caricarla in ambulanza e portarla qui. Mi sono chinata su di lei e ho lanciato un urlo. Quella era la socia del tizio della Digos, era la tizia che stava indagando su DIO e sulla balestra, quella che avevamo seguito quando abbiamo capito che il poliziotto si avvaleva di lei. Seguendo lei siamo arrivati a te, alla tua casa. E anche al castellano. Quando ho capito chi avevo davanti, ho chiamato Sandra, le ho spiegato tutto. Lei ha gridato, ha chiamato Terlizzi, si sono spaventati. Tremavano, si parlavano addosso. Poi hanno stabilito che non toccava a loro decidere, che doveva pensarci la contessa. Sandra, a quel punto, ha dettato il nuovo programma. Ci ha ordinato di andare subito al Caveau, di cercare la complice, la bionda altissima, di caricarla in ambulanza e di portarla dalla contessa, dopo aver frugato ovunque, alla ricerca di qualche cosa di utile, documenti, macchine fotografiche. Lei e Terlizzi, a loro volta, avrebbero caricato in macchina la bruna e mi avrebbero preceduto qui a Lugano».

«Quanti sono, nella suite?»

«C'è Sandra, e c'è anche il suo collega, Terlizzi. Oltre alla sua amica della Digos, s'intende. Nell'altra suite c'è la contessa Tarkowska», rispose Teresa.

Bakko annuì. Poi si girò, bussò al divisorio e disse a voce alta: «Sandiego, noi andiamo su, al quinto piano. Se fra un'ora non siamo qui, sali e porta con te lo spilungone, da usare come ostaggio. Per salire devi dire alla reception che gli eredi del professor Montoya sono attesi dalla contessa Tarkowska».

Sandiego batté due colpi di conferma. Bakko ripeté il segnale e infine si rivolse a Teresa: «Portami da loro. Un solo errore, una sola bugia e sei la prima a morire», ammonì Bakko, e aprì la borsa.

«Lo so», disse Teresa. Nell'imminenza dello scontro, sembrava avere ritrovato la pace.

33
Il crollo

Teresa e Bakko percorsero a passo sostenuto il breve tratto erboso, a bordo lago, che delimitava il parcheggio dell'hotel. Lei in divisa arancione da barelliera, lui, elegante, con la borsa di pelle, sembravano davvero una coppia formata da un medico accompagnato da un'infermiera.

Raggiunsero il basso edificio giallo della reception e Bakko spinse la porta a decori floreali. Entrò sicuro, seguito da Teresa, e s'incamminò sulla guida color ametista che indirizzava i visitatori verso il bancone dell'accoglienza. Sull'altro lato della hall, un lampadario a gocce di proporzioni colossali rischiarava come un sole appena esploso i divani e le poltrone di pelle su cui sedevano alcune persone anziane, intente nella lettura dei quotidiani e indifferenti al continuo morbido cigolio della porta d'ingresso.

«Siamo gli eredi del professor Montoya», annunciò Bakko, rivolto al giovane dai capelli impomatati che li aveva accolti con un mezzo inchino, «e siamo attesi dalla contessa Tarkowska.»

«Un attimo, per cortesia», disse il ragazzo, e sorrise, mostrando una dentatura irregolare, giallognola. Si spostò di lato, compose un numero al telefono e restò in attesa.

Bakko afferrò i manici della borsa di pelle, infilò l'altra mano all'interno e restò immobile. Teresa notò il movimento e alzò gli occhi su di lui, seria.

I secondi di attesa si dilatarono oltre i limiti di sopportazione. Bakko spinse più a fondo la mano nella borsa e i muscoli dell'avambraccio slittarono, sotto la giacca, tirati dai tendini, mentre stringeva le dita intorno al manico della balestra. Finalmente, la voce del portiere li destò, in un certo senso, da quella trance da concentrazione.

Qualcuno, dall'altra parte, aveva risposto.

«Sì, la reception. Vi prego di scusarmi. Ci sono gli eredi del professor Montoya. Sono attesi dalla contessa...» disse, e restò in ascolto per meno di due secondi.

«Vi aspettano alla suite di rappresentanza. Vi faccio accompagnare», concluse il portiere, e colpì con la punta delle dita il campanello appoggiato sul bancone.

«Prego, seguitemi», squittì un ragazzino magro in divisa rossa, sorridente, apparendo da chissà dove. Precedette Bakko e Teresa verso l'ascensore, li invitò a entrare e li imitò, agendo subito sulla tastiera argentata.

«Eccoci arrivati», annunciò il lift, quando sbarcarono al quinto piano.

Sul corridoio pioveva un trapezio di luce naturale che proveniva da un lucernario a piramide. La moquette color cipria rendeva i passi silenziosi. L'addetto indicò la porta bianca, in legno spesso, che chiudeva in fondo il corridoio. Sul lato opposto, un'identica porta segnalava la presenza di una seconda suite.

«Tieni», disse Bakko, e gli cacciò in mano una banconota da cinquanta euro. Il ragazzo strabuzzò gli occhi, accolse la mancia con rapidità e guizzò nell'ascensore.

Erano rimasti soli, davanti alla porta della suite. Bakko estrasse la balestra dalla borsa. La armò e la impugnò, tenendola bassa, come una spada pronta all'uso. Nell'altra mano strinse, come fossero fiori avvelenati, le frecce.

«Potrebbero essere i tuoi ultimi minuti di vita», disse piano a Teresa.

Lei ignorò la minaccia, si avviò e bussò alla porta bianca. Bakko si tirò in disparte.

La porta si aprì all'istante.

«Venite, in fretta», disse una voce di donna.

Il varco era appena sufficiente a far passare una persona, ma Bakko, non visibile dall'interno, sollevò una gamba e scagliò la pianta del piede in avanti, spingendo la porta con tutta la forza che aveva.

La donna che aveva aperto lanciò un urlo e arretrò portando le mani alla bocca. Bakko ghermì Teresa per un polso e irruppe con un balzo nel salone vasto e luminoso, decorato con tendaggi color oro. Si tenne basso, a gambe larghe, e puntò la balestra contro la donna dai capelli rossi. Con l'altra mano, intanto, spinse forte Teresa di lato, facendola ruzzolare sulla moquette grigia.

Poi, con occhi piccoli, quasi chiusi, gobbo come un orango, mosse la balestra descrivendo davanti a sé un semicerchio, con la punta della freccia, mentre con il tallone imprimeva alla porta la spinta necessaria alla chiusura. Senza voltarsi diede una mandata al cilindretto di ottone che governava la chiusura interna.

Il salone era inondato da una luce dorata. I pesanti tendoni di *cretonne* erano tenuti legati ai lati delle finestre con *embrasse* della stessa stoffa, e il bagliore del sole si smorzava, ammorbidendosi, nel filtro delle sottotende di mussola bianca, che erano appena divaricate per consentire la vista sul verdazzurro del lago, là sotto. Bakko prese nota di ogni dettaglio con movimenti lenti della testa.

«Teresa, che cosa...» balbettò la rossa. Ma non si mosse e tenne d'istinto le braccia distanti dal corpo.

Teresa non rispose, ma si rialzò con calma, sedette su una delle due poltrone di pelle chiara e mormorò: «Non c'è più niente da fare, Sandra», e distese le mani sui braccioli.

«Dove sono gli altri?» grugnì Bakko.

«Quali altri?» provò a dire Sandra.

Bakko non oppose parole a quella risposta, ma puntò la balestra, perfezionò l'angolo di tiro e rilasciò la corda.

Aveva mantenuto lo sguardo neutro e semiaddormentato di quando era apparso, e perciò il suo gesto parve alle due donne mille volte più devastante, selvaggio e cieco di qualunque altro attacco.

La freccia attraversò la spalla di Sandra e cozzò con un rumore bagnato contro la scapola. La donna urlò, cadde su un fianco e si accasciò sul divano, avvicinando le mani alla ferita senza però trovare il coraggio di toccare la coda della freccia. Incapace di prendere decisioni cliniche, con gli avambracci che tremavano davanti al seno senza posarsi su nulla, Sandra si limitò a strappare la parrucca dalla testa e a restare riversa di tre quarti sul divano, uggiolante, come se volesse soltanto mostrare la sua calotta cranica, secca e color del gesso, così diversa da quella di Bakko, lucente e bronzea come l'ogiva di un missile.

Teresa spalancò la bocca oltre il naturale limite meccanico, balzò in piedi e arretrò fino a quando incontrò la parete. Forse avrebbe voluto parlare, ma i sussulti involontari della mandibola le concessero soltanto un inarticolato balbettio.

«Mamma...» riuscì soltanto a dire, con sforzo, e si aggrappò al tendone dorato, al quale trasmise il tremito incontrollabile di cui era diventata ostaggio.

Bakko si avventò su Sandra e le puntò la balestra, appena ricaricata, contro un occhio: «Silenzio», sibilò, «impara a soffrire in silenzio».

La camicia bianca di Sandra si stava tingendo di rosso scuro. La macchia cresceva e si dilatava, colando verso il basso con lentezza.

«Non ha preso l'arteria, sta' calma», disse Teresa, studiando a occhi piccoli, dal suo angolo, la zona colpita e il tipo di emorragia. Le sillabe erano uscite dalle sue labbra come masticate. La tenda continuava a fremere al ritmo del suo tremore, come sospinta da folate di vento.

«Sto aspettando una risposta. Ho puntato alla spalla per sentire ancora la tua voce», insistette Bakko.

Teresa, incurante del rischio, sganciò l'*embrasse* che tratteneva la tenda in posizione angolata e corse verso Sandra. Senza guardare Bakko, si occupò della donna ferita, la distese sul divano e lavorò con padronanza di gesti intorno alla spalla colpita. Pochi secondi dopo, l'urlo soffocato di Sandra e il gomito di Teresa che scattava obliquo verso il soffitto indicarono a Bakko che la freccia era stata estratta. E mentre l'infermiera strappava la camicia della donna per usarla come benda, rendendo salda la fasciatura con l'*embrasse*, Bakko abbassò veloce l'arma, si spostò procedendo di fianco, come un piccolo granchio che, sorpreso sulla roccia, si allontani verso l'acqua senza dare nell'occhio. Raggiunse a quel modo anchilosato la postazione vicino alla finestra appena abbandonata da Teresa, senza mai distogliere lo sguardo dalla porta chiusa, verniciata di bianco, che separava il salone dalla stanza successiva e la cui maniglia di ottone lucido e decorato aveva compiuto un millimetrico spostamento verso il basso.

Al secondo quasi impercettibile movimento verticale, quando fu certo di aver visto bene, Bakko distese il braccio e azionò la balestra. La freccia si piantò nel legno con uno schiocco potente, mentre dall'altra parte risuonò un'imprecazione rapida, dalla sonorità svigorita, nebbiosa.

«La prossima uccide», avvisò Bakko, senza enfasi.

La porta si aprì con lentezza, come spinta da una tartaruga.

La prima ad apparire, nel riquadro bianco, fu Lola. La camicetta verde scuro era strappata in più punti e i calzoni, graffiati e cosparsi di segni di terriccio, avevano perso l'originario biancore. Terlizzi la teneva davanti a sé, al modo di uno scudo. La cingeva con un braccio posto di traverso su di lei, da spalla a spalla. Nell'altra mano impugnava un coltello seghettato, da pane, e le teneva la lama appoggiata sulla gola.

Richiamata dal silenzio innaturale di quella rivelazione visiva, Teresa torse il collo e drizzò la schiena. Una vampa di rossore affiorò alle sue guance, già infiammate.

«No, non farlo… Basta sangue…» disse mostrando i palmi delle mani, chiazzati di macchie scure e tanto più emblematici, a sua insaputa, in quella posa sospesa.

Terlizzi mosse le pupille in tutte le direzioni. Osservò la figura distesa, sofferente e calva di Sandra. Cercò lo sguardo di Teresa, ma non lo incrociò, perché la giovane donna stava fissando Lola, invece, che sembrava indifferente alla minaccia di sgozzamento ed esibiva un'espressione seria, ordinata. Infine, gli occhi di Terlizzi si posarono su Bakko e sulla balestra.

«Allora sei tu che hai ucciso la candidata», disse.

La sua voce ricordava un rantolo. Le lenti fotocromatiche degli occhiali erano iscurite dalla luminosità della stanza, sicché sembrava fosse apparso un cieco, sulla scena.

Bakko puntò la balestra verso Terlizzi, mirando in direzione della testa. Con poca destrezza e dondolando come un dugongo, l'uomo tentò di farsi piccolo, dietro Lola, pur essendo due volte più grosso di lei, ma soprattutto orientò il più possibile la faccia contro la nuca di Lola, spiando le mosse di Bakko attraverso i capelli di lei.

«Bakko, spara prima a me, poi uccidi questo codardo con tutta calma», disse Lola.

La mano di Terlizzi tremò, sul collo bianco di Lola, ma lei fu lesta ad aggiungere: «Se mi sgozza lui ti fa un favore, e accelera la sua morte».

La fronte di Terlizzi gocciolava ormai come una spugna strizzata e luccicava, grassa, simile a una fetta di prosciutto scadente lasciata sul tavolo.

Bakko continuava a cercare con movimenti lentissimi della balestra l'angolo più adatto per scoccare il dardo capace di centrare l'uomo senza scalfire la donna.

«È tutto finito, Tonino», ripeté Teresa, con una voce nuova, più ferma, più limpida. Lei e Lola si guardarono.

«Ha sparato lui... Lui ha la balestra... Bisogna chiamare la polizia...» farfugliò Terlizzi. E indicò Bakko usando la punta del coltello come prolungamento dell'indice. La mossa di Lola fu equivalente allo scatto di un cobra. Si avventò con la bocca sul polso nudo di Terlizzi disteso davanti al suo naso e affondò i denti in profondità, con ferocia, con tenacia, fino ad assaporare il gusto del sangue, fino a sentire sotto i denti la resistenza dell'osso. Ma non mollò la presa, e sebbene Terlizzi cercasse di strangolarla con l'altro braccio, lei lavorò con impegno, si concentrò sul canino che cercava spazio nella carne, si dedicò alla spinta dei denti ignorando ogni altra sollecitazione, fino al cedimento finale, quando sentì venire meno le forze e fu costretta ad aprire la bocca, mentre nelle sue orecchie vibravano i picchi delle urla in falsetto del suo aggressore.

Durante le fasi rapidissime di quella lotta asimmetrica fra l'omaccione informe e la donna esile ed atletica, le posizioni dei due corpi persero di allineamento e si torsero in parte. Per un istante si orientarono addirittura di profilo, ruotando sull'asse. Bakko, attento come un rettile, fu rapido nel valutare il momento. E quando l'uomo si piegò un poco in avanti, sporgendo le masse glutee, rilasciò la corda. La freccia entrò con facilità sul lato esterno della natica, scavandosi un percorso orizzontale e uscendo dalla parte opposta. Terlizzi barrì e cadde a terra mulinando le braccia, stroncato.

Dopo il tiro, Bakko non cambiò posizione, sebbene Terlizzi avesse mollato la presa all'istante. Si tenne pronto a colpire di nuovo, al minimo segno di reazione. Lola balzò di lato e appoggiò le scapole alla porta bianca, cercando aria, a mani sui fianchi e con la testa rovesciata all'indietro. Poi guardò in basso e sembrò pronta a posare un piede vittorioso sulla carcassa che si agitava, burrosa e sanguinante, ai suoi piedi.

Trionfante, sudata, lacera, alzò un pollice in direzione di Bakko. Lui non si mosse. Mantenne il braccio dritto come la canna di un fucile. La mano era come fusa con la balestra. Il blocco arto-arma, nel suo insieme, somigliava ormai a una modifica genetica. Si tenne pronto a ogni sviluppo e limitò il suo movimento a una lentissima e quasi impercettibile rotazione del collo.

Nonostante i lamenti sempre più deboli di Terlizzi, Teresa non lasciò la sua posizione a fianco di Sandra e non tentò di portare le sue cure al ferito.

«Bakko...» mormorò Lola, dopo un tempo infinito e breve.

Si mosse verso di lui con passo incerto, ancora stremata dalla battaglia, posando a tratti una mano tremante sulla parete. Un rivolo di sangue chiaro le colava dalla bocca. Il sorriso stentato che rivolse al guerriero che l'aveva salvata mostrò un incisivo mozzato. Cercò le sue pupille. Anche lui tentò per un attimo di fissarla, ma il bisogno di controllare il teatro della battaglia lo trattenne, come se non potesse scartare dal programma previsto per l'azione bellica.

«Non usare quel nome», disse senza guardarla.

«La balestra...» riprese Lola, e attese, come se sapesse che lui avrebbe tradotto l'affermazione in una domanda.

«Sono andato via da casa tua per dare la caccia ai sicari che mi avevano crocifisso», rispose, senza guardare Lola.

«In quali giri hai cercato?»

«Non ho cercato», rispose Bakko.

«Che cosa vuoi dire?» chiese Lola.

«Se vuoi sapere qualche cosa, non devi chiedere. Quando chiedi, gli altri si ritirano, arretrano, tacciono. Non bisogna mai chiedere. Se vuoi ottenere informazioni su una faccenda, devi fare in modo che siano gli altri a chiedere a te», spiegò.

Lola arricciò la bocca.

«Non capisco...» disse.

«Anziché andare in giro e chiedere della balestra», riprese Bakko, infastidito dalle spiegazioni, «ho comprato una balestra. Volevo usarla negli ambienti che frequento. A poco a poco sarebbero stati gli altri a venirmi a chiedere della balestra.»

Lola distese le labbra e registrò l'insegnamento con una specie di deglutizione simbolica.

«E dunque questa qua è venuta da te a farti domande sulla balestra?» chiese, alludendo a Teresa.

Bakko alzò gli occhi al cielo, come se dare spiegazioni gli costasse più fatica che gettarsi in un conflitto armato.

«No, lei e i suoi amici li ho incontrati per caso davanti al tuo negozio. Volevano rapire Tanya.»

Lola arretrò, a quella notizia, e strinse gli occhi per tentare di mettere insieme i troppi tasselli che non andavano a posto.

«Tanya?» disse.

«Sì, ma li abbiamo beccati in tempo. Tanya e Rinaldo stanno bene. Loro erano tre. Uno l'ho steso ed è sotto, nell'ambulanza. L'altro è sotto controllo. E quell'altra ci ha portati qui. C'è Sandiego, sotto, che sorveglia i due», spiegò Bakko. E tacque, sbuffando di lato.

«Raccontami, per favore», implorò Lola.

«Quelli dell'ambulanza dovevano portarti qui. Ma quando sono arrivati ti hanno riconosciuta, hanno detto a quei due che eri una poliziotta. Ti avevano seguito fin dall'inizio. Loro si sono cagati sotto. Sono scappati qui, in Svizzera, con te. Sembra che lavorino per una contessa che sta in questo hotel. Prima di partire, hanno dato ordine a quelli dell'ambulanza di rapire Tanya.»

Le ultime parole di Bakko erano uscite dalla sua gola nella forma di un cigolio, tanto erano state pronunciate con fastidio.

Lola si rese conto che Bakko aveva ormai superato il suo limite di disponibilità sociale e che non avrebbe più aperto bocca. Perciò non gli chiese altro e sentenziò, ad alta voce, dopo aver preso fiato: «Adesso si riaprono i giochi».

E fissò Teresa, unica destinataria del gruppo nemico in grado di assumere un ruolo attivo nel nuovo teatro di battaglia.

«Ciò che è iniziato male può soltanto finire male», disse Teresa. Aveva parlato con voce ferma, scandendo le sillabe e guardando in faccia Lola. Ma Lola capì che non stava parlando con lei.

«Teresa, non mi avevi mai chiamato in quel modo...» gemette Sandra, all'improvviso.

Teresa posò sul cranio opaco della donna ferita uno sguardo obliquo.

«Perché tu non sei mia madre», sintetizzò Teresa.

Sandra spalancò gli occhi e cercò di sollevarsi su un gomito, in un gesto che annunciava la sua ribellione a quelle parole, ma fu costretta a ricadere supina emettendo un ruggito sordo di dolore.

Lola osservò la scena con indifferenza.

Posò con affetto una mano sul braccio di Bakko per invitarlo ad abbassare la balestra e disse: «Devo chiamare la polizia».

«Non è una buona idea», ribatté Bakko, con una smorfia, come se l'idea di dover parlare, spiegare, raccontare gli costasse fatica e forse addirittura dolore.

Lola notò quella sofferenza nella voce del suo primo, ermetico fidanzato, perché il suo tono cambiò e anche la sua postura assunse una linea più eretta. Gli si pose davanti e ordinò: «Adesso devi andare. Ci penso io, qui. Lasciami la balestra e le frecce. E mandami Sandiego. Hai soldi?»

«Sì, tanti», rispose Bakko.

«Allora sali su un taxi e lascia a noi l'ambulanza.»

Bakko annuì, consegnò la balestra e si allontanò senza uno sguardo, senza una parola. Prima di lasciare il salone si voltò e disse, guardando altrove: «Per te ci sarò sempre, Lola».

E uscì a spalle basse e mani in tasca, come un adolescente annoiato. Non chiuse nemmeno la porta dietro sé.

Armata di balestra, Lola andò a chiudere la porta della suite e si mosse per l'appartamento in giri sempre più stretti, fino a quando inquadrò sulla consolle un cellulare. Il braccio guizzò veloce come la lingua di un camaleonte sull'aggeggio. Lo consultò con la mano libera. Era protetto da un codice.

«Visto che hanno smontato il mio e l'hanno gettato nella spazzatura, a Vinovo, fate funzionare questo», e posò il cellulare sul bracciolo del divano.

Teresa lo afferrò, lo osservò e lo consegnò a Sandra: «Sbloccalo», disse.

Sandra aprì appena gli occhi e mormorò una sequenza di quattro cifre. Teresa le compose e porse il cellulare a Lola.

«Dove siamo?» chiese, incalzante, a Teresa.

«Hotel Tre Archi, Lugano, suite della contessa Tarkowska.»

Senza esitare, Lola fece scorrere il pollice sullo schermo e portò il telefono all'orecchio. Nel silenzio rotto soltanto dai rantoli e dai gemiti dei feriti, la risposta della segreteria telefonica, dopo i ripetuti toni a vuoto, gorgogliò con evidenza nel salone.

Quando il messaggio terminò, Lola parlò alla segreteria del cellulare: «Guiscardo, sono Lola. Sono a Lugano, all'Hotel Tre Archi, nella suite della contessa Tarkowska. Vieni subito, di corsa, non so fino a quando posso resistere».

34
Le sorprese

La maniglia si piegò verso il basso senza fare rumore.

Lola, seduta su una delle due poltrone, con la balestra appoggiata sulle cosce e ben stretta nel pugno, mosse due dita nell'aria. Sandiego colse il messaggio e osservò a sua volta la maniglia in movimento. Poi lasciò la sua postazione di controllo, a fianco della consolle, e si mosse in silenzio verso la porta, seguendo l'indicazione muta di Lola.

Anche Lola si alzò, subito dopo, ma restò sul posto, per essere pronta a combattere in caso di necessità. Controllò la situazione stringendo gli occhi a fessura.

Teresa e lo spilungone erano là, sotto la finestra, legati insieme, a terra, schiena contro schiena. Al posto delle corde, Sandiego aveva usato le lenzuola della camera da letto tagliate a strisce.

Sandra giaceva sul divano, e da quando era stata colpita aveva scelto la linea del silenzio più duro e ostinato. Terlizzi era stato rinchiuso nel cesso, sul pavimento, a culo in su, con caviglie e polsi ben immobilizzati.

Muovendosi come lumache, Lola e Sandiego presero posto a due metri dalla porta, lui fuori portata dalla vista, sul lato dei cardini, lei immobile, a gambe larghe e con la balestra pronta al tiro davanti alla linea di apertura del battente.

Quando la corsa verso il basso della maniglia si concluse, la porta venne spinta avanti, ma non si aprì, dato ch'era stata chiusa dall'interno.

Lola richiamò l'attenzione di Sandiego e picchiettò l'aria con l'indice, in direzione della serratura. Sandiego capì e strinse fra pollice e indice il cilindretto. Stava per azionarlo all'indietro, per aprire la porta, quando un leggero tramestio metallico rese evidente che chiunque ci fosse, là fuori, disponeva della chiave. E dunque non poteva essere Guiscardo. Del resto, non era passata nemmeno un'ora da quando lei l'aveva chiamato, e perciò non avrebbe davvero potuto essere già a Lugano.

Con un altro segno delle dita, Lola impartì a Sandiego l'ordine opposto. Lui ubbidì e si allontanò dalla serratura. Dopo un breve scatto, la porta cominciò a scivolare in avanti.

Lola assunse una posa ancor più flessa sulle ginocchia, e spinse le braccia in avanti, stringendo a due mani la balestra. Sandiego si appostò sul punto estremo del giro di apertura della porta, pronto a intervenire, a un cenno di Lola, su chiunque fosse entrato con intenzioni ostili.

«Sandra?» chiese una voce esitante, di donna, ma roca. Anche la porta, come la voce, esitò, e restò aperta di pochi centimetri.

Dall'interno nessuno rispose.

Allora la donna trovò la forza di spingere con più energia, fino a che la sua figura apparve agli occhi di Lola, che le intimò: «Ferma e zitta».

Accompagnò la perentorietà dell'ordine con un passo in avanti, verso la figura gobba, di vegliarda, costretta a reggersi con un bastone dal pomo argentato per non crollare in avanti. Era avvolta da un mantello ampio, pesante, dai colori ocra e rossi, di foggia orientale, simile a un tappeto. Le mani di quell'apparizione incongrua uscivano da un varco di quella campana damascata ed erano protette da guanti traforati. Portava un copricapo simile a una piramide molle, color melanzana, la cui tesa informe e larga lasciava in ombra il volto massacrato da rughe profonde, fittissime, da centenaria. Gli occhialoni dalle lenti ambrate con cui proteggeva gli occhi sembravano tazze di tè viste dall'alto.

«Sono la contessa Tarkowska», mormorò la vecchia, piegandosi ancor più in avanti e portando entrambe le mani sul pomo del bastone.

Sandiego passò al suo fianco, chiuse la porta dando un giro di sicurezza e si piazzò dietro Lola, oscurando con la sua mole parte della finestra.

«Si sieda», disse Lola, indicando la poltrona che lei stessa occupava fino a poco prima. «Se ubbidisce non le accadrà nulla di male.»

La contessa non si mosse. Spinse in avanti il naso lungo, storto, da sparviero, e cercò di decifrare il paesaggio intorno a sé. Notò Teresa e l'infermiere, prigionieri sotto la finestra. Scorse Sandra, senza parrucca, distesa sul divano macchiato di sangue.

Barcollò, fu scossa da un fremito.

«Siete della polizia?» chiese, e arrancò verso la poltrona. La sua voce aveva la sonorità di un gargarismo.

«Servizi segreti», rispose Lola.

La contessa sedette e appoggiò le mani unite sul bastone tenuto verticale fra le ginocchia. Poi abbassò la fronte sui polsi.

«E Terlizzi?» chiese, senza alzare la testa.

«Forse è ancora vivo. È di là, nel cesso, steso sul suo sangue», disse Lola, dura.

Le spalle della contessa ebbero un sobbalzo. Forse stava piangendo, in quella posizione a testa bassa, con la faccia nascosta sotto il cappello, il corpo incapsulato nel cono informe del mantello. La sua intera figura poteva apparire come un ammasso di stoffa coperta da un tappeto e decorato con un cappello. Nemmeno un millimetro della sua pelle, ormai, era visibile. O forse, a ben guardare, l'occhio attento poteva scorgere, in basso, una porzione del collo del piede, dato che nel momento in cui aveva preso posto sulla poltrona, il mantello era risalito di mezza spanna verso la caviglia, rendendo visibili i piedi infilati a pelle nuda in esili pantofole di un arancione acceso.

Quel lembo di pelle non sfuggì all'occhio semichiuso ma allenato di Sandiego che, dopo aver insistito nell'esame, si mosse e, chinandosi, avvicinò la bocca all'orecchio di Lola.

«Quello non è il piede di una vecchia», si limitò a dire a mezza voce, indifferente alla possibilità di essere sentito.

Lola posò lo sguardo sui piedi della contessa. Si voltò verso Sandiego come per chiedergli maggiori spiegazioni, ma lui era già tornato al suo posto, appoggiato al davanzale della finestra.

In quello stesso istante, la contessa tossì, e nel sussulto trovò l'occasione per riportare il piede all'interno della protezione offerta dal mantello.

Ma fu tutto inutile, il danno ormai era fatto. Lola notò quell'azione tardiva, che confermava i sospetti di Sandiego.

«La recita è finita, contessa delle balle», disse Lola ad alta voce.

Si parò di fronte alla donna con la balestra armata.

La vecchia sollevò con sforzo la faccia rugosa. Tentò una disperata reazione, spingendo avanti il collo e puntando le mani sui braccioli, ma forse capì che la partita era chiusa, perché si accasciò sulla poltrona.

Lola le strappò il cappello e lo gettò lontano. Una folta capigliatura prese forma, sul cranio della contessa, una chioma castano scuro tenuta insieme da una reticella. Lei restò immobile, a testa bassa. Lola le tolse la reticella, con deferenza, questa volta, e le sollevò il mento con la punta dell'indice. Poi le sfilò gli occhiali.

«Sandiego, libera la signora dalla sua maschera», aggiunse poi, arretrando di un passo.

Con passi lenti, da automa, Sandiego si avvicinò alla contessa, si rannicchiò davanti a lei e, dopo un breve esame visivo, appoggiò la punta delle dita vicino alla trachea della vecchia. Restò in quella posizione per alcuni secondi, come un cieco che cerchi con il tatto un nervo o i segni di uno strappo muscolare lungo un arto. La donna non oppose resistenza e non impedì a Sandiego di frugare intorno al suo collo. Ma lanciò un grido soffocato, quando lui le sollevò la pelle del collo e la tirò verso l'alto.

La maschera in silicone che ricopriva alla perfezione i tratti di Aldina Chiappero si staccò via via dalla pelle e Sandiego, alla fine del lavoro, resse davanti a sé, a braccio alzato, come Perseo con la testa di Medusa, i lineamenti molli e senza vita della contessa.

Lola sorrise.

Aldina Chiappero sprofondò la sua vera faccia nei palmi delle mani e pianse a lungo.

«Possiamo metterci d'accordo...» mormorò, tra i singhiozzi.

Lola non rispose.

La donna sollevò appena la testa e aggiunse: «Errori... Abbiamo commesso tutti troppi errori... Ma siamo ancora in tempo per...»

Tacque, sfinita, sfibrata.

«Per che cosa?» chiese Lola.

«Possiamo unire le forze... Ci sono soldi per tutti... Abbiamo i contatti giusti... Nuove identità all'estero...» propose Aldina Chiappero, con un filo di voce.

Lola lasciò passare un paio di minuti.

«Prima raccontami tutto, poi ci ragioniamo. Potrebbe essere un'idea. Di che cifre parliamo?» chiese poi, gonfiando una vela di speranza nel tono della voce.

Aldina Chiappero si rianimò un poco.

«Abbiamo di che campare per sempre, all'estero, tutti quanti.»

Aveva pronunciato le ultime parole con il suono di chi cammina sui rami secchi.

«Bene», convenì Lola, «un buon inizio. Parli, adesso.»

La candidata respirò più volte in modo sonoro.

«Mamma, devi dire tutto», disse Teresa, dal suo angolo.

Il gemito di Sandra, lungo, disperato, acuto, attraversò il salone come il lamento di un gatto nella notte.

35
Le illusioni

«Era tutto così semplice...» proseguì la candidata risorta.

Alla fine, la sera era scesa sul lago con lentezza estiva, senza dare nell'occhio. Ma nel salone della suite di rappresentanza della contessa Tarkowska, dove nessuno aveva deciso di accendere le lampade, il buio aveva vinto la sua battaglia in anticipo.

Aldina Chiappero aveva iniziato a parlare all'improvviso, dopo l'invito di Lola e di Teresa. All'inizio si era limitata a mormorare frasi isolate, di rassegnazione, di sconfitta, e poi, a poco a poco, mentre i volti e i corpi scomparivano nella tenebra, trasformando le voci in oggetti solidi, aveva cominciato a parlare: «Servizi segreti...» aveva ripetuto, «quindi sapete tutto».

Lola si era limitata a confermare: «Sappiamo molto».

A quelle parole, Aldina Chiappero aveva cominciato il suo racconto, esausta: «Era davvero tutto semplice, all'inizio...»

Chiuse gli occhi. Dopo una pausa continuò: «Ero giovane. Lavoravo in un'agenzia di pubblicità, con il mio socio. Un bel giorno, un politico ci affida un incarico importante, un lavoro nella comunicazione. Prendo in mano io la questione... Il mio primo lavoro grosso... Sono felice, ci metto l'anima, ottengo risultati impressionanti... A quel punto, il politico mi chiede di entrare nel suo staff. Ha bisogno di gente attiva, per la propaganda. Mi sento arrivata, e non avevo ancora trent'anni. Lavoro per il partito, mi do da fare...»

La voce di Aldina Chiappero non aveva più la veemenza dei suoi comizi, ma risuonava nel buio come una litania.

«L'entusiasmo... C'è stato un momento, un momento che è durato anni, in cui ero sicura di essere composta esclusivamente di entusiasmo. Quasi non dormivo... Organizzare la politica e studiare le vie del consenso era più eccitante dell'amore... E giravano i soldi, tanti soldi. Mi sono anche sposata, in quel periodo, così, senza pensarci. Era tutto così semplice...»

Aldina Chiappero trasse un respiro lungo, profondo, e tacque. Lola non parlò. Nessuno fiatò, nemmeno Terlizzi, che Sandiego era andato a prelevare dal cesso, prima del buio, su ordine di Lola. Senza più gli occhiali, mugolando di dolore, il portaborse si era trascinato dal cesso fino al salone come una foca morente, strisciando a pancia in giù e spingendo con le spalle per avanzare.

Quando sembrò che Aldina Chiappero stesse per riprendere a parlare, si levò la voce sottile di Teresa: «E sei rimasta incinta di me».

Ma le sue parole furono ghigliottinate sull'ultima sillaba da un grido di rabbia.

«Non è vero. Non è vero... Tu sei mia figlia!» gridò Sandra. E ripeté quelle quattro parole fino a spegnerle in un lamento.

La risposta di Teresa giunse subito, tranquilla.

«Non insistere, per favore. Vi ho sentite parlare. Ero piccola, avevo meno di quattro anni, ma ricordo tutto. Tu, mamma, stavi dicendo a Sandra che avevi fatto bene a passarmi a lei, che con lei stavo bene ed ero in salute. Dicevi che tu non avresti potuto seguirmi come mi seguiva lei, e che in fondo andava bene così, dato che Sandra era tua sorella. Capisci, Sandra, perché ho preferito non chiamarti mai più 'mamma'?»

Il silenzio che seguì durò forse mezz'ora. Nessuno ebbe il coraggio di aggiungere una parola.

Poi Aldina Chiappero riprese: «Non potevo tenerti, Teresa... Il lavoro, la carriera... Ho lasciato tuo padre, dicendogli che non eri figlia sua... Ma ho preso Sandra nello staff, quando ho potuto, così anche tu...»

Un nuovo lungo silenzio, interrotto soltanto da isolati latrati di Terlizzi, sospese il tempo.

Dall'angolo di Teresa non giunsero voci.

Aldina Chiappero ricominciò a parlare con voce da sonnambula: «Ero onesta. Credevo nelle idee, nella politica. Poi sono arrivati i favori non richiesti. Non te ne accorgi e accetti, sorridi. Non devi niente in cambio, a chi ti lusinga, a chi ti coccola, a chi ti inonda di stima. Era tutto così semplice... Era bello... Ricordo il primo regalo, un orologio di grande valore in cambio della mia presenza in una festa di paese. Non dovevo fare nulla, soltanto esserci, dare l'idea che il partito era presente. Mi pagavano viaggi lussuosi, e dovevo soltanto prestare la mia immagine e quella del partito. A poco a poco, le cose maturavano, e tutto sembrava normale. Mi hanno offerto cariche simboliche e ben pagate in enti e istituzioni. E sempre senza volere niente in cambio, se non la presenza... Una vita da sogno... Quando ottengo il mio primo incarico di prestigio, in un ente importante, ecco che arrivano le prime richieste. Qualcuno comincia a ricordarmi che è ora di contraccambiare i favori. Io resto di sasso, ma inizio a capire. Mi hanno dato una mano a salire, e adesso tocca a me... Devo piazzare uno qui, dare un incarico all'altro, per pagare il debito. Mi fanno notare che una certa ditta deve vincere una gara d'appalto. Tutto così, alla buona, senza minacce, con il sorriso sulle labbra. Perché non c'era bisogno di minacce. Era tutto molto chiaro. E quando arrivo al vertice del partito e mi affidano responsabilità maggiori, il gioco diventa più duro. Sono obbligata a finanziare il partito, a piazzare amici e conoscenti, a dare ciò che ho preso. E i soldi non sono mai abbastanza. Per onorare i debiti sono costretta a inventare di tutto... E devo far girare i soldi per restare a galla. Creo una macchina del consenso sempre più perfetta, e nel frattempo riesco a dirottare fondi pubblici verso le nostre sedi. Ci sono rischi, certo, ma ormai ho conoscenze a sufficienza per controllare tutti i canali ed evitare controlli. Fondiamo società fittizie, scatole vuote per far girare i soldi e pagare chi deve tacere. Riesco a fornire quattrini al partito e a foraggiare tutti quelli che potevano mettere gli occhi sui miei traffici...»

Via via, la sua voce era diventata più calma, distesa, come una tempesta di mare che in breve tempo si placa. I sussulti, i singhiozzi, i falsetti e le cadute gutturali si stemperarono in sonorità senza picchi, in appoggi sonori confidenziali.

«Noi, il popolo...» mormorò Teresa.

Aldina Chiappero non replicò.

Ma le parole di Teresa diedero un dolore nuovo ad Aldina Chiappero, che crollò in un silenzio scosso da singhiozzi.

«Ma questa se la canta così, senza difendersi?» disse piano Sandiego, nel buio, piegandosi ancora una volta verso Lola.

Lola alzò il collo verso di lui: «Non è gente attrezzata per la guerra, Sandiego. Questi, appena stanati, parlano. Non sanno combattere con il corpo. E non hanno nemmeno resistenza mentale. Lavorano soltanto con la manipolazione e con le protezioni, gli appoggi. Messi alle strette, crollano. Ma non generalizzare. Guarda l'altra, quella con il cancro. Quella ha già imparato a combattere con il corpo, sa resistere. Quella non parlerebbe mai».

I respiri, i lamenti e i suoni nasali si placarono, nel buio.

«E poi?» disse Lola, incoraggiante.

La rediviva continuò, come se avesse atteso il segnale.

«E poi... E poi mi rendo conto che il gioco diventa sempre più pericoloso. Capisco di aver lasciato troppe tracce dei miei traffici. Perciò, un paio di anni fa, decido che devo iniziare una metamorfosi, un'uscita di scena elegante. Comincio subito cambiando vita, mi isolo, telefono il meno possibile, mi stacco dai miei stessi genitori, faccio il vuoto intorno, mi rendo antipatica a tutti nella vita privata. Mi tengo soltanto lo staff ristretto, i miei collaboratori, Sandra e Terlizzi. E Teresa, che intanto ha studiato medicina. Poi, però, tutto precipita. Un magistrato ha scovato qualche irregolarità... Stava indagando su un appalto... Hanno messo le cimici... Così, un giorno, uno dei nostri, ben piazzato e ben pagato, è venuto in sede e ha detto che mi avevano messo gli occhi addosso, che nel giro di sei o sette mesi mi avrebbero fatto a pezzi. Stavano raccogliendo le prove.»

«E ha deciso di sparire», commentò Lola.

«Sì, ho deciso di sparire.»

La voce di Teresa irruppe come l'assolo di un solista.

«E io ho fatto di tutto per aiutarti, mamma. Ho seguito le istruzioni di Terlizzi, ho assunto i miei due colleghi della Croce Rossa, riempiendoli di quattrini. Ho ucciso il vecchio collezionista, mi sono fatta in quattro per farmi apprezzare da te. Ma oggi mi sono resa conto che tutto era perso, ormai. E ho capito che tutto deve finire. Quando siamo andati a prendere l'amica del poliziotto, in corso Marconi, e siamo stati battuti, ho sentito come una voce, e questa voce mi ribadiva che non potevo più aiutarti. Quella voce è diventata più forte, mentre venivo qui. Quella voce mi diceva altro... Mi diceva che era arrivato il mio momento di abbandonarti, mamma. Tu hai voluto abbandonarmi, da piccola... Hai deciso di scaricarmi, di consegnarmi a Sandra, che non poteva avere figli. La voce mi ha detto che era arrivato il momento di restituirti il favore. E non ho opposto resistenza al tizio che ci aveva catturati. Gli ho dato la parola d'ordine per salire alla suite», disse Teresa, senza flessioni nella voce.

Sandiego si voltò verso la finestra e scrutò la superficie nera del lago, rischiarata lungo il perimetro dai riflessi gialli e tremolanti dei lampioni.

Poi Lola lasciò di colpo la sua posizione e si avvicinò quasi alla cieca alla lampada posata su uno dei tavolini di cortesia. Cercò l'interruttore e lo azionò. Una luce morbida, filtrata dal paralume arancione, disegnò la scena senza pietà.

Ferma, in piedi, in mezza torsione, con la balestra tenuta bassa e l'altra mano stretta su un fianco, Lola scrutò l'ambiente.

La massa di Terlizzi occupava gran parte del tappeto, nel tratto compreso tra il divano e la porta bianca della camera. A pancia sotto, con i calzoni irrigiditi sul culo dal sangue coagulato e nero, piagnucolava con la faccia affondata nelle mani.

Sandra appariva invecchiata di dieci anni e il suo pallore si era trasformato in un colore grigiastro, da morta.

Aldina Chiappero aveva abbandonato a terra il mantello damascato che la nascondeva e fissava Lola con occhi rossi, quasi affondati dietro occhiaie sproporzionate.

«Sandiego, hai soldi con te?» chiese Lola.

«No, poca roba.»

«Non importa. Scendi, prendi un taxi e vai al Caveau, va' da Tanya. Pagherà lei.»

Sandiego non obiettò e si mosse verso la porta senza un fiato.

Poi Lola sedette e annunciò: «Adesso dobbiamo soltanto aspettare Guiscardo».

36
La nicchia

«Eccomi», disse Guiscardo, e si fermò sulla soglia.

Poi avanzò, circospetto. Il suo passo esitante, quasi timido, contrastava con la dirittura della schiena e con la posizione della testa, a mento sollevato. La camicia bianca, stirata alla perfezione, sembrava ricavata con lastre di ghiaccio.

Il cielo, sulla collina, cominciava a ispessirsi in quel blu intenso che annuncia una tenebra intima, sussurrata. Dalla parte opposta, invece, il sole agonizzava in un incendio striato di rosso e di violaceo, dietro il profilo scuro delle montagne.

Dal fondo del terrazzo, Tanya andò incontro a Guiscardo con falcate da gazzella e allargò le braccia come per accogliere in un unico gesto la figura del poliziotto e quella di Lola, che lo spingeva da dietro, ridendo della sua timidezza.

«Lola, finalmente», esultò Tanya, «non sai come eravamo in pensiero. Da quando hai ritelefonato, ieri sera, non riusciamo a stare fermi, io e Rinaldo. Non ho dormito nemmeno un minuto, stanotte, tanto ero felice e agitata.»

Lola, in calzoni larghi, neri, e camicia blusante color aragosta, si lasciò accalappiare nella morsa di Tanya, strinse forte a sua volta e appoggiò in punta di piedi la sua testa corvina sulla spalla dell'amica.

«Lui è Guiscardo», disse infine, staccandosi da lei.

Guiscardo le porse la mano e osservò la donna, mentre lei abbassava gli occhi sulla sua camicetta bianca, striminzita, e sui calzoni stretti, color panna, per valutarne l'impatto sull'uomo.

«E lui è Rinaldo», aggiunse Lola, indicando il giovane che avanzava leggero verso di loro, mentre sotto il soffio del vento i suoi capelli sottili, che si allungavano sulle spalle, ondeggiavano con il movimento lento di una manta.

«Un angolino davvero invitante», commentò Guiscardo, dopo i saluti. «E tutto questo verde… Congratulazioni, davvero.»

Tanya arrossì, esibì un inchino abortito e allargò il braccio verso l'alto, dove il fogliame, sul pergolato, regalava a quella nicchia vegetale un'intimità vaporosa e brulicante, da retro di cascata. Poi cambiò discorso e si rivolse a Lola: «Ci devi raccontare tutto, Lola, ma tutto tutto. Ci hai telefonato tre giorni fa, in piena notte, dicendo che era tutto a posto. Siamo stati in ansia, non sai quanto. Dove siete stati, in questi tre giorni?»

Lola e Guiscardo si guardarono appena.

«Ho sete», disse Sandiego, all'improvviso.

Sembrò apparso dal nulla, e invece era entrato subito dietro Lola. Nessuno si era accorto di lui, nonostante la sua complessione.

Tanya sussultò e corse ad abbracciarlo.

«E Bakko? Dove l'avete lasciato?» chiese giuliva.

Lola si avventò di scatto su di lei e parlò forte, dandole sulla voce: «Sandiego ha sete e tu chiedi a lui dove ha lasciato il vino? Vieni, andiamo di là a scegliere la bottiglia giusta».

E trascinò Tanya all'interno.

«Non nominare Bakko, cazzo», le sibilò all'orecchio, quando furono al sicuro, davanti al frigo. «Non è mai esistito. Ho concordato con Guiscardo che vi lasceranno in pace, te e Rinaldo. Abbiamo fatto un patto. Ha accettato la mia versione, secondo la quale ho agito io, a Lugano, quando i tre dell'ambulanza sono arrivati alla suite, armati di balestra. Non fare mai più il nome di Bakko.»

«Scusami», pigolò Tanya, «è vero, me l'avevi detto, di non fare nomi…»

Tornarono sul terrazzo munite di bicchieri e di vino fresco. Posarono tutto sul tavolo e Tanya dispose le poltroncine intorno a un centro ideale.

Guiscardo sedette composto, eretto, rivolto al tramonto, mentre Lola si sdraiò quasi sulla poltroncina, allungando le gambe davanti a sé e posando la base del bicchiere sul ventre. Sandiego restò in piedi. Rinaldo accavallò le gambe e protese il busto verso Lola, ravviandosi i capelli con una mano.

«E adesso sentiamo il tuo racconto», sfarfallò la padrona di casa, incapace di stare ferma, raggiante, mentre Sandiego apriva la bottiglia.

Lola lanciò un'occhiata a Guiscardo.

«Forse è meglio che parli io», disse Guiscardo, «dato che ci sono molti aspetti coperti dal segreto istruttorio, in questa faccenda.»

Tanya annuì e sporse le labbra in fuori, con aria competente.

«Sì, racconta tutto tu», approvò Lola.

«L'idea della sostituzione è stata del signor Terlizzi, il portaborse della candidata. Ha opposto poca resistenza, quando l'abbiamo interrogato», iniziò Guiscardo.

«Conigli», biascicò Sandiego.

37
La vittima

«Quando l'ho vista non ci potevo credere», aveva detto Terlizzi, steso a culo nudo sul letto della suite, mentre Teresa gli tamponava la doppia ferita sulle natiche.

Guiscardo, seduto sulla poltrona di velluto, davanti a lui, non gli dava il tempo di riflettere: «Continui».

«Era di schiena. Aveva un'andatura un po' strana, come se faticasse a camminare. Aveva addosso un cappotto pieno di macchie. Ma era uguale a lei...»

«Uguale a chi?» aveva incalzato Guiscardo.

«Uguale ad Aldina. Stessa corporatura, stessa maniera di tenere la testa. Era ottobre, pioveva. Stavo facendo un giro di ricognizione nei mercati rionali. Per la campagna elettorale. Avevamo scelto di parlare direttamente alla gente, andando nei mercati, il sabato mattina. Ero lì, al mercato di via Santa Giulia, intorno alla chiesa. E ho visto quella barbona che somigliava ad Aldina. Era identica. Trascurata, malmessa, ma identica. Si è messa a pisciare vicino a un furgone, accovacciata.»

Una smorfia di dolore gli aveva deformato la faccia. Teresa aveva chiesto scusa. Poi aveva continuato, dopo un rapido richiamo di Guiscardo: «Aldina aveva già predisposto la sua strategia. Doveva sparire dalla circolazione dopo le elezioni, anche se avesse vinto. Perché i nostri amici ci avevano detto che la magistratura sarebbe intervenuta dopo il voto, per non turbare la campagna elettorale. Lei aveva deciso che se ne sarebbe andata senza lasciare traccia. All'estero. Aveva già preso contatti con certe cliniche asiatiche, per la plastica facciale. Voleva mettere su un canile, in Svizzera. Non sapeva ancora come avrebbe eluso ricerche e indagini, ma aveva deciso di sparire. Quando ho visto quella barbona ho avuto un lampo di genio. Ho pensato che se Aldina fosse morta, nessuno l'avrebbe mai più cercata, e lei avrebbe potuto godersi la vita con un'altra identità. Invece, scappando... Ho seguito la barbona, ho visto dove passava le notti. L'ho studiata per due o tre giorni e ho scoperto che la chiamavano Adriana, al mercato, e gli ambulanti le davano qualcosa da mangiare, quando passava di lì. Ho proposto il piano ad Aldina, a Sandra e a Teresa. Erano d'accordo. Abbiamo pianificato tutto. Siamo riusciti a comprare un'ambulanza e l'abbiamo nascosta a Vinovo, nel garage di casa mia. Teresa ha tirato nella faccenda due suoi amici infermieri, fidati e ben pagati. Il piano era semplice, anche se molto complesso: Aldina sarebbe stata uccisa da una freccia di balestra. Emorragia dell'arteria femorale...»

«Perché la balestra?» aveva chiesto Guiscardo.

«Ma è semplice: la balestra avrebbe orientato per giorni e giorni l'attenzione sull'arma. Da quando in qua si ammazza con una balestra? I giornali ci sarebbero andati a nozze, come infatti è avvenuto. E il colpo sarebbe stato attribuito agli antagonisti, agli anarchici, nascosti sotto la scritta DIO. Altra pappa buona per i mezzi d'informazione.»

Guiscardo aveva impedito a Terlizzi di prendere fiato, quando l'aveva visto chiudere gli occhi e mugolare di dolore.

«Avanti, continui, narri», aveva detto.

Terlizzi, sudato e gocciolante, aveva mosso una mano per indicare ch'era senza forze.

«La confessione spontanea riduce la pena, in alcuni casi, anche di un terzo...» aveva proposto Guiscardo.

«Loro hanno approvato il piano. Si trattava di colpire Aldina di spalle, alla coscia.»

«Non capisco il piano. In quel modo sarebbe morta davvero», aveva obiettato Guiscardo.

Terlizzi aveva storto la bocca in un sorriso marcio.

«Quella era l'idea più bella. Aldina era dotata di una protezione robusta, legata alla coscia. E sulla protezione era stata incollata una sacca di sangue.»

«Il suo stesso sangue?» aveva chiesto Guiscardo.

«No, il sangue di Adriana.»

Guiscardo aveva assunto un'espressione di fastidio, corrucciata. Un velo d'incomprensione aveva velato la sua mente scientifica. Forse si era chiesto fin dove sarebbe arrivata la fantasia criminale di quella gente.

«Il sangue di Adriana?» aveva chiesto. E aveva guardato Teresa.

La giovane aveva risposto con chiarezza: «Sì, il sangue della barbona… Quello che è uscito dalla coscia di Aldina era sangue di Adriana. L'avevamo prelevato la mattina stessa da lei e l'avevamo versato nella sacca fissata alla protezione di Aldina».

Guiscardo aveva cercato il cielo, oltre i tendaggi, come se avesse avuto bisogno d'aria.

«Adriana, la barbona…» aveva ripreso Guiscardo.

Terlizzi aveva chiuso gli occhi. Guiscardo aveva bussato con le nocche alla sua testa e lui aveva ricominciato il racconto: «Dopo che l'avevo inquadrata ho cominciato a seguirla e a farle un po' di elemosina. Ho studiato le sue abitudini, i suoi movimenti. Ogni tanto le lasciavo un sacchetto con dentro cibo e vestiti. Sono diventato assiduo, nell'aiutarla. Un bel giorno ha cominciato a ringraziarmi. Ci siamo parlati. Era mezza ubriaca. Le ho detto che lavoravo per un'associazione no profit e che avevamo scelto di dare una mano a lei. Adriana ha sorriso. Parlava poco. Anzi, non parlava mai. L'ho portata a Vinovo, e non ha fatto resistenza. L'abbiamo tenuta lì, l'abbiamo rimessa in forze, l'abbiamo nutrita come Aldina, pettinata come Aldina».

«Avete creato la sosia», aveva detto Guiscardo.

«Una sosia, sì. Senza cicatrice sul labbro.»

«Vada avanti, senza pause», aveva ordinato il poliziotto.

Terlizzi aveva inspirato forte, ma non aveva ripreso a parlare. Era gonfio, ansimante, sconfitto.

«Lo sconto di pena», aveva suggerito Guiscardo.

«Dopo un paio di mesi, Adriana era uguale ad Aldina.»

«Chi è stato a colpire la candidata con la balestra?» aveva chiesto di colpo Guiscardo.

Terlizzi aveva emesso un gemito e aveva scosso la testa in orizzontale.

«Sta' fermo», aveva detto Teresa.

«Se non parla, niente diminuzione della pena. Ricordi che chi ha colpito la candidata non ha commesso reati gravi, dato che sapeva di dover simulare un attentato, senza produrre danni alla vittima apparente.»

Teresa aveva alzato la testa di scatto.

«È vero», aveva detto a voce alta, «Dario non ha ucciso nessuno.»

«Chi è Dario?»

«Dario è mio figlio...» aveva mormorato Terlizzi, «e vorrei tenerlo fuori da questo pasticcio.»

«Per tener fuori qualcuno basterebbe non farcelo entrare», aveva sentenziato Guiscardo, freddo.

«Dario e il suo amico si sono allenati per mesi», aveva ripreso Terlizzi, «a tirare con la balestra. Teresa era andata a comprarla da un collezionista. Volevamo lasciare tracce, indirizzare le indagini sulla balestra.»

«Si sono allenati. Come?»

«Su un manichino allestito con la sacca sulla protezione. Alla fine, Dario non sbagliava più un colpo. Era pronto.»

«Ed è arrivato il giorno dell'attentato.»

Terlizzi aveva cominciato a soffiare, da qualche minuto, come se non riuscisse più a respirare normalmente. A tratti, rovesciava gli occhi all'indietro.

Guiscardo aveva ignorato la sua condizione.

«Avanti, mi ceselli il suo racconto», aveva detto, prezioso.

«Il piano era perfetto. Aldina stava parlando della mela. Dario e il suo amico l'hanno colpita alla coscia. Lei è caduta in avanti, sanguinando. Doveva cadere e prendere una botta sulla bocca, per nascondere la cicatrice sotto un livido. La finta ambulanza era lì vicino, ed è arrivata subito. Teresa era alla guida, e doveva sembrare un maschio. Aldina è stata portata dentro...»

«Veloce, Terlizzi!» aveva gridato Guiscardo.

«E nell'ambulanza c'era Adriana...» aveva detto Terlizzi, ed era scoppiato a piangere, sprofondando la faccia sul copriletto.

Guiscardo bussò di nuovo alla testa di Terlizzi, come per rendere chiaro che aveva sentito male.

«C'era Adriana, nell'ambulanza. Ed era morta», aveva detto Teresa, calma.

«Morta?»

«Morta, sì, uccisa con un colpo di balestra nella coscia. Emorragia dell'arteria femorale», aveva continuato Teresa.

«Chi l'ha uccisa?» aveva chiesto il poliziotto, incalzante.

«Lo chieda a lui.»

Terlizzi lanciò un gemito più acuto, scomposto.

«Terlizzi, lei ha ucciso Adriana?» aveva chiesto Guiscardo, portando il registratore vicino alla tempia di Terlizzi.

«Sì, l'avevamo uccisa pochi minuti prima... Con la balestra nella coscia. Era vestita come Aldina, truccata come Aldina. Con la zona della cicatrice nascosta da un livido, dato che Aldina era caduta di faccia... Aldina è entrata nell'ambulanza. Teresa è partita verso le Molinette. Ma all'ospedale hanno scaricato Adriana e sono volati via.»

Guiscardo aveva storto la bocca.

«E come avete superato i controlli post mortem? E l'autopsia?»

Terlizzi aveva quasi emesso un ghigno di soddisfazione.

«Con le elezioni così vicine, ho potuto premere sul magistrato e sui medici legali. Avevamo bisogno di seppellire al più presto la candidata per poter gareggiare alla pari con gli avversari politici. La morta era Aldina Chiappero, non c'era bisogno di tanti controlli. Ci sono venuti tutti incontro, in perfetta buona fede, e siamo riusciti a dare il via libera alla sepoltura senza troppa burocrazia. In ogni caso, con tutti i favori che avevamo fatto, su ogni livello, a tutti i piani...»

«Poi avete usato l'ambulanza per tenerci d'occhio, stando al racconto della mia collaboratrice.»

«Sì, è così», aveva risposto Teresa, «un'ambulanza non dà nell'occhio. Nessuno s'insospettisce. Terlizzi aveva saputo da un paio di talpe che lei era incaricato delle indagini sulla balestra e su DIO. E uno di questi nostri informatori ci ha detto che lei si serviva di una specie di agente segreto, la donna di corso Marconi. Abbiamo deciso di tenervi d'occhio. Abbiamo seguito la donna bruna...»

«Sì, il resto lo so. E lei ha ucciso il collezionista.»

Teresa aveva girato la faccia verso la finestra.

«Quando ho visto la sua socia salire ad Arietullo, ho pensato che voi aveste scoperto qualche cosa di nuovo su di me. Forse il collezionista aveva ricordato qualche particolare che poteva incastrarci... Le abbiamo anticipate. Eravamo in divisa da infermieri. È stato facile. L'abbiamo colpito, gli abbiamo iniettato l'insulina. Poi abbiamo telefonato al 118 e abbiamo messo giù, alla risposta. E l'abbiamo portato in ospedale. Ma adesso tutto è finito, per fortuna. Puoi tirare su le mutande, Tonino, le ferite non sono gravi», aveva concluso Teresa.

Terlizzi era rimasto immobile, steso sul letto, a pancia in giù e con le braccia larghe. Teresa si era allontanata da lui, dopo aver richiuso la cassetta del primo soccorso.

«E lo zaino in piazza Carignano?» aveva aggiunto Guiscardo.

«Quando è saltata fuori la storia della bara scoperchiata, io e Sandra abbiamo avuto paura. Non capivamo la ragione di quel gesto. Quando abbiamo saputo che avevano rubato il ciondolo, abbiamo respirato. Non si erano accorti dello scambio di persona. Nel giro di mezz'ora abbiamo preparato la faccenda dello zaino per spostare l'attenzione sugli antagonisti. E abbiamo chiesto al magistrato la chiusura rapida della bara, nel rispetto della salma...»

Terlizzi, ormai senza fiato, senza voce, si era girato su un fianco, ma era sembrato incapace di compiere un altro gesto. Respirava a bocca aperta, con rantoli frenetici, come se sotto un attacco di cuore, o qualche cosa del genere.

Poi, all'improvviso, aveva ripreso a parlare: «Lo sconto di pena...»

Guiscardo aveva spento il registratore e si era alzato per tornare nel salone. Aveva ottenuto tutte le informazioni che gli servivano per chiudere il caso, senza fatica.

«Conigli», aveva sussurrato tra sé.

38
Nessuno è perfetto

«Sei sicura?»

«Sì», rispose Lola.

Guiscardo si spinse in avanti, le sollevò il mento con l'indice e le sorrise, fissandola stranito. Lei gli spostò il dito e voltò la testa verso il finestrino. Il treno filava verso Venezia ed era difficile posare lo sguardo sulla pianura circostante, data la velocità. Ma le montagne, là sullo sfondo, si mantenevano ferme e non si sbriciolavano al contatto con gli occhi. Lola fissò la linea scomposta delle cime. Forse erano le Dolomiti, quelle, chissà. Lei e la geografia non si erano mai prese molto.

I posti vuoti, intorno a loro, consentivano un discreto margine d'intimità.

Guiscardo riprese a parlare.

«Lola, ormai ho consegnato il rapporto. Ho scritto che quando i due dell'ambulanza sono saliti alla suite, hai approfittato di un attimo di indecisione di Terlizzi, ti sei liberata di lui, hai abbattuto il tizio con il codino e ti sei impadronita della balestra, con la quale hai ferito Sandra e Terlizzi per poi legare Teresa e l'altro. Quindi sei scesa e hai colpito alle ginocchia lo zoppo, giù nell'ambulanza. E infine mi hai telefonato… Hanno dovuto credermi sulla fiducia, dato che questo resoconto non regge molto. Ma tu sei sicura di non volermi dire la verità?»

Lola sbuffò e riportò lo sguardo davanti a sé.

«Guiscardo, questa è la versione che abbiamo condiviso in quei tre giorni, mentre la polizia svizzera lavorava con quella italiana alla ricostruzione della scena del delitto. E ti ringrazio per aver convinto tutti ad accettare questa versione, anche se alcuni testimoni, come il portiere, hanno parlato di altri uomini presenti sulla scena. Ma non dirò una parola di più.»

Il poliziotto accavallò le gambe e allargò le mani aperte, come a formare uno schermo fra di loro.

«Non ti accendere, Lola», disse a bassa voce e ruotando il collo. «È tutto a posto. Abbiamo sistemato tutto. Abbiamo convinto i testimoni che gli uomini misteriosi, presenti sulla scena, erano agenti sotto copertura. E nonostante le riprese delle videocamere di sorveglianza. I servizi segreti servono pure a qualcosa, no? E dunque, ho tenuto fuori dalla faccenda chi ti ha aiutato, chiunque sia stato. Anche se…»

Lola contrasse i muscoli mascellari.

«Anche se?»

Guiscardo sorrise appena e guardò fuori.

«Anche se, dopo aver visto i filmati delle videocamere dell'hotel, e ripensando ai rapporti della Digos relativi al vecchio caso della sparatoria sul Po, due anni fa, mi sembra quasi di poter fare un nome. Mi sembra che uno di quei due che erano presenti sulla scena fosse… Ma vorrei che fossi tu, a parlare. Da amica, o da… Fai tu…»

Lola ringhiò e mostrò i denti. Guiscardo pose di nuovo le mani aperte fra sé e lei.

«Conosco il patto, tranquilla… Tu mi hai permesso di risolvere il caso, e ho conseguito anche una promozione, per come l'ho chiuso. In cambio, io ho accettato di non chiederti chi c'era con te durante le fasi finali della battaglia. Se te lo chiedo, adesso, è soltanto sul piano personale, in piena amicizia. In fondo stiamo andando a Venezia in una specie di luna di miele privata… Lola, ho lasciato mia moglie per te…»

Lola gli soffiò sulla faccia, come se avesse appena aspirato il fumo di una sigaretta, e rise. Gli passò una mano sulla guancia e poi lo spettinò con un guizzo rapido della mano.

«Ascolta bene, Ciccio», disse stringendo gli occhi.

«Non chiamarmi Ciccio», implorò lui.

«E tu non fare più domande del cazzo», replicò lei. «Mi piaci, e te l'ho dimostrato. Posso addirittura immaginare che potrebbe interessarmi stare un po' con te. E ho scoperto che non sei nemmeno un pidocchioso taccagno, come avevo immaginato.»

Guiscardo si riscosse e drizzò la schiena: «Taccagno?» disse, preoccupato.

Lola passò la punta della lingua sull'incisivo spezzato.

«Sì, tirchio. Guardavi il prezzo delle confezioni, prima di ogni altra cosa, come fanno i tirchi. Ma mi ero sbagliata. In quei tre giorni mi hai dimostrato che non sei tirchio. E non fai del tutto schifo, nel darci dentro. Un po' noioso, con questa mania dei preliminari, ma può andare. Certo, sei anche una persona onesta, ma nessuno è perfetto.»

Guiscardo esibì la faccia cattiva e poi scoppiò a ridere, quando Lola gli mostrò la linguaccia.

«E allora?» chiese lui.

Lola posò le mani sulle ginocchia di lui e si protese in avanti. Parlò con voce placida, quasi dolente, ma ferma: «E allora tutto questo non ti autorizza a far domande sul caso Chiappero. Siamo pari. Non c'è più nessun debito, ormai, fra di noi, né velato né svelato. Non ti avvicinare troppo ai miei amici, fammi il favore. Se vuoi che qualche cosa funzioni, fra me e te, devi stare ai patti. E il patto che abbiamo stabilito a Lugano era che si parte adesso e si azzera tutto, si azzera il passato. Partiamo da noi due, da me e da te, senza promesse, senza giuramenti, giorno per giorno. E senza domande. Mai. Come se ogni giorno fosse l'ultimo».

Un treno che percorreva quella stessa linea, ma in direzione opposta, frantumò le ultime parole di Lola. Ma Guiscardo capì il senso e annuì, con un'espressione non molto convinta.

FINE

Ringraziamenti

Gli autori ringraziano:

– Maria Teresa Carpegna, Guido Anau Montel e Giorgio Miari per le consulenze tecniche, nei rispettivi campi;

– Fabio Crobeddu e Carla Tallone per la revisione finale.

Indice

Degli stessi autori:

Il postino di Superga
pp. 272
ISBN 978-88-7707-264-1
€ 7,90